U0882610

“他的作品荡气回肠，充满了天马行空的创意想象，加上入木三分的见解，形象生动地阐述了古典的人道主义理想与优美的风格。”

〔瑞士〕赫尔曼·黑塞◎著
马　云◎译

荒原狼

北京理工大学出版社
BEIJING INSTITUTE OF TECHNOLOGY PRESS

颁奖辞

瑞典文学院常任秘书　安德斯·奥斯特林

今年的诺贝尔文学奖得主是一位德裔作家，这让很多读者觉得匪夷所思。基于各种原因，他的写作难以被大批普通读者所认同，却受到了批评家的欢迎。他就是现年69岁的赫尔曼·黑塞。回顾他的创作历程，他著作等身，能轻松驾驭多种文体，在长篇小说、短篇小说和诗歌方面成就可观，部分作品有瑞典文译本。

相比起其他德国作家，黑塞更早摆脱了政治的迫害。在第一次世界大战时，他去往瑞士并在1923年取得了公民权。即使这样，黑塞也无时无刻不挂念着德国，而作为中立国的瑞士，则是一个绝佳的避难所，为他的文学创作提供自由的空气，丰富的肥料和较为安稳的环境，使他的文学创作能在这片土壤上茁壮生长，最终成为一棵参天大树。当前，黑塞和托马斯·曼比肩，是当代文学中德国传统文化的最佳代表。

我们要了解黑塞必须先从其个人背景入手，黑塞的性格，尤其是其让人为之震惊的性情，很大部分都是受到其成长环境的影响。黑塞出生在史瓦比亚，他父亲是很出名的教会史学家，而他母亲是一位法国传道士的后裔，曾远赴印度接受教育。作为虔诚的信徒，他的家人把黑塞送到了墨尔布龙修道院的神学学校，希望他长大后做一名牧师。可是他并不喜欢这样的安排，于是他偷偷离开了学校，期间做过钟表店的学徒和书店的店员。

虽然说青年时代的黑塞一直都很抵制家里那种虔诚宗教的氛围，但实际上，这种虔诚的特质早就在潜移默化中影响了他。而在1914年的时候，他的写作风格突然来了一个大转变，他毅然放弃了一直以来坚持的田园诗道路，而去追求另外一个新的方向。其实那时候他已经不再是桀骜不驯的年轻人了，并且在区域性文学方面得到了大众的认可，做出了一点成绩，所以突如其来的逆变就像是他把早些年的反叛之路再走一遍。简单来说，黑塞的作品之所以有那么大的逆变不外乎有两个原因。

第一个原因是世界大战。战争初期，他试图平息身边同僚的怒火，把贝多芬的名言——“噢，朋友，别来这种调调。”抄在了小册子上。这一举动惹怒了很多人，激起了人们的强烈批评，并进而受到了德国媒体的猛烈攻击。可是他觉得这更赤裸裸地表明了他一直以来所敬仰的欧洲文明已经逐渐衰败，病入膏肓了的现实。而寻找救赎的方法首先就是要避开那些大众所认可的范围，在这之外进行寻找，有可能是借鉴东方文明，或者借用现存政体无法接纳的无政府主义论。黑塞向来身体底子差，在轮番的折磨中精神不堪重负，最后从当时很受推崇的弗洛伊德心理分析论中寻求到治疗，而在这个时期，黑塞的作品日益直白大胆，心理分析论在其中产生了很重分量的影响。

黑塞的这种逆变在怪诞小说《荒原狼》（1927年出版）中表现得淋漓尽致，这本书主要写了一个患有精神病的流浪汉如何冒着生命危险，经历种种生命过程中的折磨，开始追寻他内心的想法的故事。这部作品把那种人性的分裂、超出正常社会观和道德观的个人欲望和理智的纷争描述得深刻到位。这部作品颇具震撼力和毁灭性，但黑塞在题材里面掺合了黑色幽默和诗情画意，恰到好处地表达了人们内心的诉求。他一直保持和继承了德国的优秀传统，他的这部讽刺作品让我们不由想起了写《恶魔的炼金药》的霍夫曼。

黑塞的外公是有名的印度研究专家冈德，所以他在很小的时候就受到了印度文化的熏陶。长大之后，他终于有机会踏进印度这片土地，虽然并没有如愿解开生命之谜，但就是这个时候，佛教对他产生了深厚的影响，其影响力不仅限于《希哈达传》（1922年，一译流浪者之歌）——描写一位婆罗门青年到凡间找寻生命意义的精彩故事。

黑塞受到了释迦牟尼、圣弗朗西斯、尼采，还有陀斯妥耶夫斯基等人的各种影响，并对各种哲学都采用了折中的方法并载入作品中，所以难免会让人对他的作品产生质疑。我们都知道他骨子里有一种虔诚的特性，诚实和认真构成了他那些作品的基调，即使他采用的题材无限夸张，也不影响他那些作品的基调，所以在这方面，我们都不应该质疑他。

他所创作的小说多多少少地体现了他的人格魅力。不管是描述叛逆、欣喜狂欢还是论述闲淡的哲学理论，他的书写都同样让人折服。他的创造力不仅限于一两个范畴，他既可以让笔下的克莱恩绝望到盗取公款投奔意大利去碰运气，也可以在《读书随感》（1937年）里像局外人一样淡定地叙写他已离开人世的弟弟汉斯。

与黑塞其他的近期作品相比，《玻璃珠游戏》可以算是他作品风格的特殊代表。在这部作品中，作者的想象可谓天马行空。书里描写了一个追求英勇行为、提倡禁欲精神的神秘的知识组织，其禁欲和勇敢的程度堪比耶稣会，认为要想得到治疗就必须通过静思修行。让人惊奇的是这本小说特殊的结构，尤其是其中运用游戏的理念及其描述游戏在文明中起到的特殊作用，跟荷兰学者胡辛加的研究报告《人类游戏》不谋而合。我们很难在黑塞的作品中清晰地读出他的态度，在文化走向衰弱的时期，有人能够坚守文化传统，是可贵的品格。然而，为了使文明长存，而把它变成少数人的祭礼这个方法，不见得可行。如果我们能将各种知识提炼成一套抽象的公式，那么我们就可以证明两个方面。一个方面是文明不能离开有机组织这块土壤；另一方面是文明并不一定能长久保存。文明是极易被破坏的，就像玻璃珠一样脆弱。而认为碎石是亮珍珠的小孩便无法明白其中的意义了。这类哲学小说如果写得过于深奥便有迷失的危险，正是因为意识到这一点，黑塞用几行温婉的题词为他的作品辩护："……在某些情况下，或者对某些不负责任的人而言，不存在的事物也许比存在的容易描写，用字措辞的责任也较轻，所以相反的特质必须求之于虔诚和博学的历史学家。最会破坏形容的莫过于文字，可是，我们必须向人类展示某些无法证明其存在也不可能存在的事物，虔诚和博学的人会多多少少把它当作存在的东西来处理，以便渐进促成其存在及成形。"

虽然黑塞对散文创作的成绩不被所有人认同，可是他诗人的位置却当之无愧，他的诗文融合了精髓的文体和感染力非常强的情绪，而且他的音韵结构到目前为止没有人能够与之抗衡，毫无疑问他就是继里尔克和乔治之后的首屈一指的诗人。他吸取了歌德、艾钦朵夫和摩里克的优秀传统，加以继承和改良，以其特有的味道把诗学推到了另外一个高峰。我们从诗集《黑夜的慰藉》（1929年）中，既可以清楚地感受到他内心的斗争、他患病前后的心境的变化、还有他对自身的反思，也可以看出他对生命、绘画的热爱还有对自然的热忱。而在他后来的选集《新诗》（1937年）则充斥着智慧和忧郁，对情绪、意境等有非常敏感的触觉。

这里的介绍篇幅太少，不足以把黑塞的那些让读者痴狂追随的品质都表现出来。黑塞曾经说过：人切忌满足于现实，不应该去崇拜它或者倾慕它，除非我们有能力证明自己有足够的力量去否认现实，这个低俗、让人失望的可悲现实是没有办法改观的。他身上有着自由和虔诚的混合，是典型的德国南部人，是一个不仅会钻研问题还肯自白的诗人。当牵涉到信仰问题时，他昂扬的反抗斗志能让一个梦想家化身为守护战士，撇开这一点，他就和一个浪漫诗人毫无分别。

颁这个奖给黑塞不仅是给他的文学成就一个名分，更是表达对他诗学成就的一种崇高敬意。他的诗意境积极，一直给人奋发图强、乐观向上的动力，在乱世中给予人们精神寄托。

不幸的是，由于身体欠佳，这位诗人无法亲临现场领奖，特由瑞士联邦共和国代他领奖。阁下，现在请您从国王陛下手中接过瑞典文学院颁给贵国同胞赫尔曼·黑塞的大奖。

致答辞

赫尔曼·黑塞

首先，我为在座的各位宾主致以十二万分的谢意，并真心对你们致以深切的问候和祝福，很遗憾由于身体欠佳未能亲临现场。我的体质向来都不太好，尤其是在我的毕生心血毁于一旦的那几年（1933年后的几年），我的身体更是不堪重负，之后也未见好转。尽管我的身体状况如此糟糕，但是我的智慧并未因此受损，我感觉自己跟你们心意相通，这也很切合“诺贝尔基金”的概念——心灵是无国界、无限制的，不应该服务于战事和纷争，而要去推进和平和发展。

但是，求同存异是我真实的想法，因为每个民族都有其独特的存在性，所谓一方水土养一方人，世界上各个地区民族的交流融合才能造就百花齐放的局面。不同民族的文化的相互碰撞、交流、融合才能创造出新的东西。我所指的融合并不是通过暴力或不正当的手段所形成的征服和兼并的结果，因为这个世界上所隐藏的黑暗力量正在将人类文明的许多不同方面、不同层次的成就毁掉。我喜欢一切自然感丰富的、个性独特明显的东西。我很荣幸能成为你们的客人兼同事，因为这使我对贵国的民族文化、历史、语言等方面的内容有了更进一步的了解和认识。贵国所赠送的西玛·洛格洛芙题词的初版《基督的生平记事》，对于一个从未踏足瑞典领土的人来说是多么的弥足珍贵，并且在之后数十年间贵国所赠送的各种珍贵美好的事物使我与贵国有了更加珍贵及深入的了解和交流。而现在，请允许我用最真挚的谢意向各位表达我能获奖的喜悦及激动的心情。

目 录

荒原狼

出版者序

本书内容来自一个被我们称之为“荒原狼”的人的自述。他为何会有一个这样的雅号，那是因为他自己曾多次自称“荒原狼”。而他的文稿是否需要加序，我们暂且不说；但是，我会在他的自述前稍微添点笔墨，写下我对他的回忆。其实，我对他的事知之甚少；对于他过往的经历及出身我一无所知。但是，给我印象最深刻的还是他的性格，总之，我非常同情他。

荒原狼差不多五十岁了。几年前的一天，他出现在我姑母家，说他打算租一间家具齐备的房间。当时，他租下了我们上面的小阁楼，以及阁楼边上的一间小卧室。过了几天，他就带了两只大箱子和一大木箱子的书籍出现在姑母家里，之后他在我们这里住了十个月左右。他喜欢独来独往，喜欢安静。因为我俩的卧室相邻，所以不时会在楼梯及走廊相遇，这样我们才有机会认识。他这个人交际能力很差，一点也不合群，说真的，在这世上我还从没有见过比他还不合群的人了。正如他自己说的那样，他就是一只真真切切的荒原狼，一只从另一个世界来的陌生、野蛮，而又极其胆小的生命。因为他的脾气及命运使然，他的生活到底是怎样的孤独啊，他又是如何自觉地把这种孤独当成自己的宿命，这些是我后来读完他的自传才明白的。在此之前，我和他有些小小的交集，也有过三言两语的交谈，对他有一点点的了解。我发现，从他的自传中得到的印象和我在实际生活中接触产生的印象——当然浅薄很多，也不完整——大体上是一致的。

荒原狼第一次出现在我姑母家租房子的时候，刚好我也在那儿。那是一个中午，我们午餐的碗碟还没来得及收拾，离我去上班也只有半小时了。我一直记得第一次见到他时他留给我的那种性格分裂的奇怪感觉。当时他拉响了门铃，走进玻璃门，站在那昏暗的走道里，我姑母问他有何事。而他——荒原狼——只顾抬起那理着平整短发的头，将鼻子翘得老高，神经质地东闻西嗅着，既没有说自己想干吗，也没有自我介绍，只是说了一句，“很好！这里的味道不错。”然后他微微一笑，我那善良的姑母也朝他微微一笑。但是我总觉得他用这种方式进行第一次见面问候，未免有点过于滑稽了，所以我有点讨厌他。

“噢，对了，”他又接着说，“您这儿有房间出租，我过来瞧瞧。”

我们三人一起来到阁楼上，这时我才仔仔细细地打量了他一番。他的个子不高，但是举手投足倒像一个大个子。他穿着时髦而暖和的外套，看上去高档而大方，但是稍微有点邋遢，胡子刮得干干净净，头发理得平平整整，有点灰白。刚开始，我一点也瞧不惯他走路的姿势；他的步子非常缓慢，每一步好像都要犹豫很久才会落脚，这和他那棱角分明的脸型和说话的声调与派头非常不搭调。后来我才发现，而且也听说了，他身有疾患，行走有困难。他用一种奇怪的微笑察看着楼梯、墙壁、窗户和楼梯间那几个又旧又高的柜子。当我看到他那种奇怪的笑容时，心里很不舒服。看来，他很喜欢这一切，但是又觉得眼前的这些东西非常滑稽。总之，这就给人一个这样的印象：他就好像来自另一个陌生的世界，一个异域之国，他发现这里的一切都很美，但是又很滑稽。我只能这样说，他很和气，待人友好。而且他豪爽大方，马上租下了我们的房间，同时同意我们提出的房租和餐费。不过，我还是觉得，在他的周围总是环绕着一种陌生的、奇怪的或者说是敌视的氛围。他租下了那间小阁楼，还有边上的卧室，请我姑母跟他讲了取暖、用水、服侍这些方面的情况及房客需要注意的事项，他非常友好地认真听着——并表示非常赞同，而且马上预付了一部分房租；但是，从另一方面看，他又显得心不在焉，好像觉得他自己的行为很滑稽，根本就没有认真对待它，好像他来租房子、跟人讲德语，是一件非常古怪、非常新奇的事，他的内心深处好像在想着其他的和这没有关系的事情。这就是我当时对他的整体印象。假如没有发现他有其他的一些好的特点的话，那我对他的印象一定不会好的。刚见面时，我非常喜欢他的脸型，虽然他脸上的表情很陌生，但我还是很喜欢，他的脸看上去是有点奇特，显得很悲伤，但是又精神饱满，充满着思想、活力和智慧。虽然他好像花费了不少的功夫，才能有如此彬彬有礼、谦逊温和的行为举止，但他绝没有傲慢的意思。恰恰相反，他有的是一种恳求的神态，几乎让人感动，我后来才发现答案，但在当时的确让我对他产生了一点点好感。

还没有将所有房间看完，那些应该交代的事情也没有交代好，我的午休就结束了，不得不去上班，我跟他告辞，让姑母继续接待他。等我晚上回到家里时，姑母跟我说，那个陌生人租下了房间，而且这两天马上就会住进去。他只有一个请求，那就是希望我们不要去警察局申报户口，他说他是个病人，不喜欢去警察局填写那一堆表格，因为站在那里排长队等候的话，他吃不消。直到如今我还清楚地记得，听到他当时的那个要求，让我感到很奇怪。我马上要姑母警惕一点，不要答应他这个请求。因为我觉得，肯定是因为他身上带着的那些神秘而陌生的东西，所以不敢去见警察，他不希望有人怀疑。我劝姑母，不管什么时候，都不要答应这些陌生人提出的莫名其妙的要求，因为满足他们的这种要求，有时会给我们带来麻烦。但是我说这些时才知道，姑母早就答应了他的要求，而且，她早就已经被这个陌生人给迷住了，她对自己的房客一直都彬彬有礼，友善而大度，就如同一个亲切的大妈那样，甚至如同一位慈母那样对待房客。之前，她的这个特点也被一些房客利用过。在刚开始的几个星期，我们对这位新房客的态度还是很不一致：我一直在挑他的毛病，可是姑母却次次都热心地维护他。

我总觉得要求瞒报户口这件事非常蹊跷。我想我还是得了解下姑母对这位陌生人的情况掌握了多少，关于他的身世及来意到底了解多少。果然，她已经得到了一些信息，而那天中午我离开之后，他也没有留多久。他告诉姑母，他打算在我们这住上几个月，看看这里的图书馆，参观一下这里的名胜古迹。他只是短租几个月，这原本是我姑母不能接受的；但是，看到他那独特的举止之后，我姑母的心为之倾倒。总之，房子已经租给他了，我的任何反对都是放空炮。

我问姑母:“他为什么会那样说，这里的味道不错?”

我姑母常常能揣测其他人的心思。她说:“对于这点我非常清楚。因为我们这儿清洁整齐，生活秩序井然，他非常喜欢这种感觉，他也喜欢这种味道，你看他的表情就知道，应该很久没有过这种生活了，但是他又非常需要这种生活。”

我心想，行吧!那就这样随他了。“但是，”我对姑母说，“假如他无法融入我们这种规矩的生活，那怎么办呢?假如他不修边幅，把四处弄得脏兮兮的，直至深夜才大醉而归，您怎么办?”

她哈哈大笑，说:“那到时候再说吧。”所以我也没再说什么。

实际上，我的担心完全是杞人忧天。我们的这位房客虽然固执任性，生活没有规律又不守规矩，但幸好他还没让我们生厌，也没有打扰我们的生活，直到今日，我还把他牵挂。但是在内心，他却让我们俩——姑母和我——常常不得安宁，这样说吧!时至今日，只要想起他，我的心就无法平静下来，有时他会出现在我的梦境里，在我的心里变得可爱起来，但就算如此，我只要一想到他，想起曾经有过这么一个人，我的心就无法平静下来。

这个陌生的房客名叫哈里·哈勒尔。两天后，一个车夫将他的东西送了过来。其中有一只非常好看的皮箱，但是另外一只大箱子更让我难忘，那只箱子分了很多格子，看上去已经去过很多的国家，甚至是远涉重洋的许多国家，因为上面贴了许多不同国家的不同旅店及运输公司的标签，有些标签已经老旧得发黄。

没多久他自己也来了，我也慢慢和这位奇怪的人物熟悉起来。

刚开始，我可没有主动接近他的想法，虽然我一见面就对他产生了浓厚的兴趣，但在最初的几个星期里，我没有做任何的努力去接近他，或者和他说点什么。不过，我还是得承认，我从一开始就关注着他，有时，我会趁他离开的时候，去他的房间内搞一点侦探活动，当然完全是出于我的好奇。

关于荒原狼的外表，我之前已经有个简单的描写。他给人的第一印象，好像一个举足轻重、非同凡响、才华横溢的人物，他那眉宇之间闪耀着智慧之光，还有他那异常和顺感人的神色反映着他丰富有趣、生动活泼的内心生活，也反映了他天性柔弱、多愁善感的性格。每当他和人们谈话时，他谈的那些事情总是惊世骇俗，而那个时候，他就会恢复特异的本性，很自然地说一些奇怪的话，使我们只能甘拜下风。他比所有的人想得更多，谈及精神思想方面的事情时，会显得异常的冷静明智，一副深思熟虑、无所不知的样子。说实在的，只有那些真正才华超众又淡泊名利、不愿盛气凌人，或者说不好为人师、不愿自以为是的人才有这样的气质。

我至今还清楚地记得，在他待在我们这里的最后一段时间里的一句格言，那句格言不是他说的话，而是他眼神中流露出来的。当时，有一位在全欧赫赫有名的历史哲学家、文学批评家来礼堂作报告，荒原狼本来是不想去的，但是我费尽力气把他叫了过去，一起听那个报告。我们并排坐在礼堂内。报告人登上讲台开始进行演讲，这个人看上去非常善于卖弄风雅、装腔作势，这让那些把他当作某种预言家的听众失望至极。他首先说了些讨好听众的话，感谢有这么多人能出席。这时，荒原狼朝我看了一眼，就是这短暂的一瞥，就是对那些客套话的批评，是对那个报告人人格的一种批评，啊！那是难以忘却、极度可怕的一瞥，就是那一瞥，它的意义简直可以出一本书！这一瞥可不仅仅是批评报告人，而是用这温和但足以致命的讽刺让这位名人陷入绝境之中。不过，这也仅仅是这一瞥中最不足挂齿的一点。他的眼神与其说是嘲讽，不如说是一种悲伤，而且是一种深刻的悲伤；这一瞥暴露了他那无言以对的失望。从某种程度来说，他觉得这种失望司空见惯，他习惯了失望，失望是他内心世界的表现形式。他的这一瞥中散发着的失望的光亮，不仅将那爱慕虚荣的报告人的人格赤裸裸地照耀出来，而且还讽刺着此时此刻的场景，捉弄了听众，让他们失望扫兴，捉弄了那个比较傲慢的演讲题目；不，这些还远远不够，可以说荒原狼的这一瞥洞悉了我们整个时代，洞悉了整个忙忙碌碌的生活，洞悉了那些沽名钓誉、虚荣自大、自尊自负而又浅薄轻浮的人的精神世界的表象——啊！可惜还不止这些，这眼光还要深远许多，它不仅仅让我们这个时代、我们的思想与文化的丑陋暴露无遗，了无生趣，而且还击中了所有人性的要害，他的这一瞥在那短暂的一秒钟内展示了一位思想家，或者一位先贤对尊严、对整个人类生活意义的怀疑态度。那眼光似乎在说："看呀，看我们这些傻瓜！看呀，人就是这个样子啊！"在那一瞬间，关于名誉声望、聪明才智、精神果实，关于尊严的追求、人性的伟大与永恒，等等，所有的一切都分崩离析，如同一场闹剧！

写到这儿，我已经将后面的故事提前叙述了一些，这也和我之前的计划与意图有点不一致，我已经把哈勒尔这个人大体的特点告诉了读者；而之前我是打算通过讲述我和他认识的过程，慢慢地将他的全貌展示在读者面前的。

我既然已经将他的一些本质特点讲述了出来，那么接下来我们继续讲述哈勒尔那神秘莫测的“独特性格”，详细地讲讲我是怎么感觉并且认识到他的这种独特性格，以及那种无限而可怕的孤独形成的原因及意义。在我讲述时，我尽量让自己置身事外。不阐释我的信仰，也不想讲故事或进行心理上的分析，我只是想将我亲眼看到的事实如实地展示给大家，使大家更加熟悉这位给我们留下荒原狼文稿的怪人的真实面目。

当初，他第一次来到姑母家的玻璃门前，像鸟儿一样将脑袋伸进来，称赞我们屋子里的气味很好时，我就注意到了他身上那种特别的东西，我第一反应是厌恶。我感觉到（我的姑母虽然和我不一样，不是一个知识分子，但和我的感觉一样）这个人肯定有病，他应该是患有某种精神疾病的，也许是思想或性格方面出了问题，我是一个健康的人，当然对这种病人会产生一种本能的抗拒和防备。但是随着时间的推移，我对他的防备变成了一种同情，当我看到这位常常感到悲痛的人被无限的孤独包围着的时候，当我看到他的心灵正趋于死亡之境时，我就会对他产生一种深切的同情。随着我们一起相处的日子越久，我越能清晰地感觉到，这位受苦者的病因不是天性上的什么缺陷，与此相反，他的真正病因是他身上那种巨大的才能与能量没有趋于和谐、没有平衡所致。我意识到，哈勒尔是一位痛苦的天才，根据尼采的说法，他在磨炼中造就了非凡的受苦能力，能够不停地忍受各种可怕的痛苦。我也意识到，他悲痛的基础不是藐视世界，而是藐视自己，因为当他无情地鞭挞，深刻地批评各种机构、各种人物时，他也一直没有把自己排除在外，他的箭头总是先对准自己，他憎恨和否定的第一个人就是他本人……

写到这儿，我想从心理学的角度来补充几句。虽然我对荒原狼过去的经历知之甚少，但是我有足够的理由推测，他一定曾经接受过慈爱而又虔诚的家庭及学校教育，他们觉得教育的基础就是“摧毁学生的意志”。但是，这位学生性格过于倔强，傲气而有才华，他们无法摧毁他的个性及意志。但是这种教育仅教会了他一件事：憎恨自己。他的整个一生，将所有想象的天才、所有的思维能力都用来批判自己，批判这个无辜而高尚的对象。无论如何，他那入骨三分的讽刺、尖锐的批评、所有的仇恨与恶意都最先朝自己发泄。基于这一点，他就是一个十足的基督徒，是一个绝对的殉道者。对于周围的人，他用一种勇敢而严肃的态度去关爱他们，公正地对待他们，避免伤害他们，因为对他而言，“爱人”与恨都深深扎根于心底。他的一生告诉我们，无法自爱的人就无法爱人，憎恨自己的人也必定会憎恨他人，最后将会变成可恶的自私的人，让人变得极度的孤独和悲观绝望。

不过，现在没必要说我的想法，还是讲一点实际情况。我通过我的“侦探活动”及姑母提供的一些信息，对哈勒尔有了一个初步的了解，而这些情况都和他的生活方式紧紧相连。我很快就发现，他喜爱思考，爱读书，没有什么具体的工作。一般起床很晚，要到中午才起床，起床之后就穿着睡衣在卧室和客厅走来走去。客厅非常大，也很舒适，那里有两扇窗子，他刚搬进去没几天，客厅就变样了，和之前住的房客一点也不一样。房子里的东西堆得满满的，而且不断增多。墙壁的四周挂着许多图片，有很多素描；有些是从杂志剪下来的图案，它们被不断地更换。客厅里还挂着几张德国小城镇的照片，有点像是南方的风格，那应该是哈勒尔的家乡；而那些照片之间还挂着一些水彩画，后来我们才得知那都出自他的手笔；另外还挂着一张年轻漂亮的妇女或年轻姑娘的照片。有一段时间，墙上还挂着一张泰国菩萨像，后来在那个位置挂了一张米开朗琪罗的《夜》的复制品，再后来，又变成了圣雄甘地的一张画像。他的房间里四处都是书籍，不仅大书橱塞得满满的，而且在桌子上，在那精巧的旧式书桌上，还有长沙发上、椅子上，甚至地板上都是书，不少书中夹着书签，书签不断地被更换。他的书籍不断增多，因为他常常从图书馆带回整包整包的书，而且还不断地收到邮局寄来的书。这种屋子只适合一种人居住——学者。他爱烟如命，这也是学者的一个特点，他的屋内总是烟雾缭绕，四处散落着烟头和烟灰碟。不过他的大部分书不是学术著作，而是汇集了各个时代各个国家的文学作品。有段时间，他那常常成天躺在上面休息的长沙发上放着一套十八世纪末的作品，包括《索菲氏海默尔——萨克森游记》，足足有很厚的六大本，还有《歌德全集》和《让·保罗全集》，这些书好像是他经常阅读的；另外还有诺瓦利斯、莱辛、雅各比和利希滕贝格的一些作品，也是他常常阅读的。在几本陀思妥耶夫斯基作品里夹着很多写满字的卡片。在那张比较大的桌子上，一堆书籍和小册子凌乱地散落着，中间还经常摆着一束花，旁边摆着满是灰尘的画笔、颜料盒、烟灰碟，当然，各种各样装着饮料的瓶子也非常多。其中有一只瓶子被一个草编的外壳包裹着，他经常用这只瓶子去附近的一家店内打点意大利红葡萄酒喝。有时，他的屋内也会有勃艮第酒、玛拉加酒，而且他还有一个大容量的瓶子，里面装满了樱桃酒，不过没几天工夫就见底了，只剩下一点点，于是他就把酒瓶搁到角落，不会再喝，酒瓶上就会覆盖着一层厚厚的灰尘。我可不想为我的侦探行为做什么解释，我也愿意公开承认，在起初阶段，这位爱好读书、勤于思考，但是放荡不羁的人的种种行为让我非常反感和怀疑。我不仅仅是个中产阶层的人，而且也是一个中规中矩、生活很有节律的人，习惯具体的日常事务，喜欢合理地安排我的时间，不会喝酒，也不抽烟，所以，对我而言，哈勒尔屋里的那些酒瓶比那满墙凌乱的画更让人讨厌。

这位陌生人不仅生活作息毫无节律，而且吃饭喝酒也是随心所欲的，一点也不正常。有时，他会一连几天待在屋内，除了早晨喝点咖啡之外就什么也不吃。我姑母还发现，有时他用一根香蕉当作一顿饭。但是没几天，他又会去高级饭店或郊区的小酒馆饱食一顿。他的健康状况看上去很糟糕，除了腿脚不利索，上下楼梯吃力之外，他好像还有其他的病状，有一次听他提到说，他多年来一直吃不好、睡不好。我想这应该就是酗酒导致的。后来有几次，我陪他一起去饭馆，亲眼看到他毫无顾忌地往肚子里大口大口地灌酒。但是，无论是谁，包括我在内，谁也没见他醉倒过。

我永远也不会忘记第一次和他打交道的情形。之前，我们的关系同那些公寓里相邻而居的房客一样的冷淡。可是，有一天晚上，我从店里回到家里时，发现哈勒尔先生正坐在二楼通往三楼楼梯的转弯处，我觉得很奇怪。他坐在那最上面的一级梯阶上，看见我要上楼，他就往旁边挪动下身子，方便我过去。我询问他是不是哪里不舒服，希望陪他一起上去。

哈勒尔抬头看了下我，我发现，我好像刚刚把他从某一种梦境中唤醒过来。他微微一笑，这种迷人而凄苦的微笑让我的心里很不好过，接着他请我坐在他的身边。我向他致谢，并且说，我不习惯坐在人家门口的台阶上。

他这时笑得更起劲了，说："呵呵，对啊，对啊，您没说错。不过请您等一下，让我告诉您我为何会坐在这儿吧。"

他指了下二楼那位寡妇房间前面的过道。那楼梯、窗户和玻璃门之间的地面镶嵌着木地板，一个高高的红木柜子靠墙放着，上面镀着锡，柜子前有两个矮凳子一样的座儿，上面摆着两个大花盆，种着杜鹃花和南洋杉。这两盆盆栽很好看，总是修整得干干净净、没什么瑕疵，其实我早就发现了这一点。

"您看那儿，"哈勒尔接着说，"这个小小的空间里有清香扑鼻的南洋杉，我每次来到这儿，常常有点留恋，您姑母家里也有一种香味，非常干净整洁，但是不如这里，这里一尘不染，抹得如此干净，看上去还闪着亮光，让人舍不得去摸一下。我总是情不自禁地大口呼吸这里的香味，您闻到了吗？这里有地板蜡的香味、松节油的余味、红木的香味和冲洗过的树叶味，全部糅合在一起，散发出一种独特的香味，这种香味就是幸福小家庭的整洁、舒适、精明、小事上的责任感和忠诚。我不知道谁住在那儿，但可以肯定那玻璃门后面一定是一个幸福人家的天堂，那里干净整洁、井然有序、克勤克俭，习惯于日常琐事及应尽的义务。"

看我没有打断他，他又接着说："您不要以为我又在讽刺别人！亲爱的先生，我可一点也不想嘲笑幸福小家庭的那种循规蹈矩、井然有序的习惯。当然，我是来自另一个世界的人，我肯定无法在这种洋溢着南洋杉香味的住宅里待上一天。虽然我是有点粗鲁的荒原老狼，但我也是有母亲的，我的母亲也同样是个普通的妇女，她也种花扫地，努力将房间、楼梯、家具、窗帘打扫得干干净净，把我们的家及生活安排得井井有条。这松节油的气味和南洋杉真的让我回忆起我的母亲，所以我在这里静静地坐一会儿，看到这安静、整洁的小花园，看到如今还有这样的风景，我的心里还是很高兴的。”

他想站起来，但好像有点为难，我走近去搀扶他一把，他没有拒绝我。我仍旧沉默不语，但我也和姑母一样，无法抵挡眼前这位奇怪的人身上具有的那种魔力，我们并排着拾阶而上，到他房门前，他掏出钥匙，然后很友好地望了我一眼，说：“您刚从店里回来？哦！我对做生意是一窍不通的，您知道，我这个人不懂人情世故，和人没什么交往，但是我相信，您一定也是爱看书的人，您姑母曾跟我说，您是高中毕业生，希腊文学得不错。我今早读到诺瓦利斯的一句话，让我给您看看行吗？您一定会感到高兴的。”

他把我拉进房间内，一股呛鼻的烟草味扑面而来。他在一堆书中不停地翻找着。

他找到了一句，跟我说：“来！这句也不错，您听听看：‘人应该为苦痛感到骄傲——任何的苦痛都是我们达官贵人的回忆。’说得多好啊！比尼采足足早了八十年！只是这不是我说的那句格言，您再等一下——找到了，您听听：‘大部分人在学会游泳之前都未曾想过游泳。’这话听起来是不是有点搞笑？人们当然不曾想过游泳。因为人们生活在陆地上，又不是水生动物。所以没有人愿意去思考，上帝造人是为了让他生活，而不是让他思考！因为，只要谁思考，谁将思考当作人生首要的大事，他肯定能在思考方面有所收获，但他毕竟将陆地和水域的关系颠倒了，所以他总有一天会被淹死的。”

我被他的话吸引住了，很感兴趣，我在他那儿停留了一会儿。从此之后，一旦我们在楼梯或街上相遇，就会相互打招呼攀谈几句。刚开始，我还是觉得像在南洋杉前那样，觉得他有点讽刺我。其实不是这样的。他如同尊重那棵南洋杉一样地尊重我，他也意识到了他那可怕的孤独，深信他在水中挣扎着，深信他是无本之木、无源之水，所以，当他看到某个人很正常的行为，比如我准时上下班，或者仆人、电车司机说了一句什么话，他都会感到高兴，一点也没有嘲讽人的意思。刚开始我还觉得这种严肃加上那种吊儿郎当的情调，这样玩世不恭的性情有点过分，但后来，我越来越了解，他有一个自己的真空空间，从他那荒原狼似的孤苦伶仃的角度来看的话，他是真正赞赏并热爱我们这个小市民的世界的。他把这种小市民的生活当作一种稳定的生活，当作一种无法抵挡的理想境界，当作故乡与和平，而这一切，都是他可望而不可即的。我们的女仆是一个老实的妇人，他每次见到她时都会脱帽致敬；每次我姑母和他谈话的时候，或者跟他说他的衣服应该缝补一下，因为大衣的扣子掉了的时候，他都会很认真地倾听。他好像在做一种巨大但希望不大的努力，想挤过一条缝隙钻进一个小小的和平的世界，然后定居下来，哪怕只是待一个小时也好。

还在那次南洋杉前的第一次接触之前，他就自称荒原狼，这让我感到有点惊讶，心里觉得有点不舒服，这说的都是什么啊？但之后我也听惯了，我不仅觉得这个词还不错，就是我自己脑子里都接受了荒原狼这个称谓，而且除了这个名字之外，根本没有叫过他其他的名字，直到今日我还不知道是不是有其他的名字更加适合他这个人的性格特点了。他就像一只迷途之后来到我们城里，来到我们家畜群中的荒原狼——这样的形容可以说是对他那特立独行的特点最好的描述了，他胆小而孤独，粗鲁而豪放，暴躁不安，思念家乡又无家可归，他的这一切都暴露无遗。

有一次，我有机会能够好好观察他一整晚。那次我在听一场交响音乐会，我没想到他会坐在我的附近，我刚好能看见他，但是他看不到我。先演奏的曲子是亨德尔的，其音乐非常高雅优美，但是荒原狼一直沉浸在自己的思想世界里，对音乐充耳不闻，他也没有注意周边的人。他就那样冷漠地坐着，孤独而谨慎，冷静而忧郁的脸低垂在胸前。接着又奏起另一首乐曲，这是弗里得文·巴赫的一首比较短的交响乐。我这时惊奇地发现，才刚刚演奏了几个节拍，他的脸上马上就露出了一丝笑意，他完全沉醉在音乐当中，那陶醉的样子安详而幸福，好像沉浸在一个幸福的梦中，差不多有十分钟左右。我一直在注意着他，音乐都没有听，那首曲子演奏完毕之后，他才苏醒过来，又坐直身子，好像要站起来离去的样子。但他还是坐了下来，一动不动地坐着直到结束。最后演奏的曲子是雷格尔的变奏曲，这种音乐让很多人觉得冗长沉闷。荒原狼在开始的时候还聚精会神地听着，看上去很高兴，但后来他也不听了，而是将手插进裤子口袋，陷入沉思之中。这次没有之前那种幸福而梦幻般的表情，反而显得有点悲伤，甚至有点生气，他的脸色灰白，心慌意乱，死气沉沉地没有任何激情，看上去很苍老，病恹恹的，内心充满了愤懑。

音乐会散场后，我在街上看见了他。我跟在他的后边走着，他闷闷不乐，又有点疲惫不堪，将身子瑟缩在大衣里，朝着我们的住所走去。在一家老式饭店的门口，他停住了脚步，犹豫了一会儿，看了一下手表，还是走了进去，我一时冲动，也跟了进去。他坐在一张非常雅致的桌子旁，老板娘和女招待都很欢迎他这个老顾客，我跟他打了个招呼，然后在他身旁坐下。我们一起坐了一个钟头。我点了两瓶矿泉水，他先点了半升红葡萄酒，然后又点了四分之一升。我说，我刚去听了音乐会，但是他没有理会。他看了下矿泉水瓶上的商标，然后问我想不想来一杯酒，由他请客。我跟他说，我从来不喝酒的，他听了这话之后，脸上露出一副无可奈何的表情，说："呵呵，是啊！您做得没错。我也曾经省吃俭用地过了很多年，一直节衣缩食，但是我如今是宝瓶星座高照，已经是酒不离口了，宝瓶星座是阴暗的标记。"

我接过他的话，跟他开着玩笑，谈谈他的这个比喻，想暗示他，我对他也会相信星相学感到很不可思议，但是他听到我的话之后，马上用那种经常刺痛我的心的过分客气的腔调说："您说得很对，只是可惜，如今连这个我也觉得不可信了。"

没多久我就告辞回家了，但是他一直到深夜才回家。这次他的脚步声和平常差不多，也没有马上上床睡觉（因为我就住他隔壁，对他的动静了如指掌），他在客厅里点了灯，差不多又待了一个钟头左右。

让我印象深刻的还有一个晚上，那天我姑母外出了，只有我一个人在家，大门上的门铃响了，我打开门，门外来了一位长相迷人的年轻女子，她是来找哈勒尔先生的。我仔细一看，发现她就是他房间照片上的那位小姐。我指了下他的门，然后就回房去了，她去他那里待了一会儿，没多久我就听到他们一起下楼了。

两人交谈甚欢，高兴地出门去了。没想到这位隐居的单身汉竟然有一位这么年轻漂亮的情人，而且还这么的时髦，真的让我非常惊讶。我觉得自己之前对他生活的一些推测，如今变得又没有一点把握了。不过，还不到一小时，他又独自一人回来了。满脸愁苦，步履沉重地走上楼梯，回到房间内，在客厅来回走动着，如同关在笼子内的狼一样踱着步，这样持续了好几个小时。那晚，他房间的灯彻夜亮着。

他们是什么关系，我不得而知，但是我想补充一点：后来有一次我在大街上也碰到过他和这个女人待在一起，那时他们一起手挽手，看上去很幸福。那一次也让我很吃惊，我发现他那张愁容满面的脸也会有可爱天真的时候！我明白那个女人了，也明白我姑母为何会那么同情他，关心他。但是，那天晚上他又带着一种悲伤痛苦的心情回到家，我在门口遇见了他，他的腋下夹着一瓶意大利葡萄酒。然后，他又一个人在冷清的屋子内喝了大半夜的酒，这样的情况已经出现了很多次。我为他感到难过，他这是什么生活！没有任何的安慰，没有任何的希望，也没有丝毫的抵抗力！

好了，闲话不说了，以上的讲述及介绍应该足够说明，荒原狼过的是一种慢性自杀的生活，也没必要再铺张笔墨来讲了。但我一直不相信，他离开我们时真的是自杀的。有一天，他跟我们结账以后就不辞而别了，离开了我们这座城市。从那以后，他就消失得无影无踪，他走后，收到的几封信一直由我们保管着。而他留下的就只有一份文稿，另外没有任何东西留下。这份文稿还不是他在我们这里租住时写的，他还留下了几句话，说文稿留给我，由我全权处理。

哈勒尔的文稿中提及的各种经历是不是真实发生的事情，我无从考证。我也并不怀疑，这些故事显然大部分都是虚构的，只是这种所谓的虚构可不是随心所欲的杜撰，而是一种探索，一种打算通过看得见摸得着的真实事件作为外衣来描述我们内心深处经历的内心活动。在哈勒尔的作品中，有许多半梦幻式的内心独白，估计这些故事就发生在他住在我们这里的最后的那段时间里。我相信，他书中所描写的内心活动肯定也是用真实的生活经历作为基础的。在那段时间里，我们的这位房客，无论是行为举止还是外貌都与以往截然不同，他常常外出，彻夜未归，很长时间都没有翻动那些书籍。那时，我看到他的次数也减少了。有几次，我觉得他似乎变得活泼起来，好像年轻了一些，那几次可以说非常高兴。但是没多久，他的情绪就一落千丈，成天躺在床上，茶饭不思，这会儿，他的情人又来看望他，但两人像疯了一样地大吵了一架，让邻居们都很不安心。第二天，哈勒尔就找我姑母表示了歉意。

我能肯定，他没有自杀。他一定还活着，应该住在某个地方，在某一栋楼里，照样拖着那疲惫的双腿上下楼梯，肯定还在某些地方，两眼无神地盯着那些擦得发亮的地板，还有被人精心照料的南洋杉；白天，他照旧在图书馆里，晚上，他还是在酒馆内打发时间，或者躺在租来的躺椅上，在窗户后面聆听着这个世界及世人的生活；他知道自己孤独一人，不属于这个世界，但他不会自杀，因为他剩余的那一点信仰会告诉他，他必须要去忍受这种苦难，这种内心邪恶的苦难，一直要忍受到生命终结，他只能受着苦，直至死去。我常常会回忆起他，他从来没有让我的生活能变得快乐一点，他没有那种激发我的积极乐观的天性的本领，恰恰相反！但我不是他，我有自己的生活方式，我过着平常而规矩，但是又是有保障和必须履行的义务的生活。所以，我们——我和姑母——都怀着一种平静而友好的心情怀念着他，我姑母知道他的事比我要多，但是她把这些事都深深地埋进她善良的内心，未曾透露半点。

关于哈勒尔的这本自传，我在此说几句。他所描写的很多东西都是一些奇怪的幻觉，有些甚至是病态的，而有的是优美而具有丰富思想内容的。假如这些文稿突然摆在我的面前，我也不熟悉这位作者的话，那我一定会怒气冲冲地将稿子扔掉。但是我认识哈勒尔，所以，他写的一些东西我能看懂，可以说我还是表示赞同的。假如我把他的自述仅仅看作是一个可怜而孤独的精神病人的病态幻觉，那我就得考虑一下，有没有必要让大众看到。但是，除此之外我看到了更多的东西，那是关于一个时代的记录，我至今才明白，哈勒尔所患的心灵疾病并不是他个人的怪病，而是这个时代本身的毛病，是哈勒尔他们这一代人的精神病。而且患上这种毛病的人并不是那些软弱不堪、微不足道的人，而是那些坚强聪颖、天赋惊人的人，他们是最主要的病患。

不管哈勒尔的自传中有多少是真实的经历，但这可以说是一种探索，一种不想通过美化或回避的方法来治疗时代疾病，而是将疾病本身作为描写对象的探索。撰写自传可以说是一次真正的地狱之行，作者会不时地感到惧怕、不时地需要勇敢地泅渡过混乱而阴暗的心灵世界，他下定决心克服万难，横渡地狱，与邪恶斗争到底。

哈勒尔有一段话启发了我，让我明白了这一点。有一次，我们谈到那种所谓的中世纪残暴现象的时候，他跟我说："这些残暴的行为实际上并没有那么残酷。其实我们如今的生活方式，对于中世纪的人来说，是无比厌恶的，是极其残酷、可怕、野蛮而难以忍受的！其实，每一个时代、每一种文化、每一种习俗、每一项传统，都有它们自身独特的韵味，有其各自的温柔与严峻、美好及残暴等方面，它们都会认同某些苦难是理所当然的事情，各自都要忍受一些恶习。而只有在两个时代交替的时期，两种文化或者两种宗教交叉的时期，生活才会陷入真正的苦难之中，如同地狱一般。假如让一个古希腊罗马人必须生活在中世纪，那他一定会痛苦地憋死；同样，让一个原始的野蛮人过文明时代的生活，他一样会窒息而死。历史上曾有过这样的时期，整整一代人处于截然不同的两个时代、两种生活方式之中，对他们而言，任何的自然规律、任何的道德、任何的安全及清白感都会丧失殆尽。当然，不是每一个人都能感受到这一点，天才如尼采，他早在三十年前就不得不忍受着今天的痛苦——他当时孤独一人忍受着苦痛而没有人理解，而如今正有成千上万的人在忍受这种苦痛。”

当我阅读哈勒尔的自传时，经常会想起这一段话：“哈勒尔就是那种处于两种时代交替时期的人，他们没有了安全感，也不会感到清白无辜，他们的命运就是去怀疑人生，把思考人生是否还有意义这个问题作为他个人的痛苦和宿命去不断体验”。

依我之见，这就是他的自传能给予大众的最大的启发。所以，我还是决定将它公之于世。顺便说一句，对于这份自述，我没有任何的袒护之心，也不做任何的指摘之辞，全凭读者根据自己的良心去进行褒贬之评。

为狂人而作

哈里·哈勒尔自传

这平庸、无聊的一天，就这么稀里糊涂地过去了，对于我这个上了岁数简单而了无兴致的人来说，这大和往常几乎没任何区别，先是去把工作忙完，然后再把自己埋藏于纸堆之中。那该死的病痛又来了，我被它整整折磨了两个钟头，好在它终于被我用药物给压制住了，这是不幸中的万幸。泡澡是件极为享受的事情，我用洗热水澡作为休息的方式。抽空把今天收到的三个邮件处理了一下，都是些无关紧要的信件。做了一会儿深呼吸，不过每天例行的思维训练还是免了吧，没必要让自己每天都那么辛苦，还是出门散步比较合适我。在外边走了有半个时辰，边走边抬头欣赏晚霞，今天的天气不错，晚霞也异常绚美，天空就像是一幅色彩斑斓的油画。虽说这一切都会让人感觉很惬意，但是想想看，惬意又如何？生活难道不就是这样的平庸？今天难道不是平庸的一天？这些会令人留恋吗？光辉灿烂吗？幸福美好吗？都没有，平常透了、无聊惯了。对我这个业已年迈的人来说，长时间经历的就是这种不咸不淡、凑凑合合的平庸生活。尽管我对一切都感到不满，但这样的生活倒也可以接受，起码没有什么大起大落，没有什么特别的苦难，也没有过分的哀伤，就这样得过且过地混日子。有的时候我在想，是应该继续这样活着，还是学学那位阿达贝尔特·斯蒂夫特，用剃须刀朝自己的喉咙使劲儿来上那么一下?

没有得过痛风病的人根本不会了解该病给人所带来的剧烈痛苦，发病时从眼珠子到耳根简直动都不能动一下，否则每动一下都会感到剧痛无比，令人感到生不如死；没当过死灵魂的人，永远无法理解死灵魂是怎样一番焦躁绝望，看到一切都让人感觉到憎恶，什么都是虚假的，企图欺骗自己的，好像所有的痛苦都幻化成了一个狰狞的小鬼，如附骨之蛆一般与你形影不离，一旦你发生不幸就朝着你丧心病狂地狂笑……这些如果都经历过了，就会对那些平庸、乏味、无聊的日子感到满意了，起码不会有上述那些不堪忍受的痛苦。既然如此，不如抱着一颗感恩之心选择依偎着暖炉看报打发时光。阅读是件可以使自己的幸福感上升的事，从报纸上所刊登的内容来看，战争离我们很遥远，政治经济都发展良好，也没有冒出什么新的独裁者……这样很好，令我很满意。既然如此，应该把那搁置许久上面积了一层灰的七弦琴收拾出来，为上帝弹奏一曲感恩的赞美诗。弹奏的时候要有感情有节奏，烘托出一种欢喜的效果氛围，这曲子可以令上帝和自己都陶醉其中。尽管除了欢喜之外，其他的情感符号就只剩下空虚，但还是就这样永远地持续下去吧，让其他事情都去见鬼，在这种乐曲的氛围中，我和上帝看上去好似一对锐气尽失、呆头呆脑的老哥俩。

什么是美好的状态？就是远离痛苦，让自己心态平和，在平淡无奇的生活中就得到满足。这种日子虽然无聊又无趣，但一切却也都不那么过分。无论是痛苦还是欢乐，它们都静悄悄的，总是蹑手蹑脚，从不招摇且彼此之间和平共处，一切都是那样和谐。但我享受不了这种美好，那种满足感对我毫无诱惑，一旦过久了那种日子我就会感到无比厌恶，感到一切都受够了，想要结束这种平庸的生活。我必须有所改变，要么让自己感到兴奋不已，要么让自己的心情糟透。当我在那种“幸福时光”里呼吸够了陈乏空气的时候，我感到自己受到了异常深重的伤害，这是我那颗娇小的心灵所难以承受的。那痛苦使我愤怒，想把用来弹奏赞美曲的七弦琴朝本应受到赞颂的上帝那儿恶狠狠地扔过去。这种日子我根本过不下去，我宁可被其他的痛苦所折磨也不愿这样无聊地继续下去。每到这样的时候我就开始心藏大恶、心怀不轨，想去发泄发泄情感，去找些刺激，搞些破坏。发泄的办法多了，比如去打别人甚至打自己，或者是到教堂里去砸圣像，再或者买几张火车票给小学里那些浑小子让他们离家出走到汉堡去，难道混小子们不是很喜欢这样玩儿吗？还可以去找个小妞骗骗，并且看到正常的社会秩序我就去破坏。让那些小市民的满足感、自欺欺人的良好心态、什么竭尽媚俗之能弄出来的社会活动通通都去见鬼吧，我最为厌恶、最见不得的就是这些东西。

天色已经不早了，好了，又是这样烦透了的一天过去了，心情好不起来。带着这种心情像个老病号一样去钻被窝可不是我现在所想要做的，否则这已经过去的一天我将毫无收获，令我感到难以满足。我烦躁地穿戴好，用大衣将自己裹紧。虽然我并不是个酒徒，可是现在看来，还是到市区那家常去的钢盔酒馆买醉比较好。就这样，我在夜幕中走向城区。

我和另外三户合住在一栋挺不错的公寓，从我居住的顶楼到楼下有一段保养精致的楼梯，可是我上下楼的时候总感觉走起来很别扭。我不喜欢我的那些邻居，也就是那些保守、安定、平庸的小市民们。我对他们那种有规律的生活习惯难以接受，他们家家户户都收拾得很干净，看上去挺整洁可是却又千篇一律，令人感觉没什么意思。在那种小安乐窝里总是散发着使人联想到温馨家庭生活的肥皂的香味儿，充满了清洁、安逸的气息，要是有人大大咧咧地用力关门或者是进门不换鞋的话，小市民们会因此感到吃惊。很奇怪的是我居然一直居住在我所讨厌的小市民阶层的住宅里，生活在他们的环境中。我承认我喜欢这种气氛，当然这是因为我从小到大的习惯所造成的。这种井然有序、宁静且整洁的生活气息，会令我这个不修边幅的孤独的荒原狼有一种温馨的家的感觉。虽然小市民为我所厌恶，但是他们那彬彬有礼、和和气气、温文尔雅的气质却又使我感动。而我那房间与他们的安乐窝完全不同，脏兮兮的很少打扫，遍地都是酒瓶、烟头；那些书籍、文稿之类的东西像垃圾似的塞得到处都是，仿佛到处都灌满了苦水一样。这样的人生已经背离了初衷，失去了创新的能力。总之，只能用毫无存在价值来描述了。

从顶楼走到二楼过道的时候会经过一株南洋杉，它旁边的住户比其他的人家要干净整洁得多，好像秩序之神就住在里面。地板被擦得干净得令人不忍下脚，在那样的地板上一左一右放着两个小凳子，每个凳子上都放着两个大花盆，花盆里分别种着一株杜鹃和一株南洋杉。那是一株枝繁叶茂的南洋杉，一株正在茁壮生长的树苗，它生长得异常健康，根根针叶都坚挺而翠绿。在一种情况下，也就是那种我可以感觉到没有人在意我的存在的情况下，我就在小树上面的一阶楼梯上坐下来稍作休息，用这点时间来感受一下这个被我视为神圣殿堂的地方。我虔诚而带着敬意地注视着这个空间，对于我这种人而言，这种整洁而充满秩序的地方总是令我的心灵被深深地感动。多有趣啊，与我的生活空间完全不同。仅从这株小树就可以想象得出来这家住户的内部环境。红木家具是必不可少的，而且打扫得干干净净，而住户一家也必然是那种身体健康强壮，没有不良嗜好，为人作风优良，工作兢兢业业，娱乐起来不至疯狂，周日按时去教堂做礼拜的虔诚基督徒。

我因此而心情有所好转，轻快地走在泛着潮气的大街小巷，望着街上昏黄如泪眼般朦胧的路灯和街上的反光，我又一次想到了自己的青年时代。那个时代几乎被我所忘却了，那是个诗的年代，当初我经常穿着大衣深夜潜行，在被自己所深爱的秋夜与冬夜，在那天色昏暗的、带着哥特色彩的树林中穿行，享受那孤寂、品尝那伤感。大自然的空气使我孤独地陶醉其中，而那孤独所带来的是惬意，那种环境会使我诗兴大发。当我回到房间之后，就把那些即兴创作的诗句记下来，借着烛光坐在床头慢慢品味。可是，这都是过去的事情了，夜风、树林、诗歌……它们全都消失了，我失去了那个美好的时光，再也不会回到从前。尽管是这样，但我并不对过去的美好而感到遗憾，因为这毫无必要，毕竟那些已经经历过了。真正感到遗憾的是现在的生活，重复，不停地重复，每过去一天就是在浪费一天，因为每天都是平淡、毫无收获的一天，这种生活除了痛苦没有其他任何馈赠？

不过，赞美我的上帝，也不是没有例外，个别的时候也有过其他的时光。那些时光给我带来震撼和精致的礼物，炸开了苍穹，令我这个迷途浪子回到那新鲜而真实的世界里。我悲伤地，但内心却又兴冲冲地尽力回想起最后一次的那段经历。

那是一次演奏着美妙而古老的乐曲的音乐会，木管在演奏着一首钢琴曲，当吹到两个拍子之间的时候，我忽然感觉通往天堂的大门已然打开。我穿越苍穹，看见我主正在工作。我体验到一种美轮美奂的疼痛，对于尘世间的一切我都不再去反抗与恐惧了。我不再怀疑人生，而变得对一切都芳心可可。那种感觉只是持续了一阵儿，也许只是片刻，但是那天夜里我又梦见了一次。在此之后，我那孤苦的一辈子里，对那种体验时不时地就又开始期待。有时候，我真真切切地看见它像一条金光闪闪的、神圣的轨迹通过我的生活，甚至长达好几分钟。那条轨迹很奇怪，一方面，上面总是沾染灰尘和污垢，但另一方面，又闪耀着金光闪闪的星火，给我一种永远不会离开的迹象，却又迅速地销声匿迹。

在一个深夜，我躺在床上并未睡去，突然灵感带给我一首诗。这真是首佳作啊！可是我却傻乎乎地没有当时就记录下来，第二天清晨就把它忘了个一干二净。不过，那首诗就像是坚果中的果仁儿一样，一直深埋在我的内心。

在阅读某位诗人的作品的时候，在思索笛卡尔、帕斯卡的某种观点的时候，我就会又经历过这种感觉。还有一次，那时我和我的情侣在约会，这种感觉再一次金光闪闪地浮现在我眼前，飞逝在天空之中，留下金色的轨迹。

啊，在我们的人生中，在这个丰盈充裕、无比市侩的、缺乏精神追求的时代，对这种建筑风格、这种经营习惯、这种时政、这种人，要感悟到神祇的显灵是多么难得啊！在这个尘世的目的我并不认可，在这片苍穹下我没有丝毫的愉悦，在这样的环境里我又怎么会不去选择做一只荒原狼，一个衰败的隐士！无论是在剧院还是在电影院，我都待不下去，我甚至难以阅读报纸，现代书籍也几乎看不下去。看到人们在混乱不堪的车厢和旅馆里，在人挤人、吵闹哄哄的咖啡屋里，在闹市区的小酒吧、小剧场里，他们寻找的又是什么乐趣？我无法理解。我也无法理解人们去参加国际博览会，在节日的出游中，在渴望受教育的人所作的报告中，在大型体育赛事中究竟在寻找什么样的乐趣。几乎所有的人都在为获取这类乐趣而奔走忙碌、耗费心思。我也不是得不到这种乐趣，而是我理解不了它，所以我无法跟他们同乐。反而是仅有的几件事能令我欢乐，我认为那是尘世间最美妙的事情。卓尔不群的事情、令人乐疯了的事情，世人最多只能在文学作品中发现过、寻找过、喜欢过，在现实生活中那些情节都被他们看成是荒诞不经的。其实，若说这些世人的观点正确，若说这咖啡屋的音乐，这些大众的娱乐项目，这些满足了做些微小事情的美国式的民众的追求的确是正确的，那样的话我就是错的，早就是精神病患者、狂徒。我没有说错，我就像我自称的那样是只荒原狼，一不小心来到了它无法理解的另类兽群之中，它变得无家可归，也没有吃惯了的食物，甚至没有呼吸惯了的空气。

我在思考着这些困惑了我许久的问题的同时，继续走在这潮湿的街道上。我穿过这个城市一个最宁静、古老的街区。在街道对面，有一堵古老的灰色石墙矗立在黑暗之中，一直以来我就很喜欢看着这堵墙。这石墙被一座小教堂和一个古老的医院夹在中间，总是那样显露出沧桑和自然恬静。天还没黑的时候，我经常死盯着那斑驳的墙面看。在内城，这种平静、美好、不为人所关注的墙面并不多。这儿到处都有商店、律师事务所、医生、理发师、发明家的招牌在朝你大声招呼，简直令人感到无立锥之地。这时，我又看到那古老的石墙安静地立在我面前，但好像墙上有了点什么变化。原来在石墙中央多了座漂亮的小门，门拱尖尖的。我感到困惑，怎么也想不起来究竟原来有没有这座门，或许是后来才开的？这是一座看上去很古老、历史很悠久的门，这点毋庸置疑。或许这紧紧关着的连门板都已经发黑的小门，是一家几百年前就无人光顾的修道院的入口。现在虽然修道院已经不存在了，但是这座门却仍然是荒凉古国的入口。也许这座门我曾经见过，当时可能看得没那么细，也有可能是因为给它新刷了漆，才使我注意到它。无论如何，我停下了脚步，很认真地向那边看，但我没有走过街道，因为路中间非常潮湿，路上满是泥泞。我站在人行道上朝那里望去，一切都笼罩在夜色里，门的柱子上好像编织了一个花环，或者装饰着什么别的带有色彩的东西。我睁大眼睛仔细地观察，发现门上还挂着一块明亮的牌子，牌子上好像还写着些什么字。我怎么使劲儿也看不清楚，于是就趟过污水、泥泞走了过去。我看到门框上边灰绿色旧墙上有一个闪着微光的区域，那里的彩色字母闪烁不定，若隐若现。我在想他们居然连一堵古老的墙壁都用来做霓虹灯广告了。我勉强看到几个闪来闪去的单词，这些词并不那么好认，所以，只好连蒙带猜。组成这些单词的字母出现的频率与长度都不同，暗淡而缺乏力度，转瞬之间就又灭光了。打这类广告做买卖的人可称不上是会念生意经，他也只能和我一样算是个荒原狼、倒霉蛋；为什么要在老城最黑暗的街道里用古老的墙壁做字母游戏，而且广告又偏偏闪烁在这种月黑风高、愁风惨雨、无人问津的时候？为何这些字母如此闪烁不定、转瞬即逝、喜怒无常、难以辨认？好了，我现在终于把几个词拼出来了：

“魔剧院——闲人免进！”

我去开门，用尽力气也没有把那又重又旧的门把扭动。这时，字母游戏突然结束了，它异常伤心地打住了，似乎是明白了这种游戏毫无意义。

我向后退了几步，弄得满脚都是泥污。字母不再出现，灯也熄灭了。我在泥污之中站了许久，期待着字母重新闪亮起来，结果却是徒劳。

我死心了，不再继续等待。我重回到人行道上，这时我面前湿漉漉的沥青路面上突然倒映出几个彩色的霓虹灯字母。我读道：“疯狂者专属！”

鞋里湿淋淋的，冷得难受，但我还是选择在那里继续站着多等了一会儿。霓虹灯字母没有重新出现。我伫立在那儿，心中想着，那柔和的、绚丽斑斓的、犹如鬼魅一般地在湿漉漉的墙壁上和漆黑的沥青路面上闪烁不定的谜样字母，真好看啊。就在此刻，过去的一个念头——关于金光闪闪的神迹的比喻，突然闯进我的思绪，那神迹忽然变得遥不可及、无从寻找。

我感到很冷，接着走向前去，心里满是那条闪光的轨迹，以及对那座专门为狂人开设的魔剧院的大门的渴望。就这么走着走着，我来到了集市，在这儿，所有夜间娱乐场所陈列无缺，三步一张广告画，五步一块招贴牌，对顾客们竞相献着殷勤，上面写着：女子乐队、游戏厅、电影院、舞厅，等等。不过，我并不去这些地方，那是“普通大众”的娱乐，正常人的消遣，路过这些场所的人们无不一窝蜂地涌进各类娱乐建筑的大门。虽然这样，我的哀愁却越发的重了，只因那刚才看到的闪烁不定的字母，那是来自另一个世界的诱惑。它们一直在触动着我，进入了我的灵魂，打乱了我埋藏在心底的乐章，让内心那一丝金色痕迹的薄光再次隐隐浮现。

我来到一家装饰古老而简朴的小酒馆。我第一次来到这个城市大约是二十五年前的事情了，从那时候起这个小酒馆就没有发生丝毫的变化。老板娘还是当年的那个老板娘，今天的那些酒客们依然坐在二十五年前就坐过的座位上舒适地小酌，依然用着二十五年前那种式样的酒杯饮酒。我来到这朴素的小酒馆，这儿是我躲避世俗与现实的安闲之处。虽说这类躲避与静谧地坐在南洋杉旁的楼梯上避世几乎没什么区别。在这儿我同样找不到故乡和知己，我所能找到的只是一个能容纳自己的安静角落，可以在一个舞台前观看和我有所不同的人表演的陌生节目。但是，这个安静角落也有其可贵之处：这儿没有那些涌动的人潮，没有喧嚣吆喝，没有嘈杂的音乐，只有几位面容安详的酒客无声无息地安坐在不加装饰的、风格简约的木桌旁。桌子简朴到甚至没有铺放大理石桌面，没有镶上珐琅，没有铺丝绒台布，也没有那些黄铜装饰！大家面前都放着一杯味道醇厚的老酒来度过漫漫长夜。这些酒客我都很眼熟，或许他们就是些地道的俗人，在自己家里，在他们那充满了庸气的宅子里都放置了庸俗不堪呆头呆脑的家用祭坛，祭坛后面是那可笑而知足常乐的庸俗偶像。或许他们也和我一样，是些孤僻的怪人，没了往日的理想，沦落为借酒消愁的酒徒，他们同样是荒原狼、穷棒子。他们究竟都是些干什么的，我也不清楚。思乡、失望、寻求精神安慰的需求把他们拉到这儿来。已婚者到这里追思单身时代的自由，耄耋之年的官员到这儿追思自己充满欢乐的青春时代。他们，我指的是酒馆里的所有人，都非常沉默，好酒贪杯。他们和我一样，宁可慢条斯理地自斟自饮半升阿尔萨斯酒，也不愿呆坐在剧场里看女子乐队表演。我在这里动辄可以消磨一小时时光，就算两个小时也无所谓。我在喝下一口阿尔萨斯酒之后，就忽然想起来，今天一整天我除了早餐吃了点面包之外，居然还没有吃过其他东西。说来也怪，人类什么都能吃到肚里！大概十分钟前我看了一份报纸，把一个不负责任的作者的思维通过眼睛映入我的脑海，把别人的言论在嘴里黏合着唾液大加咀嚼，将难以消化的部分再吐出来。就这样，我没心没肺地“吃了”整整一栏报纸。然后，我又吃了分量不小的牛肝，这明显是属于一头小牛的肝脏。说来也怪，我生性爱喝平和的阿尔萨斯酒，那大约是最美的佳酿了，而对烈性酒没什么兴趣，至少平常的时日不怎么喝。烈性酒通常香醇可口，有一种特别的味道，甚至因此而闻名。但我最喜欢的还是纯正温和、便宜且没什么名气的家酿葡萄酒，那种酒很难喝醉，味道极佳，有一股泥土的芳香、蓝天和树木的气息。一杯阿尔萨斯酒搭配上一块面包，这就是一顿美味佳肴。不过现在，我已经一整块牛肝进了肠胃，对我这种平常吃肉不多的人来说可是一件极为难得的美妙享受，第二杯酒也已经被我斟满了。想想也奇怪，究竟是哪个绿色山谷中的性格老实的壮汉在种植葡萄，酿成葡萄酒，然后让这个世界上各个远离他们的一些失落的、默默饮酒的市民和那些愁肠百结的荒原狼从杯中吸取一滴庸气，借此获得些许短暂的快感？

算了，不去想这个，奇不奇怪是他的事情，我没必要为此操心。反正酒喝得很对口味，饮酒可以帮助自己稳定情绪，对报纸上那篇无稽之谈的文章，看后轻松一笑就了事。忽然，刚刚听到的那已经被我所忘却了的、用木管吹奏的钢琴曲的旋律又在我的耳边鸣起。那旋律好似一个渺小的折射着五颜六色光彩的，闪着光亮的肥皂泡一样，活灵活现地把整个世界映照出来，然后又轻轻地悄然破灭。要是这段美妙动听的旋律能够就这样在我的灵魂中深深扎根的话，之后再让那些色彩绚丽的花朵在我的心中绽放的话，那我岂能算是完全垮掉了呢？尽管我是迷途的动物，对周遭的环境并不理解，但我至少能听到那迷人的旋律与节拍，所以，我那庸俗不堪的生活依然有它的价值。我身上有什么东西可以为我解决难题，收听那来自天国的呼唤，在我的脑海中收藏千百幅图画：

这一张是乔托画在帕多瓦小教堂蓝色拱顶上的一群天使，在天使们身旁行走的是哈姆雷特和戴着花环的俄菲丽亚，是世界上一切不幸和悲剧的美好比喻；那一张画的是站在燃烧的气球中的基亚诺索在吹号角；还有一幅是亚提亚 · 施默尔茨勒手里拿着他的新帽子，婆罗浮屠将他无数的雕塑吹到空中。尽管这么多优美的形象同样也活生生地展现在无数其他人的心里，但是还有上万种其他不知名的图像和音乐居于我的脑海之中，我的内心就是它们的故乡和它们的耳目，它们只活在那里。那古旧的医院院墙是一种灰绿的颜色，由于长时间的风吹雨淋，墙面上被侵蚀得斑斑点点，看上去非常衰败、破旧，那一条条纵横交错的缝隙、一块块霉斑里好似有千百幅画——没人去理会它，没人把它纳入自己的灵魂，没人爱它，没人能感受到它那慢慢消逝的颜色的魅力。僧侣们那带有精美插图的书籍，早已被人们所忘却的一两个世纪前的德国作家的作品，所有那些破损与发霉的旧书，古老音乐巨匠的书籍和手稿，记录着乐曲的梦幻的发黄僵硬的乐谱，那些书里的声音、美妙的语言、古怪的奇谭、怀古的情思，今日有谁在聆听它们的声音？有谁心中深怀着那些书中的思想和魔力来到与这些书籍思想完全不同的另一个空间？有谁还会记得古比奥的山上那棵顽强的小柏树？那棵小柏树被山坡上滚落的一颗大石头砸成了两半，却依然没有死掉，反而又长出了新鲜细嫩的小小树冠。谁还会对那位住在二楼的辛勤劳作的家庭主妇和她的那株南洋杉另眼相看？谁会在深夜透过漂流的雾霭认出莱茵河空中浮动的白云组成的字母？

唯有荒原狼，在他那废墟一般的生活上寻觅破烂不堪的人生意义。坚忍似乎是愚蠢的事情，他拥有如疯子一般的生活，暗地里却悄悄地企图在最后迷惑的混乱中接近上帝。

老板娘正打算给我倒酒，我赶快捂住自己的杯子，起身离开。我不能继续喝下去了。那金光闪闪的痕迹又开始闪烁了，让我不要忘记永生，想到莫扎特，想到星空。我又可以呼吸一个小时，又可以生活一小时了，又能伫立在人世间而不必去忍受那些痛苦，不必心惊肉跳，不必被羞耻折磨。

我从酒馆走到了寂静的街上。街上寒风乍起，街灯被风裹挟着的雨点敲打得清脆作响，照射出一闪一闪的寒光。现在到哪儿去？要是这时候我会某种魔术的话，我一定变出个漂亮的路易·赛泽式样的小客厅，弄几个高级乐师给我弹奏几首亨德尔和莫扎特的曲子。我会别有兴致地去倾听那些音乐，就好像上帝饮佳酿那样把高贵典雅的音乐饮下去。哦，如果现在我有一位住在阁楼里的朋友，他的房间里放着小提琴，燃点着火烛，而他正坐在桌旁苦苦思考，那样多棒啊！要是有这样的一个朋友，我就会在冷冷清清的夜晚偷偷溜进他的房间，蹑手蹑脚地走上拐来拐去的楼梯，吓他一跳。然后我们会兴致勃勃地聊天，欣赏音乐，度过这万籁俱寂中的几个小时超凡脱俗的时光。过去，在那已经逝去的岁月里，我曾经多次有幸得到过这种幸福，不过随着岁月的流逝，这种感觉已经渐渐地变淡，离我远去了。此时此空间与另外的时间另外的空间之间相隔着灰暗的年代。

我反复想了一阵儿，便走上了回去的路。我将大衣领子翻得很高，用手杖在潮湿的路面上敲得哒哒响。即使我走得很慢，走到家也用不了多久，到时候我就又会出现在自己的小阁楼里——那个我所谓的小小故乡，我并不喜欢它，可是却又偏偏少它不得，因为我已经不能像昔日那般，在冬日寒夜里整晚地在野外游荡。昔日已成往事。哦，就这样吧，我不想让那些风雨、南洋杉、风湿病把我夜晚的雅兴给败坏了。虽然变不出演奏室内音乐的乐队、没处找拉小提琴的难兄难弟，但是那洁净雅致的音乐仍在我的心中回环婉转。随着呼吸的节奏我轻声细语地哼唱着，自己为自己表演。我向前一边走一边想。对了，没有室内音乐可以，没有朋友也可以，但一筹莫展地坚持寻找温暖岂不是一件可笑的事情。

孤独的本质就是无人可求。我对孤独有一种渴望，经历了这么久，我终于得到了它。孤独冷似冰，哦，没错，它同时还那样的安静，那样的辽阔无边，既冰冷又安宁，像群星璀璨的宇宙空间一般。

我路过一家舞厅，里面传来了一阵强烈的爵士乐的声音，就好像盛夏里晒出的汗味儿，令人感到又热又熏鼻子。我止住脚步暂且停了下来。我十分厌恶这类音乐，但这种音乐却又总是不知不觉地吸引我。尽管我和爵士乐之间并不契合，但比起这年头那些所谓的经典音乐来看，爵士乐起码比它们好十倍，至少它可以用奔放欢快的节奏令我的感官深受刺激，又发出一股原始且淋漓畅快的情欲。

我立在那儿闻了一阵儿，听了股那种带有血腥味道的刺耳音乐，愤怒且无节制地闻着大厅里的味道。抒情的那一段音乐婉转而又悦耳，异常失落、伤感；但另一段却异常奔放，节奏起伏较大，情感激烈；但是，这两段音乐却又单纯和谐地合成一曲。这是一种沉沦的音乐，罗马帝国行将崩溃最后的几位皇帝在位时必然会有类似的音乐。与巴赫、莫扎特他们及正常的音乐相互比较，这类音乐纯属胡闹；可是，只要比较一下，就会明白这些其实就是我们的艺术、我们的思想、我们的那些所谓文化。这类音乐的优点在于：所图即为直白、纯真、坦诚、欢快。在这类音乐里有着一股黑人的成分、美国的成分，对我们欧罗巴人而言，黑人和美国人是那样的壮实、那样的生机勃勃、那样的纯真……欧洲是不是也能变成这个样子？是不是变化已经开始了？莫非我们这些通晓并尊崇过去的欧洲、过去的经典音乐、过去的经典文学的人到了明天就会被人们抛却、被人们嘲笑，成为一小撮蠢笨的、复杂的神经官能症患者？难道被我们所称为“文化”，称为精神、灵魂、优美、神圣的东西其实不过是一个早已辞世的幽灵，只有我们几个蠢货才认为它是真实的、活生生的？莫非从来就没存在过真正的、生机勃勃的文化？莫非我们这些蠢货朝思暮想的其实是一个虚幻的影子？

老城区把我拉进了它的怀中，在阴暗中隐隐约约显露出小教堂的影子。突然，我又回忆起今日傍晚所发生的事，回忆起那匪夷所思的小木门，回忆起门框上那匪夷所思的霓虹灯招牌，回忆起那嘲弄似的闪烁不定的字母。那些字母所拼成的那一句是“普通人严禁入内”，另一句是“专为狂人而设”。我再次向那古老的墙面望去，非常认真地审视着它，心里暗自希望那一幕能重现，希望广告灯被再次拼出句子来向我这个狂人发出邀请，希望那门能让我进去。说不定那里会有我所追寻的东西？说不定正在演奏我最爱听的音乐？

到处一片黑乎乎的，黑色的墙壁好像滞纳在梦幻之中，冷酷地盯着我看。石墙上没有那座门，更没有尖顶拱门，甚至连个洞都不存在。

我微微一笑继续向前走着，朝着那堵石墙友善地点头问好：“继续睡吧，墙，我不把你叫醒。随着岁月的漂移，会有人把你给拆掉，或者那些无孔不入的公司会在你身上贴满各种广告。不过，至少现在你还在这儿好好地立着，现在你还那么优雅、恬静、可爱。”

正当我走到一个黑暗的胡同前的时候，冷不丁地从那儿冒出一个人来，着实吓了我一跳。那是个孤独的夜路归客，脚步沉重。他头上戴着一顶帽子，一袭蓝衬衣，肩膀上还扛着根杆子，杆子上挂着一张广告。就像市场上商贩的打扮那样，他肚子前的腰带上还挂着一个开了口的小盒子。

他看起来疲惫不堪，无精打采地从我面前经过，甚至都懒得回头看我一眼，否则的话我会跟他打个招呼，递根烟给他抽。当他路过下一盏路灯的时候，我想看看那挂在杆子上的红纸上写的是什么字，可惜那张纸随着杆子及他的脚步摇来晃去，弄得我根本看不清。于是，我就冲他喊了一声，请他让我看看那张广告。他停住了脚步，把杆子立正，此刻我才看清楚那东摇西晃的字母组成的内容是：

“无政府主义者的晚间娱乐！

魔幻剧场！

闲人莫入……”

我欢呼起来：“我要找的就是这个，您晚间的娱乐是什么内容？在那里、什么时候开始？”

他又挪动起步子，继续走路。

“普通人严禁入内。”他无精打采地冷冷应付了这么一句，然后就跑到一边了。或许他已经开始厌烦，现在要做的是赶紧回家。

我跟在他后面跑着追了过去，对他大喊：“请等一下，您的小盒子里装的是什么？我希望能买一点。”

那人不肯停下脚步，一边走一边机械而麻木地从小盒子里掏出一本小书塞给我。我急忙把小书接过来塞进口袋。当我解开衣服扣子打算掏钱的时候，他已经走进旁边的一扇大门，关上门就不见了。我能听到他迈着沉重的步子走过院子里的石子路面，走上了一道木楼梯，然后就什么都听不到了。

此刻，我也忽然感觉自己疲惫不堪，朦朦胧胧地觉察到已经是深夜了，是该回家的时候了。于是，我步子迈得快了起来，迅速穿越附近都是高墙深院的郊区街道，来到我居住的区域。这儿住的大多是官员和较为贫困的老者，干净整洁的公寓房前有块小草坪。我穿过草地和常青藤后走过一株小板树到达了楼门前。我摸到了钥匙孔，按亮了灯，蹑手蹑脚地走进玻璃门。经过擦洗得锃亮的橱柜和盆景树，打开了我的房门——那个我所谓的小小故乡。在我的房间里，火炉、画具、躺椅、墨水盒、诺瓦利斯、陀思妥耶夫斯基……它们都正在等着我的归来，就好似母亲或妻子、孩子、女仆、猫狗等待着其他的正常的人回家一样。

当我脱掉半湿的大衣的时候，手又忍不住碰到了那本小书，它被我取了出来。这是一本很薄的小“书”，甚至更应该被称为小本子，因为它的纸张质地和印刷质量都非常粗糙，简直和市场上廉价出售的那些小本子，如《一月出生的人》或《可以使你重获青春》一样。

我靠在躺椅上坐下，戴上眼镜，读起了这本劣质小本子封面上的书名，突然感到心中凄然，一种同病相怜之感不禁油然而生。这本书的书名是《荒原狼——为狂人而作》。

我将这文章一口气读完，越看越觉得兴趣盎然，现将其文本抄录于下：

论荒原狼

——为狂人而作

从前有个名叫哈里的人，给自己起了个绰号叫荒原狼。虽说他双腿直立行走，着人装，当然算是个人，可实际上他确实又是一只荒原狼。智商高的人可以学会的东西他学会了不少，是个非常聪明的家伙。不过有一点他无论如何学不会：对自己和对生活感到满意。他从来不曾具备这种能力，他是个永不满足的人。这或许因为他心灵深处自始至终都很清楚，或者是以为清楚，自己根本不是个人，而是从洪荒世界跑来的一只狼。他究竟是不是一只狼，还是说他降临世界之前就已经被人用魔法把他从狼幻化成了人，再或者从他出生的时候已经是人了。他拥有荒原狼灵魂的天性，又或者说他自以为是只荒原狼的这种意识其实只是一种幻觉和精神疾病之类……聪明的人们可以对此尽情地讨论，比如说也可能原因如下：此人在小时候异常顽劣，不服从父母与师长的管教，他们试着想要压制住他的兽性，但这样却得到了相反的结果——他产生了一种错觉，认为自己其实真的是一头野兽，只是在外面披着一层作为伪装的人皮罢了。关于这个问题，大家可以经年累月地讨论下去，甚至为此写几本书都没问题。但这对于荒原狼却没有任何用处，因为在他看来，狼只是他自身的一种病态幻觉也好，被人用魔法输入进了身体也好，或者是因为师长们训斥责打而逆反出的狼性也好，这些都并不重要。无论别人如何想，也不论他自己如何想，都不可能把狼从他体内拽出来。

荒原狼有两种天性——人性和狼性，这便是他的命运。可能这种命运并没什么奇怪的，甚至很常见。曾经有不少人，他们的性格有很多地方像狗、狐狸、鱼或蛇一样，但是他们并没有因为这种性格而遇到什么特别的困难，在他们身上，人性和狐性、人性和鱼性之间和谐相处、互不侵犯，它们甚至还会相互帮助。有的人发展得好，被他人羡慕，而他们之所以可以获得成功更应该归功于他们身上的狐性或鱼性，并不是归功于人性。这都是世人皆知的事情。而哈里则和那些人完全不同。在他的体内，人性和狼性根本做不到和谐相处、互不侵犯，反而是势不两立、不共戴天。一个人的躯体里有两个相互作对的灵魂，这种人生是异常痛苦的。唉，每人都有每人的不幸，活着真艰难啊！

在情感上，他和一切混合生物相同，时而为狼，时而为人。但有一个方面和他人有所区别，当他作为一只狼的时候，他身上的人性总是躲起来观察、思考、抉择，伺机向狼性出手；同理，当他作为一个人的时候，狼性也是一样作为。

例如，当人性占据了哈里的时候，他会有一个美好的愿望，拥有了高尚而纯洁的情感，做了所谓善事。这个时候，他身上的狼性就露出尖牙开始狰狞地冷笑，并带着血腥以嘲讽的口吻告诉他："你的高尚充满了虚情假意，与荒原狼的嘴脸多么的不相吻合啊，看上去显得真可笑。"因为作为狼，心里非常清楚什么才能让它感到惬意——孤独地在荒原上奔驰着追逐母狼与撕咬猎物，并喝它们的鲜血。站在狼的立场上来看，任何一种人性的行为都是异常愚蠢可笑和不合逻辑的。反过来也是一样，当哈里狼性大发，在别人面前张牙舞爪，对人类及他们的伪善、变态的行为及奇风异俗深深厌恶的时候，他身上的人性就会埋伏起来，观察狼性，骂他是野兽、畜生，破坏他的心情，使他无法过上那种朴素直白、健壮而充满野性的狼性生活。

以上便是荒原狼的特殊性格。可以试着推想，哈里的生活无法舒坦，无法幸福。不过，这并不等同于他就拥有特殊的不幸，尽管他个人确实有这种感觉。其实，这话对任何人都不能说。因为即使有的人身上不存在狼性，也并不能因此就谢天谢地。哪怕是最倒霉的人生也有吉星高照的时候，也会在戈壁的石头缝中生长并盛开出一朵小小的幸福之花。荒原狼也是如此。通常的情况下，他都很倒霉，这点没人能够否认。当他爱上别人或被别人所爱的时候，也会使得别人不幸。因为那些爱上他的人往往只看到他的人性。有的人把他视为一个文明礼貌的怪客而爱上他，可是一旦他身上的狼性出场，就立即惊恐万分，大失所望。这种情况完全无法避免，因为如同每一个动物一样，哈里希望别人把他作为一个整体来爱，在爱他的人面前，尽管他特别重视他们的爱，他也不能用谎言来掩饰并隐瞒自己拥有狼性的一面。而有的人爱的恰恰是他身上的那种狼性，爱他的放荡不羁、桀骜不驯、孔武有力、令人胆寒。

荒原狼虽然孤傲野蛮，可在他身上竟也有人性。有时他也会乐于让自己展现友好温良的品格，也会听听莫扎特的乐曲，或是阅读一些优美的诗歌。而身边那些人，在发现荒原狼身上的人性时，又会格外的失望和痛苦，甚至于愤怒。他们好似也被荒原狼的双面性影响了，展现出这种莫名的矛盾。

谁都不能声称自己真正了解荒原狼。就算表面上了解了，也无法接触荒原狼的内心，无法想象荒原狼那单纯又破碎的生活。所有的常规都存在例外，就好像有的时候一个恶人对上帝的虔诚要超过九十九个好人一样。在特例的情况下，哈里也会感到幸福。对哈里来说，有的时候自己是一匹狼，有的时候又是一个正常的人。作为狼而生存和作为人来思考，这两者并不是此消彼长的关系，它们互不干扰地共存，甚至互惠互利。对他来说，所有的和常人一样、合乎规范的存在，都是为了让自己休息片刻，并做好被上天注定的奇迹所打破的准备。世间的事，不外如是。只有闲得发慌的人才会去思考，这片刻的幸福是否会让荒原狼的灾难减少，是否会让幸福与不幸取得平衡，又或者是让短暂的幸福吸收所有的不幸？而荒原狼，只有在超级无聊的时候，才会想到这些。

值得一提的是，许多人，比如说艺术家们，就有着同哈里一样的特性。他们身上好似住着两个灵魂、展现两种人性。在他们的身体里，神圣美好和邪恶凶残共存，母性与父性共存，幸福和痛苦共存。他们和哈里一样，被这些矛盾盘踞在身体里，相互倾轧。他们在颠沛的人生当中，只能在极少的片刻感到幸福；那个时候，他们就会感到无比的陶醉，就好像被幸福的巨浪打晕，并乘浪冲出无边的苦海，闪耀夺目的光华。很多文学作品都会写到某个遭受苦难的人突然之间主宰了自己的命运，迸发出耀眼的幸福，照耀于自身和周边的许多人；这些人会将瞬间当作永恒沉醉其中。文学作品几乎都是于苦难的海洋上溅起的幸福浪花。这些作品虽然名称和作者都不一样，但他们都不是实实在在的生命。或者说，他们都没有具体的形象，他们和传统意义上的英雄、艺术家、思想家等其他职业截然不同。他们的人生痛苦而破碎，就好似惊涛拍岸，不死不休。他们于这样的人生之中追寻转瞬即逝的闪耀之光，用特立的行为、经历、思想照耀他们；而这些成果一旦被人无视，他们的生活就变得毫无价值。有时，他们突然生出这样的想法，即认为人类的存在就是一个错误，是夏娃孕育的怪物，是失败而又粗暴的试验品；有时，他们又会觉得人类是永恒不朽的，是世间的精华，而不仅仅是普通的理性动物。

人性或许各不相同，但他们都有着自己的特性，有着区别于他类人的习惯、品格和原罪。荒原狼也有着自己的特性，比如说喜欢黑夜。早晨是荒原狼的噩梦。他惧怕早晨，而早晨似乎也从未给他任何益处。在荒原狼的人生里，没有一个感到开心的早上，甚至没有一个称心如意的上午。在中午之前，他无法产生什么有益的想法，让自己活得愉悦。下午开始，他的心才会渐渐解冻。而到了夜晚，他才真正有了生气，才能体会到美妙的时光，甚至感到幸福欣喜。这个时候，他才能做出点事儿来，而这只能归于他的孤傲和独立。他深刻而狂热地追求独立，而这追求要远远超过他们。在他小的时候非常贫穷，他为了能保持独立的权利，不得不忍饥挨饿、节衣缩食。他从来不会为了贪图金钱和享乐而出卖灵魂，不管是有钱有势的人也好、漂亮的女人也好，他无数次拒绝世间的引诱，仅仅是为了保持自由的权利。他不愿意做官，因为那不得不听命于人，毫无自由。他害怕办公室、秘书处、公事屋，以至于他曾经做过一个噩梦，梦见自己被关在一座兵营里。他付出极大的代价，来想方设法逃避这些场所。在这件事情上，他表现出了极大的天赋和不屈不挠的精神。而他这种始终如一的不屈作风，正是他苦难命运的根源。和许多人一样，他最终得到了自己所向往的，但过犹不及，又受累其中。这些曾是他苦苦追寻的梦想，最后却又成为负累和苦难。热爱权利的人被权利所累，热爱金钱的人被金钱所累，喜欢附庸的人被附庸所累，喜欢享乐的人被享乐所累。而荒原狼被特立独行所累，正是此理。他最终得到了他想要的，可以自由自在地生活，没有人凌驾于他，命令于他，指示于他。哈里得到了他所追寻的自由，就好像每个有坚定梦想的人最终都能梦想成真。但是他又猛然觉得，人生除了自由就是死亡；没有谁会去打扰他的生活，以至于他的世界里只剩下孤寂。空气也在这孤独当中好似日渐稀薄，这种感觉令他惶恐，因为好像所有的人都与他无关，甚至他自己也与自己无关。而这个时候，自由和孤独再也不是他的梦想了。这些曾经的梦想都成为他的噩梦和审判，那些奇迹般出现的自由如附骨之疽，无法回头。现在的他，宁愿受到束缚，用满怀善意的心态融入他人的生活，但这一切都成了奢望。当然，这并不是说人们都讨厌他。相反，很多人都喜欢他，愿意做他的朋友。但人们只会同情和善待他，并仅此而已；这源于他周围那种挥之不去的疏离感。人们会邀他做客，会赠送礼物给他，甚至和他通信；但人们无法打破那种疏离而真正接近他。他的四周，连空气都充满孤独和安静，一切事物都无法停驻，一切关系都无法建立。他努力想驱散孤独的空气，但这些挥之不去的孤独成为他的重要特征。

他的另一个特性就是自杀倾向。值得一提的是，并不是那些真正结束生命的行为才是自杀。有许多人是受到偶然因素的影响才选择自杀的，他们或许原本并不具备自杀倾向。有些人的一生，没有个性、没有特点，没有经历生活的坎坷，但他们却用自杀来结束生命。就他们的本性来说，并不是一个自杀者。而相反，有一些，或者说大部分具备自杀倾向的人终其一生或许并没有伤害自己身体分毫。哈里就是这样一个有自杀倾向的人。这种自杀倾向并不一定表现于要结束生命；就好像有的人急于结束生命，却并不具备自杀倾向。倾向自杀的人都有一个特征，那就是他们会没来由地觉得自己成为世间一个非常危险而又无所依的存在；他们总是感到自己受到威胁、缺少安全感，就好像站在耸立的山崖边上，只要有人轻轻一推，或是稍一头晕，就会摔下悬崖粉身碎骨。对于他们来说，他们总是想象迟早有一天自己会死于自杀。他们总是在年少的时候就表现出这种倾向，并让这种倾向伴其一生。但这并不是说这些人的生命力不强，而且正好相反，他们通常都有着异常坚忍的求生欲望，甚至意志坚定、勇猛异常。世上有一类人，只要稍微感冒发烧就会引发大病一场；同样，这些有自杀倾向的人也总是稍微被刺激就会一心求死。我们的科学不应该仅仅研究生命的物质原理，还应该研究人性和生活。假使这种科学和人类学、心理学一样早就存在的话，上面说的那些道理就会早些普及了。

我们只能从表面上，从心理学或者物理学的角度对这些有自杀倾向的人品头论足。如果我们换个角度，比如说从玄学的角度来看，或许会发现一些深层次的东西。以玄学的观点来看，这些人的自杀倾向源于他们因自己的个性如是而满怀愧疚，他们活着的目标不再是追求圆满、发展自身，而是追求分裂，使自己回归到大自然的怀抱之中。而他们的负罪感又使得他们当中的许多人并不能真正结束生命。即便这样，我们仍旧认为他们深具自杀倾向，因为拯救他们的将是死亡而非新生。他们于世界之中自我放弃，他们泯灭自己的生机以求回归自然。

在特殊条件下，即便是强者也能变成弱者；反之，一些有自杀倾向的人也常常能将他们的自暴自弃变为一种精神支柱，而哈里就是这样。和许许多多有自杀倾向的人一样，在哈里的精神世界里，随时准备迎接死亡。所以，他脆弱敏感而又沉迷想象。他生存的意义似乎也都存在于自身的想象之中。只要生活当中遭遇困难痛苦，哈里就立刻会想到以死亡来超脱现实的困境，就和其他同类一样。但是随着时间的推移，长久沉浸在自杀幻想里的哈里，却把这种自杀倾向转变为一种利于生存的特殊人生哲学。他会觉得，反正死亡之门一直为自己敞开，那么不妨在人生之中多历经些苦痛；既然结果已经注定，那么过程的艰难又算什么呢？有时候，哈里会以一种冷眼旁观的态度看待自己遭遇的不幸，他甚至抱着一种考验自己忍耐力的想法来历经磨难，反正一旦忍无可忍，即可奔那早已敞开的大门而去。很多有着自杀倾向的人就这样从对死亡的幻想之中汲取活下去的力量，就像哈里一样。

换句话说，所有倾向自杀的人又同时具有抵抗自杀引诱的能力。他们从灵魂深处认为，自杀其实并非正途，并且毫不体面；他们的尊严让他们想尽办法战胜生命的困境，以换回生命的高尚。这样的想法，以及对结束生命的负罪感，使得这些倾向自杀的人和死亡持续地作着斗争。他们奋力抵抗，就好像惯偷努力和盗窃的恶习作斗争一样。荒原狼也一直保持着这种斗争的习惯，以至于为了赢得胜利不择手段。在他四十七岁的时候，他忽然产生了一种奇妙的想法，他把自己的五十岁生日定位为一个可以允许自己结束生命的日子；他希望那一天到来的时候，假如有需要，即可以毫无愧疚地迈过死亡之门。他为自己的这个不乏幽默的想法感到高兴；因为这样一来，所有生活的苦难，不管是任何的不幸、病痛，还是贫穷，仿佛都不再永无止境了，而是一天、一月、一年日益减少了。这样想的话，当下的困难和痛苦，仿佛也不那么难以忍受了。以往的时候，遭遇的不幸会毫无顾忌地摧残他的精神，让他夜不能寐；而现在，当他在日益加重的孤独、落魄、潦倒之中感到难耐的痛苦和伤害的时候，他只要对自己说："再过两年，我就可以越过死亡之门，让这些所有的都见鬼去吧！"之后，他就可以开心地想象，在他五十岁生日的清晨，他用剃须刀割破自己的喉咙，告别周遭的苦痛，走过死亡之门，甚至还有闲暇将门随手带上。然后，祝贺的信件和话语就会扑面而来，而痛苦、孤独、犹豫什么的就只能甘拜下风了。

我们还需要对荒原狼身上的许多表象进行解释，而他与市民性的复杂关系尤其需要。他的处世原则决定了这些表象。现在，我们就从他与市民性的关系出发，来观察这些表象吧。

在哈里自己看来，他与市民的世界完全无关，他既不醉心功利，也不向往家庭。他感觉自己完全超脱于凡俗世界之外，有的时候还会觉得自己才能卓越，远远超过常人。他打心眼里看不起资产阶级，并为自己不是资产阶级而深感自豪。不过，尽管如此，他身上仍然有资产阶级的特征，比如说他存钱进银行、资助贫困的亲戚、衣着不十分讲究但也算得上得体，他还努力不去得罪警察、税务等权力机构。除此之外，还从心底里渴望小康的家庭，他被那些家庭的整洁干净的气息所吸引；那里有洁净明亮的庭院、擦得一尘不染的楼道和安静雅致的卧室，无一不让他十分向往。他放荡不羁，甚至还有很多缺点；但他依然对自己的异于常人而沾沾自喜，他觉得这些与众不同之处正是天才的表现。他没有在身居高位或是才能卓越的人家居住过，也没有与犯过罪或是被逮捕过的人住在一起。他总是喜欢寄宿在小康的家庭，他喜欢那种家庭的生活和环境，尽管这些也和他的个性格格不入。除此之外，他受过资产阶级的教育，认可资产阶级的一些概念和生活方式。从理论上来说，他也不抵制娼妓，但是他还是没有召过妓，那些妓女也并不和他是一类人。对于政治斗争的失败者、革命者或是与主流思想持相悖意见的人，哈里或许会和他们成为朋友；但是小偷、窃贼、强奸犯、杀人犯这些罪大恶极者，哈里绝不会与他们为伍，就好像一个普通的有尊严的资产阶级一样。

这样说来，他接受的教育和做出的行为也分成矛盾的两方面，一方面是肯定的事情，另一方面是竭力否定的事情。他出生在一个资产阶级家庭并接受他们的教育，那些传统的规则和道德影响了他的灵魂；但是，他的个性发展早就不是普通的市民所能接受的了，故而他又不再受普通市民的规范和道德的束缚。

长久以来，市民都渴望在两个极端或是矛盾之中取得平衡。我们随便举个例子来帮助理解，比如，圣洁的人和纵欲的人的矛盾。一个人可能乐于奉献、追求圣洁，希望能成为圣贤之人；相反，一个人也可能自私自利、沉迷享乐，只追求满足当下的欲望。就好像存在两条道路一样，一条通往圣洁，到达天国；另一条通往欲望，引至堕落。对普通市民来说，他们希望在两条道路之中折中而行，取得平衡。他们不会过于纵欲，也不会过于圣洁；他们不会为理想献身，也不会毁灭于堕落。他们所向往的不是牺牲而是自己的存在，所以他们并不指望自己做一个品行高洁的圣人，也不会让自己成为一个穷凶极恶的人。他们缺乏一往无前的勇气，因为他们一方面信仰上帝，另一方面又有许许多多的欲望要满足；他们想拥有高贵的品质，而又安于舒适的现状。总体来说，他们总是在两个对立面中间寻找平衡点，在一个可以遮风避雨的屋檐下无忧无虑地生活。他们愿意付出代价来达到上述目的。无论是他们的生活还是情感都无比放松，这与那些努力追寻理想的人截然不同。想要追寻理想必然要放弃自我，而一般的市民却最看重自我。他们放弃了紧张的追求来庇护自我，他们得到的不是信仰而是宁静。他们不追求心情的愉悦而是欲望的满足，他们不渴望自由生活而是安逸度日，他们不需要热辣的高温而是合适的常温。所以，市民的生活，从本质上来讲就是缺乏进取心，他们担心损害自己的利益因而彷徨不已。他们这种中庸的追求使得他们会轻易地被掌控。所以，他们只好用数量、法律和程序替代权力、暴力和责任。

我们都知道，虽然这些人为数众多，但他们的怯懦却使得他们难以自立。这缺点使得他们只能成为世上的羔羊而非狼群。不过，我们依然会发现，即使在很多时候，比如说某个铁腕政权之下，市民阶层被挤压欺凌，但他们却没有消亡，甚至还占据世界的各个角落。这是为什么呢？如果一个人的生命力衰落了，世上就没有任何一种灵丹妙药可以拯救他。而市民阶层，不管是数量也好、道德水平也好、知识和组织能力也好都不算突出，但他们依然存在，甚至数量越来越多。这实在令人费解。

答案就在荒原狼身上。事实上，市民阶层依然有着旺盛的生命力，而这生命力并不在正常的市民，而在那些非正常的市民身上。市民们的理想互不相同而又模糊不清，甚至也包括许许多多非正常的理想。一些像荒原狼哈里这样的粗陋而又坚忍的人也隐身在市民阶层当中。虽然这类特殊的群体在礼法上和普通市民截然不同，他们会为思考自身而欣喜，他们爱憎分明，他们无视法律和常识，他们超越一般的道德，但他们依然被局限在市民阶层的范围内。这样一来，围绕在普通市民阶层的周围，就有许许多多生命力旺盛的智者。他们超脱于普通市民的生活规律，他们发誓要经历紧张的生活。但他们依然对市民阶层有一种单纯的眷恋，留恋其中，愿意为它的发展贡献力量。而统治者们依然可以掌握这样的市民阶层，他们已经习惯于将沉默当作顺从。

对荒原狼的灵魂进行深入的研究，就会发现他已经超脱了市民的范畴。因为他个性太强烈，从而物极必反，危害自身。在他的身上，我们会同时发现往圣贤之路发展的强大动力，以及往堕落的道路坠落的引力。不过，由于惯性使然或说是人性的弱点，哈里仍然不能跃出市民阶层，脱离这个生他养他的拥有强大磁场的星球，而进入无拘无束的太空。而这个束缚，就是他所处的位置。相当一部分知识分子，或是艺术家也是这样。他们之中，也有卓尔不凡者能够冲破束缚，不再局限于市民阶层，而进入广阔的太空；而其他大多数人，则只能气馁屈服，他们一边看不起其他市民，一边又身处其中。这些人为了生存，才转而赞美市民阶层、为市民阶层充实力量，方能达到共存。对于这个数量庞大的群体来说，最悲哀的并不是身处市民阶层之中，充其量也不过是经历一些磨难和不幸，而他们就在冲破这磨难和不幸的过程中丰富自身。有很少的一些人奋力挣脱了枷锁，他们的生活如史诗般地奔赴灭亡，而成就自身的悲剧。大多数有才能而没有摆脱束缚的人，则从市民阶层身上获得巨大的荣耀；他们仿佛生活在一个虚幻的第三世界，而在那里讽刺般地拥有主权。而荒原狼无法享受平静的生活，他和那些被痛苦湮没的众人一样，缺少冲破束缚进入太空的力量。他们总是感到自己处在绝境之中，却又没有办法顺利地生存于这绝境。他们的精神直接经历苦难，终于在相互妥协中找到一个巧妙的出路——那就是幽默。即使普通的市民并不真正理解幽默，但幽默仍然成为他们的一个重要特征。幽默会出现在荒原狼的周围，以至于他认为自己那种繁复而又错乱的理想已经实现。幽默不单会让圣洁和堕落共存，把两个极端扭曲成一处，还会肯定市民们的态度。有些人拥有对上帝的信仰，他们认同圣徒的作为；但有时候也有可能认同罪犯的作为。但是不管是圣徒也好，罪犯也好，其他行为极端的人也好，都不可能认同总是采取中庸态度的市民阶层。但是，幽默会打破这种不可能；它好像一个棱镜一样改变所有光线的道路，照映人生的各个角落，将它们融为一体。许许多多卓越的人在建功立业中遇到荆棘，故而发明了幽默这样奇妙的东西，而这个发明或许也是他们人生当中最大的成果。我们所在的这个世界有时候又好像并非属于我们，我们尊重而又超脱法律，我们占有而又失去财产，我们放弃而又未曾放弃所有……这些承载着极高智慧的观念深植内心，非经幽默不能实现。

让上述这些成为现实的天分，荒原狼并不欠缺。假使他能够于这烦闷、纷乱得如地狱般的世界里，把自身的魔性铲除的话，或许会得到赦免。尽管他还有很多缺点，但被赦免的可能性是存在的，犹如尚未熄灭的火花。喜爱和同情他的人，总是希望他能够尽早得救。这种希望会束缚他流连于市民阶层之中，无法超脱；但同时又会使他受益，让那些难耐的痛苦变得易于接受。他与市民阶层，就是这种既爱又恨的关系。这种感怀的伤感，让那不停折磨他的停留于市民当中的愧疚感，得以减轻。

为了有一天能突破束缚进入太空，荒原狼不得不自我省察，用清醒的自我去观察深植于灵魂的乱流。到那个时候，他就会发现自己那充满漏洞的生活根本改变不了；同时，他就再也无法用丰富的幻想来逃避欲望的折磨，再陷入对狼性的盲目崇拜之中。这样，人性和狼性就会摘下虚伪的假面，而直接接触对方的目光。之后，它们要么是永远告别荒原狼的狼性，要么就是凭借幽默的照耀而结合在一起难舍难分。

或许有一天，哈里会遭遇最后的结果。那个时候，他会了解自己，他有可能是我们许许多多人的缩影，也有可能是一个伟大的人，再或者是亟待我们解救的荒芜灵魂。他的命运仿佛有许许多多的可能，这些可能千奇百怪，而市民阶层的所有非典型成员都奇妙地拥有这些可能。一时间，他们仿佛被雷电击中，而世间万物在他们眼中都不存在了。

尽管荒原狼从来没有认真了解过自己的内心世界，但他依然对前面所讲的那些十分清楚。他非常需要有一面镜子来映照自己，然而，他又害怕这样；他想要知道自己在世界巨楼中所处的位置，然而，他又害怕遭遇自我。这种矛盾仿佛永远存在。

最后，还要澄清一个不切实际的地方，或者说是一个原则上的错误感觉。所有心理学的研究都要依靠假设、引申等辅助措施，而一个有良心的作者理应在文章结束的时候将这些假设解释清楚。我们要说的是，假如在文中提到了上、下之别，那是说在精神上有抽象的上、下之别，而现实世界中是没有上或下的。

浅而言之，荒原狼也是这样一种错觉。假使哈里觉得自己是由两个互相对立、矛盾的人格组成的狼人，这也仅是一种想象。如果我们只是听他自己的陈述就轻信了他就是荒原狼，就相信他是有着两种矛盾人格的人，并且进行推论的话，这样就会给我们造成一种错觉。这种错觉是为了让我们的理论易于被人接受，而这些必须在此进行纠正。

哈里试图通过让自己成为狼性与人性、欲望与理智共存的矛盾体来帮助自己了解命运。但是，这种方法过于极端，以至于歪曲了事实。哈里在他自己的身体里发现了很多矛盾之处，他认为正是这些矛盾造成了他的苦难。他用浅显的语言来描绘这些矛盾，但表达方式却有些失真。哈里同时在自己身上发现了理智、情感、文明、善良组成的人性以及欲望、野蛮、残忍、粗俗组成的狼性。哈里觉得这两方面的人格矛盾对立，界限分明。但是，他又经常会发现，人性和狼性有时会和谐共处。有的时候，哈里会试图判断在生命的某个瞬间，在某个行为、感觉当中，人性和狼性到底分别占多少比例。他无法得出明确的结论，这种困惑是对他的人狼论的最大质疑。即使是原始人或是智商低下的人，他的性格也不会如此单纯，可以被看作两种或三种因素的集合。所以，哈里这种把人性单纯地分为人性和狼性的观点是错误的。从本质上来说，构成哈里的人格的并不是这两种因素，而是许许多多数不清的因素。而哈里的生活，又并不是仅仅来往在欲望和理智或圣徒和堕落者之间，而是来往在许许多多数不清的方向之间。

当然，我们对哈里这样的行为并会感到不奇怪，就像许多知识渊博的人也将自己看成荒原狼一样，以为可以用单纯朴素的方法，用这种残酷而又原始的公式性的思维来反思纷繁无比的生活。即使是有着高等智商的、最聪明的人类，也难免戴着单纯而又充满假象的有色眼镜观察自身和自己所处的世界，这种表现在自我反思的时候更为严重。几乎所有的人都有一种天性的误解，以为自己拥有一个整体人格。这种错觉有时候会遭到质疑，但又未能动摇根本。就好像法官坐在杀人犯前面，他看着杀人犯的双眼，恍惚间，他会觉得杀人犯在诉说自己的情感和经历；但是很快地，法官又回归了本体，从虚幻的想象当中回归法官的本职，宣判杀人犯的死刑。有的时候，有些才能卓越而又情感细腻的人会意识到自己身上的多重人格。如果他们就这样去质疑人格的单一性，认为自己是由许许多多的人格组成的，继而将这种感觉告知他人的话，那么其他那些占大多数的人们就会将这些天才视为异类。他们会经由所谓的科学将天才诊断为精神分裂症患者，将他们关押起来，不让其他人从这些不幸的人那里听到真理的呼唤。很多事情存在于不善于思考的人的内心，但社会的普遍氛围却阻止人们去谈论这些。既然这样，我们为什么又要浪费口舌，到处去跟众人说起呢？如果有人在幻想当中将单一人格进行分解，认为自己具有双重人格，那么他就已经是一个特别的天才了。事实上，即使是最天真的人也不仅仅有一个人格，每一个自我都好似一个纷繁的宇宙，或是一片繁星点点的星空，那里面有着数不清的状态、阶段、情况,可能组成一个复杂的世界。每个人都试图将这个复杂的世界看成一个单纯的整体。他们总是用一种理所当然的态度和语气，将这种单纯看成是永恒和清晰的表现，看成如呼吸和进食那样的生存的必要。殊不知，这种观点本身就是种错觉，而每个人，甚至是古圣大贤都不能避免。

我们经由一种单纯的比方而产生了这种错觉。每个人的身体都是统一的，但灵魂却向来是非统一的。文学作品，哪怕是最优秀的文学作品，也惯于将人性写作是单纯统一的整体。这样我们就可以理解为什么大家都格外推崇戏剧这种文学形式。因为在戏剧之中，单一的人性被放大，剧中每个角色都是一个单一而又统一的整体。我们粗略地去观察，就自然会觉得剧中的人物都是统一的。这种观察否定了戏剧人物的多样性论。最早产生的美学研究，也非常欣赏这种将人作为一个性格鲜明的整体的戏剧表达方式。我们只有从宏观上看，才能隐约觉得这种表达方式或许只是肤浅地观察了表象。如果我们将这种从古典美学延续而来的而非我们天生的观点作用于戏剧家身上，就会产生一种从表面而生的关于自我和角色的误解。在古印度文学里，就没有这样的误解；印度史诗里所描述的英雄，就不是单一的人，而是群体的或者无数轮回的集合。在现代的文学作品中，有许多作者尝试描写复杂和丰富的内心世界；为了达到这个目的，他们会不自觉地将人物的性格描写得多样起来。因为他们要达到目的，就不得不将人看作拥有许许多多侧面、方向和组成部分的复杂统一体。这样，在我们观察浮士德的时候，就会发现他和墨菲斯特、瓦格纳等其他人共同组成了一个统一的高级体。或许我们从单独某个人身上看不到，但却可以从这个高级体身上触及灵魂的本质。许多普通人曾经都从他的老师那里听到过浮士德的一句名言："啊，我的身体里同时存在两个灵魂。"人们对这样的句子非常赞赏。但是，即便是浮士德，也没有注意到在他的身体里并不只是两个灵魂，还有墨菲斯特、瓦格纳等人都会拥有很多其他灵魂。荒原狼哈里也认为他的身体被人和狼两个灵魂共同占有而压迫不已。事实上，尽管人的身体只有一个，但里面却存在着两个以上，可能是四个、五个，或是无数个灵魂。就好像洋葱一样，剥开一层又一层；又好像布匹一样，由许许多多线头组成。在古代，亚洲人就对上述观点知之甚详，佛教的唯识论者甚至还研究出明确的方法来解开人性当中的贪念嗔痴。人类总是热衷于这样妙趣横生的游戏，就比如说，自古以来，亚洲人想尽办法来揭露一种观念的谬误，而西方人却又费尽力气来证明这种观念的正确。

经由这种观念出发，我们就可以知道荒原狼所自我认为的那种双重性格为何成为他痛苦的根源。就和浮士德一样，他认为一个人的身体里应该只有一个灵魂而非两个，两个灵魂一定会将自己撑破。然而，事实上正相反，人的身体里根本不止两个灵魂；哈里关于只有两个灵魂的幼稚认识，极大地歪曲了灵魂的本质。在这个意义上，尽管哈里是一个有着高智商的人，对灵魂的认识却和一个只会简单数数的野蛮人一样。他认为自己同时有着人和狼的双重灵魂，就已经是竭力理解了自身。他以为，自己身上那种聪慧、道德、教化的部分乃是人性，而野蛮、自私、无序的部分乃是狼性。哈里沉迷在这种自我欺骗里，而不去认识人性的本质远远比二元化要丰富得多，这种丰富远远不是野蛮人的粗陋语言所能表达的。我们可以想象，哈里的灵魂中已经出现许多远远超出人性和狼性的内容，而他单纯地将这些就近归于人性或狼性。

就和许许多多其他人一样，哈里自以为非常了解自己。其实他一点也不了解自己；即使在虚幻的梦境，或许也只会略微接触真实的自己。真希望他能将这接触带到现实之中，真正观察到自我。在古人的想象当中，人应该是一个不变而永恒的状态；尽管在历史的长河之中，也会有一些先知感觉到这种论断的不妥。然而，实际上，人就好像一座又细又窄的小桥，只不过是联系理想和自然之间的纽带。他深切地希望能够回到自由自在的自然的怀抱，可是心底里又有一个声音引诱他向思维靠拢，信仰上帝，而这两股力量不断拉扯着他左摇右摆。人们对自身的理解始终都不能摆脱市民阶层的束缚。这样人们就不必完全铲除内心深处的原始欲望。当然，同时人们身上还需要有文明、意识、修养这些元素，人们甚至可以保有自己的思维。而这正是相互妥协的结果，就和每个市民的理想一样，他们总是放弃任何略显极端的理想，小心翼翼地游走在中间地带，但实际上他们同时欺骗了身体和思维，就好像同时欺骗了父亲和母亲。这样，市民们允许人性的存在，可是又常常迫于政治压迫出卖人性。有的时候，市民们认为某个人是异端，将其烧死；过了几天，又重新认定这个人的功绩，为他建造丰碑。

荒原狼有时也会觉得人并不是完美的存在，而是根据思维的需求所产生的，这种需求虚无缥缈而又令人又爱又恨。那些今天将人送上断头台明天又将他们的名字刻在丰碑上的人，在困苦和成功的矛盾之中一步一步完成自己的人生。他们推崇自己身体里那种区别于狼性的人性，从而成为一个普普通通、庸庸碌碌的市民。有的时候哈里也会找到这样的一条道路，这条路或许会通向永恒。他也曾试着像裹着小脚一样地在这条路上迈出极小的步子，并为这一小步付出极大的孤独和痛苦作为代价。但是，他的心灵深处并不能确信自己要去追求这样的生活，他担心一旦走上那狭窄的永恒之路，就要忍受更多的痛苦，他害怕这种担惊受怕的绝望感，就好像人生不再有任何希望而只剩下死亡一样。他会想象自己以各种各样的方式死去，于是他退缩了，即便这条路真的通向永恒，他也不愿意再冒一点儿风险。即便他不会像普通市民那样忽略自我修养的重要性，但是他还是装作对这些毫无所知。在失去希望的情况下努力保持自身，即便费尽力气挣扎在死亡的边缘，却终究难逃一死；而相对地，不惧怕死亡，使自己彻底改变面貌、脱胎换骨，就能通向永恒。在这样的永恒之中，即便他能够遇见自己的偶像，如莫扎特，并对偶像进行赞美的话，那也是以小市民的立场去赞美。他会像普通的教师那样，称赞莫扎特的非凡天分；他将只能看到莫扎特表现出来的美，而无法接触到莫扎特的内心。在莫扎特的内心，应该是有着为理想献身的热情，有着对小市民的庸碌理想的漠视，有着忍受孤独的耐力。在市民们的周围，存在着这样孤苦、自律的人，他们组成一种令人窒息的空气，就好像客西马尼花园式的孤独。

就像浮士德一样，荒原狼哈里已经觉察到自己身上这种双重性。他感觉他的身体是统一的，但是身体里的灵魂却一分为二，或者说，至少是在走向统一的漫漫路途之中。他一点儿也不想放弃身体里的狼性，变成一个纯粹的人；也不想放弃身体里的人性，变成一只纯粹的狼，以此来安稳度过支离的余生。或许他也从未认真观察过一只狼，假使他观察过，他就会发现，就连狼这种动物的灵魂也并不是统一的。狼的身体或许健壮完美，但是它体内依然存在许许多多对分裂的追求，它也在危机四伏的世间承受各种痛苦。人们高喊着要回到自然的怀抱，可是在绝望的旅途披荆斩棘之后依然达不到终点。哈里已经没有办法成为纯粹的狼了，即使他真的变成一匹狼，他也会发现狼也不是想象中那样纯粹的生物，而是一个同样复杂的存在。在狼的身体里，也存在着两个甚至是更多的灵魂。当他了解到这些，他就再也不想要变成狼了。曾经有人高声歌唱，说假如永远活在童年该是多么幸福！或许唱着这首儿歌的人自己也很难过，他很想回归自然，回到无忧无虑的童年，但是他没有想到连儿童也有着种种不幸，也要经历这些分裂和矛盾的苦难。

时光流逝根本无法回头，既不能回归狼性，也不能回归童年。世间万物在开始的时候就不是单纯的。这世上所有的存在，就算是那些看起来纯粹的事物，从诞生的哪一刻开始，就背负多重性格的原罪，它们就这样被投入罪恶的河流，无法回头。通向自然本源、通向无忧无虑、通向上帝的方向总是引导我们不停提高自我修养、迈步前行；它既不会让我们倒退，也不会让我们变成狼或者儿童。这样，我们的荒原狼就愈发的可怜，因为他即使是自杀也不能解脱。他必须要在一条荆棘密布、困难丛生的道路上蹒跚向前，而这道路会不停地分裂原本的双重人格，使他的灵魂更加复杂。就这样，他的灵魂永远不会简化或缩小，而是在经历越来越多的世界之后愈加复杂和扩大，直到终结。所有成就非凡的伟人都不自觉地经历过这样的旅程，就像佛祖释迦牟尼那样。新生儿的出生就是他摆脱原本的世界，从上帝的怀抱挣脱出来，经历苦难密布的一生。要成就神格，摆脱痛苦回归原来的世界，就必须敞开心胸，让自己的灵魂不断扩张以至于可以包容宇宙万物。

我们所说的人并不是指街道上熙熙攘攘、千千万万的最普通的人，也不是学校及经济、统计部门的资料里惯于描绘的人。他们就好像大海边的一颗小沙粒，又或是海岸边溅起的一朵小浪花；他们就算数量再多也于事无补，因为他们只是庸碌的材料。我们所说的是狭义上的人，这些人高尚而神圣，他们组成了漫漫人生旅途的不朽坐标。纵使真正的天才不是凤毛麟角，也并不像史书和报刊上所描述的有那样多。在我们眼里，哈里根本无须在遇到困难的时候为身体里隐藏的狼性而大声嚎叫，他似乎早就有着充足的天分来冲破束缚成就真我。

一些人身上就有这种可能。他们对于能用荒原狼和两个灵魂的理论来拯救自我，感到非常惊奇和困惑，就好像他们也会暗自欣赏普通人的物件一样。一个人，假使能够理解释迦牟尼的理论，能够发现人性的优劣，他就不应该存在于这个充斥着常识、民主等资产阶级教育产物的空间里。这个空间拥挤异常，以至于他们懦弱地在夹缝中生存，并感到无比窒息。每当这个时候，他们就会怪罪身体里的狼性。他们甚至不愿意去了解，这狼性或许才是他们的优势。他们惯于用狼性来指代身体里的所有粗俗野蛮的东西，他们害怕面对这些危险又令人烦恼的存在。他们因为自己的细腻敏感，而生出艺术家的自觉；却又对真正的本性视而不见，这个本性不单包括狼性，还包括许许多多其他区别于狼性的兽性。他们不知道，并不是所有吃人的野兽都是狼，他们也不知道在自己的身体里还有狐狸、老虎、猴子、龙或者极乐鸟等其他动物性的灵魂。他们被局限在只有荒原狼的误区里，而无视这个纷繁的世界，这个世界里充满着造物主的奇迹，孕育着许许多多或大或小、或可爱或凶恶、或强大或娇小的存在。他们身上的人性也同时被局限在虚假的成为普通市民的牢笼里。

我们可以想象一下，一个花园里生长了许许多多花草、树木及野草。假如园丁只认识可食用的植物及野草，而对其他植物毫无所知，那么他就会对花园里百分之九十的植物采取错误的对待方法。他会只保留可食用植物，而把一些珍贵的花卉、珍惜的树木当作野草除去，至少也是会轻视它们的价值。荒原狼就好像这个园丁一样，而他那千奇百怪的灵魂就是园中的植物。他只能识别人性和狼性，而无视其他。他把所有不能称为狼性的都归于人性之下，就像那些懦弱、蠢笨、无知、低下的表现；他又把许多他无法掌控的归于狼性，甚至包括所有强壮和高贵的灵魂。

现在，我们可以与哈里告别，让他独自前行。假使有一天，他会成为永恒，到达梦想的彼岸，在他回首往事的时候，他会用什么样的目光来审视这条迷路纷杂、犹豫不定的道路呢？他又会怎样对这匹荒原狼微笑呢，是鼓励还是责备，是同情还是欣赏呢？

我看完这篇文章，恍然记起曾于几周前的某个夜里，写下过一首怪诗，关于荒原狼。我推开桌上堆着的书记，找到这首诗，并且朗诵起来：

我是一只荒原狼，
奔跑在冰雪覆盖的荒野，
惊起树上鸦群，
寻找兔子和小鹿的踪迹。
假使遇见小鹿一只，
我定会异常欣喜，
将它的身体撕碎果腹，
就好像品尝最美的珍馐。
我会像热烈地爱着情人一样，
仔细咀嚼它细腻柔嫩的后腿，
把它的鲜血当作饮料，
然后发出满足的嚎叫。
如果没有小鹿，
有只兔子也好，
兔肉也非常美味。
但是，这些美好的东西，
似乎都已经消失在我的生活。

我的尾巴已发灰发白，
我的双眼也失去了神采，
就连爱人啊，也去世了多年。
现在我只能想着小鹿，孤独地奔跑；
现在我只能想着兔子，孤独地奔跑。
冬夜的风在我耳旁呼啸，
吹得我口干舌燥，
于是我那可怜的灵魂，
只能等待魔鬼的临幸。

现在，我好像有了两张关于我自己的画像。一张画像好像诗歌，就像我自己认为的那样怯懦忧伤；另一张画像则冷静而客观，好像是一个旁观者客观的描绘。第二张画像似乎非常了解我，但它的了解一定不如我自己。这样的两张画像，不管是如伤感的诗歌的前者，还是无名画家所作的后者，都令我非常的迷惘和疼痛。不管是哪一张，都刻画得栩栩如生，它们张狂地描绘出我生活中的种种绝望，描绘出那种难以再忍受的绝望处境。一般说来，这匹荒原狼一定会亲手结束他那该死的生命；但是也存在这样一种可能，他会在重新了解自我之后，毁掉虚伪的假面，在炼狱之中回炉重生。我之所以了解重生的这个过程，实在是因为我自己在经历无数的绝望的时候也已经经历多次的重生了。每当我在经历一些惊心动魄的事情的时候，我就觉得自己的人格被撕裂，一种发自内心的力量不停地将它毁灭。而这个时候，就有一部分原本宝贵的东西，彻底背离我的生活。就好像有一次，在我失去了作为市民的名誉和财产之后，就同时失去了以往人们对我的那种尊重。还有一次，我的妻子患了精神病，她将我扫地出门，原本的爱与信任顷刻间化作恨与斗争，我的家庭一夜之间崩塌，而只能换回邻居们的些许同情。那一刻之后，孤独就开始缠绕着我，并且愈发强烈。我努力压抑自己的欲望，一心追求精神和生活的美满，我不断锻炼自己的思维，定期反省和冥想，竭力去追寻高尚的理想，但是这种生活就这么崩塌，之前的一切变得毫无意义。不知道是何物驱使着我，让我如孤萍般漂荡，四处游走，不断面临新的痛苦和责怪。每当撤掉一层假面具，或是毁灭一个理想的时候，我总是感到一种骇人的空虚与安静。而现在，我再次蹒跚于空空荡荡、沉寂荒凉的地狱之中，空气中只有令人窒息的孤独与寂寞，悲哀而又绝望。

不能否认的是，每当我的生活经历这样的动荡时，我都能收获些许的自由与知识，这也算是一个小收获吧；但是，更多的是增加了孤独与不被理解，就好像生了一场病一样。以一个市民的眼光来看，我的生活一次又一次被这样的打击着，就好像在一个坡道上向下滑，日益背离正常而又健康的生活。随着时光的流逝，工作、家庭、故土都离我而去。我不名一文，无人关爱，被隔离在所有的社会团体之外。很多人质疑我，我也经常与公众的舆论和道德产生强烈的矛盾；我的感情与思维和市民们截然不同，但我又作为一个孤僻的陌生人仍然生活于他们之中。国家、宗教、家庭这些东西都跟我没有关系了，我也讨厌科学、艺术这类装模作样、故弄玄虚的东西。我曾经因为自己的才能而被大众喜爱，我的观念、爱好，甚至总体思维都曾经被人推崇而放出光芒。但是，这些现在都在人们狐疑的目光中荒废了。纵然我在这个过程之中也隐约得到了些许难以捉摸的收获，但与此相比我付出的代价却更为高昂。我遭受了极大的侵害，从而使得我的生活越来越艰难困苦、孤独寂寞。说句实话，我并不希望自己在这条道路上继续走下去，就好像尼采在秋之歌中所写的那样，这条道路将我引入一个空气愈加稀薄的所在。

我对这样的经历是多么熟悉呀，这种转变是命运为它最担心和挑剔的孩子所准备的。我熟悉这经历，就像狩猎场的猎手熟悉每一个狩猎的过程一样，却终因虚有其表而一无所获；也像是交易所的操盘手熟悉每一种操纵市场获取利润的方法，却最终不能把握风险，输尽所有。我难道还要再次承受这所有的一切？还要再次经历这样的痛苦和忧愁？还要进一步了解认识自己卑微之处的痛苦以及面临死亡的恐惧和害怕？假如采取办法避开这些痛苦，防止重蹈覆辙，不是应该更简单一些吗？这点是毋庸置疑的。无论荒原狼的小本子中提到的对于自杀倾向的观点是否是正确的，我也想要经由煤气炉、剃须刀或是手枪来解脱，从而结束上面所说的那种让我受够了的经历。这个世界已经没有任何力量能够让我周而复始地在恐惧之中自我省察、不断重生了。因为这样的重生并无法达到终结或平和，而是重新的自我毁灭和改变的开始。即便自杀是一种迫不得已的道路，它或许被认为是怯懦、愚蠢、卑鄙、可耻，但即便是再卑鄙的出路，也是带我脱离这无边苦海的救星。没有必要再扮演慷慨激昂的英雄了，而是只需要进行一个简单的选择：是要暂时的微小的痛苦，还是永无止境的灼痛灵魂深处的痛苦？以前的时候，我就好像是有着崇高理想的堂吉诃德，在面临对荣誉和安逸、逞英雄和理智之间的选择的时候，我总是选择前者。而现在，在困苦的生活之中几近疯狂的我受够了这一切！

我上床的时候，东边的天空已经呈现鱼肚白，早晨的光线懒散地从窗户透进来，天空是讨厌的阴沉沉的颜色。冬季的天气，总是阴雨连绵的。好不容易下定决心上了床，但就在快要入睡的时候，我那零星的意识又忽然想起荒原狼的小本子里那个奇妙的段落。那个段落说的是关于永恒的事情。接着，我又想起，有好几次我都摸到了永恒的门槛。就像前不久，我在欣赏古典音乐的时候，就仿佛接触了永恒生命的不朽智慧，它像于残酷之中绽放的微笑，令人豁然开朗。我断断续续地进行着回忆，然后就渐渐进入了梦乡。

睡到快中午的时候我就醒了，并立即发现思维又清晰起来。荒原狼的小本子和我的诗集都放在床头柜上。我终于从最近纷乱如麻的生活当中滋生出一股决心，而一夜之后，这决心愈发坚定起来。不需要着急，结束生命已经不再是我一时冲动，而是已经成熟的、经得起考验的果实，它渐渐地生长，日益沉重，命运的风拂过，吹得它左右摇摆之后，又忽地坠落。

我在旅行的时候，会准备一个小药箱，里面有一种强效止痛剂，成分是一种很强的鸦片制剂。当身体的痛苦实在难以忍受的时候，我才会想到用它来麻醉自己，因此用到它的机会很少，经常几个月也没用一次。若干年前，我曾试图用它来自杀，发现它并不足以致命，没能够结束我的生命。那一次，我服用了非常大的剂量，按道理来说可供六个人自杀，但是它对我却没有致死的效用。我只不过是进入了沉睡，整整好几个小时。但是后来，我被胃痛给折磨醒了，浑浑噩噩地将服用的药剂都吐了出来，然后又继续睡过去。第二天中午的时候，我就清醒了过来，只不过脑袋好像被烧坏了，空荡荡的，什么都想不起来，只剩下可怕的清醒。这种麻醉剂没把一点儿不好的影响留在我的身上，只除了暂时的失眠和一段时间的胃痛。

因此，用止痛剂来自杀是不可行的。我必须用其他方式来完成我自杀的心愿。我决定当我再次陷入那种本来需要吸食止痛剂的困境的时候，我将不会再使用只能暂时缓解痛处的药剂，而是寻求永远的解脱。我将采用一种必能致死的手段，比如说,使用手枪或者剃须刀。我清楚地知道，可以按照荒原狼的小本子中提到的那个有意思的办法，将五十岁生日那天定为自杀日；但我又觉得两年的时间实在是太难熬了。不过，一年也好，一个月也好，就算是明天，死亡的大门总算是敞开着的。

也并不是说，我的生活因为这样的决心而受到了极大的影响。它只不过是使我在遭遇痛苦的时候可以采取无所谓的态度，在酗酒和吸食止痛剂的时候可以更坦然，在忍受痛苦的时候极限更大一些罢了。相比较来说，还是那个夜晚的经历对我影响比较大。我把荒原狼的文章又读了几遍，我总是满怀着感激，异常专注地阅读，就好像里面有一股无形的魔力，它有时会向我指引正确的人生道路，有时又好像用嘲讽和轻蔑的态度与我讨论文章。这篇文章好像根本不适合我那有着特殊情形和矛盾的生活。文章中提到的关于荒原狼和自杀倾向的论断固然很好，但那些道理应该是针对一类特殊群体的；而对我来说，我独有的灵魂，我异于常人的命运，则很难用那样简陋的网困在其中。

相比较而言，在教堂的墙壁上看见的幻影更加使我难忘。我好像看到了跳动的霓虹灯组成的文字，向我诉说某种预言。而这预言和文章里所给出的暗示的惊人相似。它带给我希望，用一种声音向我描述一个陌生的世界，以至于我常常沉迷其中，忘记其他所有的事情，只专心地思考它，有时候一思考就是几个钟头。就像广告牌上说的：“普通人禁入，只为狂人而设！”我可以听见那个世界的声音，就好像疯癫了一样。我已经和正常的人大不相同了。上帝呀，是不是我早就远离了正常人的生活，失去了正常人的思想？是不是我早就脱离了正常的人群，成了一个狂人？我的心里总是会听见那声音的呼唤，我能够听懂，它是要我放弃所谓的理智、怯懦和市民的特性，投入到波涛翻涌的、无忧无虑的只有灵魂与幻想的世界。

有一天，我再走街串巷，寻找背着那个广告牌的人。有很多次，我都经过了一面没有门的墙壁，我将耳朵贴在上面，聆听里面的声音，却什么也没有听到。我还曾经在马丁区的郊外碰到送葬的队伍。队伍里的人满脸悲痛，推着灵车慢慢前行。我看着他们的脸，不由想到：在这个世界上，这座城市里，我会因为谁的死而这么悲痛呢？这个人又住在何处？或许这个人会是我的情人艾丽卡，但是，我们总是很少见面，也不争吵，维持着若即若离的关系。可是现在，我连她住在哪里都不知道。我们两个都是不合群的，经常会感到孤独，有时候她会来找我，有时候我去找她。在我们的心里面，我们的灵魂都犯了同样的病症，所以，尽管要面临许多困难，我们还是维持着某种联系。但是，假如她知道了我的死讯，会不会轻舒一口气，感到放松？我不知道，也没有办法知道这种感觉是不是正确的，有助于我去了解其他同类事情。

我走到送葬的队伍后面，跟着他们一起来到墓地。墓地是水泥的，非常现代化，火葬场的设备也很齐全。死者还没有被火化，他被放在一个简陋的墓穴前的棺材里面。我看见牧师和其他火葬场的“老油条”般的员工们一起逐项履行职责。他们努力让自己的行为庄严肃穆，但这明显是在逢场作戏，他们卖力工作的样子也格外做作，显得十分滑稽。我看见他们身着的黑色制服垂在风中轻轻飘荡，而他们则竭力引诱送葬者的哀思，好让他们出于对死神的敬畏跪在身前。不过他们并没有成功，因为没有人痛苦，死者好像对这些人来说无足轻重。没有人在劝说之下产生敬畏之心，牧师用“亲爱的基督徒兄弟姐妹”来称呼这些人，然而这些商人、小贩和他们的妻子们都一脸市侩气。他们保持着沉默，严肃地低着脑袋，滑稽而又做作。或许他们只是在祈祷这难堪的仪式早点结束。仪式好不容易结束了，队伍前方的两个所谓的基督徒兄弟姐妹在与演讲人握手之后，立刻在离草地最近的一块石头上蹭去鞋底的泥土。而他们也刚刚才把死者埋进泥土。在墓穴前的时候，他们就已经恢复平常的神态了。恍惚间，我好像看见一个似曾相识的人。对了，就是那个背着广告牌，塞给我那个小本子的人，我好像看见的就是他。

我确信我看到了他，而他却转过身去，弯腰整理他的黑裤子。然后，他略显笨拙地将长及脚面的裤腿卷起来，夹着伞匆忙地跑掉了。我连忙小跑着跟上去，终于追上他，并向他打招呼，而他却根本认不出来我了。

就像一些地下情人约会时相互对暗号一样，我向他眨着眼睛，故作随意地问道：“今晚有没有什么消遣？”我不太习惯用这样的方式搭讪。自从我的生活改变之后，我已经很少这样与人交谈了。我觉得自己好像是在做一个可笑的鬼脸。

“晚上有什么消遣？”那个人好像有些摸不着头脑，小声嘀咕着，并回答我说："老兄，如果你想的话，可以去黑鹰酒吧。"

说实话，来这么一出，我倒是一时不能肯定他是不是就是那个人了。又失望地走自己的路，我也不知道要走到哪里去，没有方向、没有希望，也没有责任。生活是如此的苦涩，由来已久的厌世的感觉已经达到了极致，就好像生活已经放弃了我。整个城市都是灰色的，我发狂般地乱跑着，好像周围所有的东西都包裹在湿湿的泥土里面，散发着坟墓的味道。那些好像穿着袈裟的秃鹰，统统都不许停在我的坟墓旁边。不管我跑到哪里，都感受不到一丝的欢乐，没有欢呼也没有美味，所有的地方都飘荡的腐朽的味道，散发着满意或者不满意的臭味，连陈旧、枯萎、灰黄都耗尽枯竭了。我挚爱的上帝，为何会这样呢？我原来也是个颇有生气的青年，会作诗，热爱艺术，喜欢周游世界，是个洋溢着热情和理想的人，怎么会落到这般田地？我的心已经麻木了，我的四肢也已经迟钝，我憎恨自己及所有的人，我的胸膛里满是厌恶和绝望。这般所有，是如何悄悄爬满我的身躯？

当我经过图书馆的时候，碰到了一位年纪轻轻的教授。我想起之前曾经和他有过几次谈话。在几年前，我最后一次住在这个城市的时候，曾经去他的住所拜访过多次。那个时候我活跃得很，但还是抽空去与这个教授热烈地讨论东方的神话。教授向我走过来的时候腰挺得直直的，大约是有些近视的缘故，走得很近了才认出我来。他立刻热情地向我迎过来，但是我心绪不佳，所以，对他的举动并不十分感动。但是他却非常开心，立刻让气氛活跃起来，就像我们当初热烈地讨论问题时一样。他对我说，从我这里他得到了很多启发，以至于常常想起我。还说，在我离开之后，他还对他的同事们说道，从来没有像在我这里一样得到那么多的启发和收获。当他问我在这个城市住了多久的时候，我撒谎说只住了几天。他立刻问我为什么不去他那里做客。我瞧着眼前这位男子斯文的脸，有些想发笑。我像是一条饿了很久的狗一样遇到了这一块小小的美味，享受着这卑微的喜爱和赞许。荒原狼哈里撇开嘴笑着，从饿得发干的喉咙里挤出一些唾液，而意志就这么卑微地被征服了。就这样，我急忙挤出一个微笑，再次撒谎，说是为了某项研究而暂居于此，同时正好身体有些不舒服，所以才尚未去拜访他。他连忙邀请我今晚一定要去他家，而我则感激地接受了邀请，同时问候了他的夫人。长时间的微笑使我的面颊都酸痛不已，说实话我已经很不习惯这样的运动了。正当我，哈里，就这样站在街道上，惊讶于这次的偶遇，热情地看着那位亲切的男子，凝视着他近视的双眼和和善的面庞，并为他的称赞而沾沾自喜的时候，另一个哈里好像也站在一边，他嘲讽地看着自己的兄弟，在想，这人是多么的愚蠢与健忘，多么会撒谎，就在几分钟之前，他还在抱怨这个可恶至极的世界，还龇牙咧嘴地表达着自己的愤怒。现在，只不过有一位尚值得尊敬的老实人向他打了个平常的招呼，他就开始痛哭流涕、感激地接受了，那高兴劲儿就像一个吃饱的小猪崽儿似的，沉醉在那些许的和善、亲切与尊重之中了。两个哈里都同样不讨人喜欢，在这个斯文的教授面前，他们互相观察着，不停地嘲笑对方，向对方吐口水。就像往常一样，他们都觉得，这或许就是人性的弱点和蠢笨之处了。就像是个普通人一样，或者说是个悲观主义者一样，体现着毫无主见的分裂的情感，肮脏而污秽，这或许就是只属于他的荒原狼式的特征。假如每个人都有这样卑微龌龊的思想，我们就有足够的理由嘲笑这个世界，抨击这些不良的习惯；而如果这些弱点只属于我一个人，那我就可以纵情地嘲笑自己了。

两个哈里在争吵的时候，就忘记教授的存在了。突然之间，我开始讨厌这个教授，立刻摆脱他的纠缠。我就这么呆呆地目送着他，看着他迈着一个理想主义者的步子，好像一个虔诚的信徒一样，在萧条的道路上渐行渐远。我的心里波涛汹涌，我木讷地掰着自己僵直的手指，暗暗地与身上的病痛进行斗争。我大呼上当，因为就在刚才，我接受了七点半去做客的邀请，因而不得不承担起互相寒暄的礼节、关于研究的攀谈，以及看着他幸福一家的煎熬。我满怀懊恼地回到家里，在白兰地里掺了点水，和着酒水吃了些止疼药，取了一本书躺在沙发上。那是一本《索菲氏梅默尔—萨克森游记》，写于十八世纪，是一本动人的好书。我看了一会儿书，忽然想起了教授的邀请，而我还没有刮胡子，也没有穿衣服。上帝啊，我怎么会这样与自己过不去！一个声音说，哈里，快起来，放下书，洗脸剃须，将下巴刮出血，穿好衣服，好好地享受与人交往的乐趣！我往脸上打着肥皂，突然又想到今天看到的那个脏兮兮的墓穴，以及墓穴里躺着的那个陌生的死者。我同时又想起了那些基督徒兄弟姐妹们，他们因为无聊而皱着的脸。我想笑却笑不出来。在牧师发表着蠢笨而又尴尬的演讲的时候，在送葬者百无聊赖的时候，在这铁栅栏、大理石墓碑和十字架组成的毫无安慰感的环境里，在铁制或者玻璃的假花面前，我觉得那肮脏的墓穴不仅结束了那个陌生人的生命，迟早有一天，也会结束我的生命，然后在送葬者尴尬的谎言里面掩埋自己的一生。世间的所有一切都会结束于此，就像我们所有的理想、文明、信仰，以及生活的乐趣，这所有的所有都会死亡，然后被埋入墓穴。而墓地里，埋葬着我们所有的文明。那里有耶稣基督和苏格拉底，有莫扎特和海顿，有但丁和歌德，他们都成为一个个满是锈迹的墓碑上暗淡的名字。周围的人们尴尬地说着谎言，他们不愿意付出代价来相信那些曾经神圣异常的墓碑，也不愿意付出代价为这注定走向灭亡的世界说一句公正的话，表达一点哀思。他们只是茫然无措地站在墓碑旁边。我恼火地抓了抓下巴的伤口，用盐水消了一下毒，又换了一个干净的领子。事实上，我也不知道我为什么要这么做，我明明对这样的约会没有任何兴趣。不过，哈里身体里面另外的一个角色又活跃起来，他乐于逢场作戏，他觉得教授非常和蔼可亲，他希望接触到一些人类的烟火气，需要与人交往和交谈，他甚至想起了教授那美丽的夫人，并为即将到来的晚间做客的时光感到兴奋不已。这所有的一切让我为下巴贴上膏药，然后穿上衣服，并打上了得体的领带。我不停地自我安慰，好打消要留在家里的念头。我在想，这样违心地穿上整洁的衣服，去拜访一位教授，与他进行虚伪的寒暄和交往，是不是也和许许多多普通人一样，他们也如我这般日日年年地做着违背自己心愿的事情，这般违心地生活。他们拜访亲友、互相攀谈、坐在办公室里工作，是不是也是与自身意愿相左的。好像有个机器一样，逼迫他们去做这些不情愿的，或许本可以不做的事情。而这机器无止无休地，就像在影响我一样，影响他们的生活，让他们看到自己生活的愚蠢与肤浅、质疑与空虚、绝望和悲伤。也许他们是对的，他们就应该这样维持生活，相互演戏，追逐名利。而不应像我这样抗拒那烦人的机器，脱离正常人的生活方式，只能绝望地注视虚空。即便我在这仅有几页的自述之中有一些藐视或者嘲笑他人的句子，我也并不是要推卸责任，或是指责他们造成了我人生的苦难。

只不过，我已经落到了这个田地，游走在生活的悬崖边，踏错一步就会落下无尽的深渊。假如这样我还要欺骗自己说能够推动命运的轮盘，还可以保持天真烂漫的态度看待这个世界，那么我就真的是可恶得无可救药了。

那是个天气不错的夜晚。我走到教授家楼下的时候，停留了一会儿，抬头看着他家的窗户。我在想，他就是居住在这所房子里，周而复始地完成每天的工作。他是科学的奴隶，因为他相信科学，相信他的工作是有价值的，相信知识逐渐积累的益处，相信人类会日益进步。所以，当他看书、写作，研究西亚神话和印度神话之间关系的时候，总是觉得妙趣横生。在他的一生中，没有经历战争或者思想的震动，就像爱因斯坦曾经掀起的思维革命一样，他或许认为这革命只是数学家的事,他不认为在他的周围也会发生类似的战争，他憎恨犹太人和共产党。我有些羡慕他这样善良和无忧无虑的个性，好像一个大孩子一样。我振作了一下精神，走上前去。门口一个穿着白色围裙的侍女立刻迎上来，就像预先知道的那样将我的帽子和大衣接过去放在某个地方。侍女带着我走到了一个房间，让我等一会儿。房间光线很好，也很温暖。在等待的时候，我既没有祈祷，也没有闭上眼睛休息，而是本能地顺手在最靠近我的地方拿起一样东西。那是一幅蚀刻的版画，小小的，镶着相框，背后还有一个硬纸片作为支架，斜着放在一个圆桌子上。画上刻的是诗人歌德，那位老人的个性非常鲜明，就像他的发型一样。画中的歌德脸型非常漂亮，眼睛里既有大众所知的那种非凡的神采，也有作为一位出入宫廷的大臣所难免具备的孤独和凄苦。作者将那种孤独和凄苦表达得尤为传神，压抑、诚实这类教授或者演员的特点在画中表现得淋漓尽致，但丝毫无损画作的深度。总的来说，这是一幅漂亮的成功的作品，适合每个市民将它放在家里作为装饰。我看过许多画作，形象大多是救世主、十二信徒、英雄、思想家或者政治家，那些画远比手中这幅令人讨厌。但是，可能是这画的高超手艺刺激了我，竟使我有些恼怒，而我已经受够了这恼怒。老歌德仿佛就在我的面前，一副沾沾自喜、自鸣得意的样子，他用刺耳的声音诉说我的不幸，指出这并不是我应该待的地方。这里是斯文的教授和伟大的思想家的住所，并不适合荒原狼停留。

这个时候如果主人走了进来，我可能立刻会找一个借口离开。但是，进来的是主人的妻子，我便只能听之任之了。我有种不祥的预感。我们互道了晚安，然后就发生了许多尴尬的事情。夫人夸赞我的气色不错，但我自己知道，我比上次来到这里的时候要苍老了许多。她跟我握手的时候，我患有风湿的手指关节立刻感到了疼痛，提醒着我的衰老。之后，她向我的妻子问好，而我不得不告诉她，我们已经离婚了。这时，教授进来了，我们都开心地看着对方。他热情地欢迎我的到来。不过，更尴尬的事情很快就发生了。他拿出一张订阅的报纸，应该是军国主义者和主战派办的。在与我握手之后，他就指着报纸说，报上有个叫哈勒尔的家伙，居然说我们的祖国要和敌人一样为战争负责。他说，这个哈勒尔虽然与我同姓，但一定是一个不爱国的坏小子，这家伙还曾经对皇帝陛下大不敬，真是个混蛋！这下他可惨了，报纸将这家伙的言论驳得一无是处，他一定是要倒霉了。他渐渐看出我对这个话题一点兴趣也没有，只好又找别的话题聊起来。这夫妻俩应该做梦都不会想到，他们口中可恶至极的人就是我本人，而这个人正端端正正地坐在他们家里。当然了，我才不会说出使大家都不安的话。我只能暗地里窃笑。但是，今晚对我来说注定是不会愉快的了。当教授说起卖国贼哈勒尔的时候，我突然感到无比的沮丧与绝望。我想起来白天看见的送葬的情景，好像从那时候开始，这种沮丧和绝望就不停围绕在我周围，愈演愈烈，以至于成为巨大的负担。这痛苦祸及身体，好像预兆着某种可怕的命运。我似乎感到自己正在被窥探，而危机感也逐渐降临。还好，这个时候仆人走进来，报告说可以开始晚餐了。我们便一起走进餐厅。我费尽心机，才能在进餐的时候搜刮出一些无聊的问候的话语，聊着毫无意义的话题。我悲哀地发现今天似乎比平时吃得还要多一些。我不停地问自己，为什么要受这样的罪。同时，我也明显地感觉到，主人似乎也不愉快。不知道是因为我这一副呆板木讷的样子，还是因为他们家本来就发生了什么不好的事情。他们似乎也是好不容易才营造出这种活跃的假象。他们问了我好些问题，可我只能用谎言回答他们。我实在没办法如实给出答复，于是只能强忍着恶心吐出一个又一个谎言。为了岔开话题，我只好抛出今天白天见到的送葬仪式。但可能是我表述得并不好，这种幽默并没有得到认同，使气氛越发沉闷了。等到晚餐结束的时候，三个人都开始沉默，而荒原狼则咧开嘴傻笑。

我们又回到之前待的那个房间，准备喝点咖啡和酒，希望这样会让我们的情绪好一些。不过，我又在所难免地看见了那位伟大的诗人，虽然他是摆放在一旁的柜子上面。尽管心里有个声音极力阻止，但我还是拿起了那幅画像。我突然有种冲动，觉得现在的气氛实在太难以容忍了。现在只有两个选择摆在我的面前，一个是找一个主人感兴趣的话题，和他们产生情感的共鸣；一个是彻底破裂，没有回旋的余地。

我说道："希望歌德本人并不是这样。您看画里面这个自鸣得意的样子！他端着高高在上的样子，就这么居高临下地看着尊敬这幅画的人们。他虽然努力做出勇敢的样子，但谁知道他内心有没有胆怯的时候呢。纵然他本人也有不对的时候，而我也经常会对这个老头有很多意见，但是，将他画成这副模样，还是过分了些。"

女主人十分沮丧地替我们斟满咖啡，就急忙出了房间。而她的丈夫则用尴尬又不忿的口气，对我说："这幅画像是我妻子的心头好。纵然，客观上来讲，您的意见也有道理，但您的语气也太刻薄了些。更何况，对您的观点，我也不敢苟同。"

"也许您是对的。"我不得不承认，"不过，这是我个人的习惯，或者说是毛病。我总是这样尖酸刻薄，爱钻牛角尖。不过，谁能保证歌德有的时候不会也是这样的呢？当然了，我们可敬的大诗人歌德应该是不会这样直接地就将刻薄的话说出来的。我向您的夫人道歉，请您转告她，我是个精神分裂症患者。同时，也请您允许我先行告辞了。"

教授尴尬地回答我，并尽量找出一些不同的见解。他不停地重复说，以前同我的聊天是多么有趣，多么受到启发，至今他还记得我讲过的那些关于密特拉斯和讫哩什那的推测，他多希望今天也是这样……凡此种种。我对他说，非常感谢他，我也很希望我们能轻松愉快地交谈，但是非常遗憾，如今的我对讫哩什那也好，科学也好，都没什么兴趣了。而今天，我也已经欺骗他很多次了。例如说，我在这个城市居住的时间已经几个月了，而不是几天；我离群索居，脾气暴躁，痛风而且酗酒，我已经不能与体面的人家交往了。此外，为了能在告别的时候不必撒谎，也是为了尽快离开这里，我只能如实地对我们敬爱的教授说，他今天极大地伤害了我的自尊。他今天赞同了一张反对派的报纸对哈勒尔的态度，这种态度野蛮而愚蠢，完全不符合他作为一名学者的身份，而是应该出现在一个一无是处的军官身上。他所说的那个坏透了的、不爱国的家伙哈勒尔，正是我本人。如果还有人能理智地思考，主张和平，而不是跟着军国主义者盲目地发动战争的话，才是我们的国家，以及这个世界的福气。好吧，言尽于此。

说完这些，就起身告别教授和歌德，通过走廊，在衣帽架上取下我的帽子和大衣，走出这间房子。荒原狼在我的心里幸灾乐祸地嘶鸣，为两个哈里间的争吵而幸灾乐祸。很快，我就发现，这一个多小时的令人恼火的交谈对我来说，比对教授来说拥有更重要的意义。对教授来说，这不过是失望之余的一场闷气；而对我来说，这交谈宣告着荒原狼的获胜。这最终的失败和逃离，正是向道德世界、教养世界、市民世界的告别式。我就像一个落败者或一名逃兵一样，向自己宣告失败。这告别丝毫没有给我安慰和优越的感觉，也缺乏幽默。就像胃溃疡的患者告别烤猪肉一样，我告别了之前生存的世界，告别了我的故乡，告别了我身上的市民性和曾经有过的习惯与博学。街道上的路灯亮了，而我就在这样的街道上狂奔，愤怒而又哀伤。这一天不知道是为了什么，从早晨到夜晚，从墓地到教授的家，整整一天都毫无意义，甚至是令人羞愤而又危机四伏！到底是为什么呢？为何我要经历这样的生活，受这样的罪？这些都没有一点儿意义了。要不，今晚就给这场闹剧画上句号。到家里去吧，哈里，你等待这个日子已经很久了，快去割断你的喉咙吧。

我在街道上没有目的地游荡着，痛苦万分。我觉得自己不应该侮辱一个体面的人家客厅里的装饰，这行为实在是不礼貌。但是，我也无法可想，我受够这种貌似斯文的虚伪做作的生活了。但是，话又说回来，看起来我自己的生活也十分令人憎恨，连我自己也无法忍受孤独了，我陷入自己营造的地狱里面，不停地摆动手脚挣扎。有什么办法可想？没有办法了。啊，我的父亲、母亲；啊，我那遥不可及又不可侵犯的青春；啊，我曾经的众多欢愉与理想！这些所有的一切都不存在了，连悔恨也不曾给我留下，只空余憎恨和苦痛。我恍然觉得，长久以来苟活于世的痛苦也不及这一个小时带给我的伤痛。

我来到郊区的一家小酒馆里，要了一杯水和法国白兰地。稍作休息之后，我又开始在城里面乱走乱窜，就好像有一个魔鬼跟在后面一样。我走过狭窄陡峭的老城区的街巷，又穿过火车站前面的广场。我突然生出一个念头，我要离开这里！我走到火车站里面，仔细看着墙上写的列车时刻表。大约是酒精的影响，我犹豫了。我看见一个虚幻的影像不断接近，它越来越清楚，使人害怕。这虚影提醒我要回家，回到自己的斗室中去。它告诉我唯一能做的就是沉默地等待。即使是再奔跑几个小时，也没有办法脱离这虚影。就像我没有办法不回家一样。我只能回去，打开侧门，来到书桌旁边，站在那挂着曾经所爱的人的相片的沙发旁边，然后拿起剃须刀，割断自己的喉咙。这种景象不断出现在我眼前，而且愈加清晰。我的心跳得越来越厉害，它忠实地传达着我对死亡的恐惧。那死亡就在我面前，令人异常恐惧。即便是没有任何出路，即便是对周围的一切感到憎恶绝望，即便是世上再也没有我感兴趣的东西，但想到死亡，想到在生命最后的瞬间，要用那凉得刺骨的剃刀片割开身体，一股难以言表的恐惧就爬满我的全身。

我找不到出路逃离这可怖的结果。如果今天，懦弱在和绝望的斗争中胜出，明天绝望就又会再次来到我跟前，日复一日，并且会出于对我的藐视而日益壮大。我拿起剃须刀的手，会一次又一次地拿起、放下，直到有一天真正割了下去。既然结果最终是这样，倒不如今天就实现吧。我理智地怂恿自己，就好像在教唆一个胆怯的小孩。但是孩子并不听话，他跑掉了，他仍然要选择活着。我耸了耸肩，一股莫名的引力又拽着我在城里面瞎逛。我不停地围着住的地方兜圈子，不停地想要回家，却又一直拖延着。有时我会流连于一个小酒吧，喝上几杯酒，复又继续游荡。我始终围着所要去的地方，围着剃须刀，围着死神兜圈子。等到力气耗尽了，就坐在长椅、井边，或是房门旁边的石头上歇一会儿，聆听自己的怦怦的心跳，然后出于对死亡的恐惧，抹去头上的汗珠，继续奔跑起来。

就这样，我一直瞎逛到深夜。我来到一处偏僻的郊外，这里我并不熟悉。我走进一间酒吧，穿过酒吧的窗户可以听到节奏鲜明的舞曲。我走进里面的时候，看见门口挂着一块破旧的木牌，上面写着“黑鹰”。这酒吧应该是通宵营业的，到处都是人，人声嘈杂，烟雾弥漫，酒气冲天。后厅里面有人跟着热烈激昂的舞曲在跳舞，这些人衣着体面，打扮得也很动人。但是，我还是留在了前厅，这里的人穿着比较普通，应该是些普通的客人。我被人群挤到了柜台边上的一张桌子旁。桌边坐着一位面色白皙、长相动人的姑娘，她靠墙坐在一张长凳子上面，穿着薄纱的性感的舞衣，发髻还插着一朵略微枯萎的花朵。她看见我走向她，一边微笑着用善意的目光注视着我，一边给我挪出一个位子，让我坐在那里。

“我可以坐在这里吗？”我俯身问完，就在她旁边坐下来。

“当然。”她又说，“你是？”

“非常感谢。”我回答道，“我想我今天不能回家了，不能。如果您准许的话，我想留在这里，留在您这里。哎呀，我真的不能回家。”

她好像能理解我似的，冲我点了点头。这时，我看见她的头发从额前一直垂到耳边，而发髻上的那朵枯萎的花朵是山茶花。柜台旁的音乐震耳欲聋，而女服务员则大声地叫着谁谁订的什么饭菜。

“你可以随意留在这里。”她用一种令人舒服的声音说道，“为什么不能回家呢？”

“反正就是不能回家。家里有可怕的事情在等着我，非常可怕。”

“那你就留下吧，让那些见鬼的等着吧。过来，把眼睛擦干净，瞧你什么都看不到了。对，把你的手帕给我。我们来点些什么喝呢？白兰地怎么样？”

她为我擦干净眼睛，之后我才看清楚她的样子。她的脸色非常白，身体的肌肉结实，嘴巴擦着鲜红的口红，眼睛是灰色的，闪闪发亮，光洁的前额让她看起来很沉稳。她拨了拨耳朵边上的短发，头微微垂着。她和善又好像带着一些嘲讽地关照着我，替我叫了酒，并跟我干杯。干杯之后，她低下头看到了我的鞋子。

“上帝呀，你是从哪里来的？你这个样子就像是从巴黎徒步走到这儿来的。怎么会有人穿着这种鞋子来跳舞！”

我对她笑了笑，什么也没说。随便她怎么说吧，我讶异地发现自己很喜欢她。以往，我总是回避这样年轻的姑娘，在她们身上我缺乏安全感。但这个时候，我却非常需要她的关怀，希望她以后也能这样照顾我。就像我需要的，她照料着我，但同时又嘲讽着我，亦如我需要的那样。她给我点了一份黄油面包，要求我吃掉。她替我倒满了酒，让我喝掉，但是又不许我喝得太猛。然后，她夸赞我的顺从。

“真听话呀。”她对我说，“一点儿也没使我为难。我敢打包票，你已经很久很久没听别人的话了，对吗？”

“对，您猜对了。不过您是如何知道的？”

“这可没什么难的。听话就像食物一样，如果谁长时间失去它，那它对于这个人就会变成非常重要的东西。我说得对吗？你能不能继续听我的话呢？”

“非常愿意。您真是一个先知。”

“你可真爽快。好吧，朋友，说不定我能够告诉你是什么在你家里等着你，是什么使你害怕。不过，就像你自己了解的，实在是没有必要谈论它，对吧？这简直是太荒唐了。如果有人要上吊自杀，那一定是有他要上吊的原因。如果不是，就活着吧。活着为琐碎的生活操心。这实在是再简单不过的事情了。”

“啊。”我脱口而出，“真的这样简单多好。说实话，我可是为生活操碎了心，但是什么用也没有。我没办法知道上吊有多困难，但是我觉得活着更加难。只有上帝知道这困难是多么巨大。”

“好吧，我会让你知道活着其实挺容易的。你看，我们已经迈出了第一步。你擦干净了眼睛，还吃了面包喝了酒。现在跟我去洗一洗你的鞋子和裤子，它们实在太脏了。之后，你再跟我一起跳个西迷舞。”

我连忙喊道：“您看，还是我说得对吧。尽管我十分乐于听从您的吩咐，但是，我却没办法按照您刚才说的做。因为我并不会跳西迷舞，事实上，也不会跳华尔兹、波尔卡等任何一种舞蹈。我从来没学习过跳舞。现在您知道，所有的事情都并不如您所说的那么简单吧？”

这个美丽的姑娘咧开她涂得鲜红的嘴唇笑起来，摇了一下她那梳着男孩子发型的头。我突然觉得她非常像我童年的时候喜欢的第一个女孩子罗莎·克莱斯勒，不过罗莎的眼睛是棕色的，头发颜色也要更深一些。我也说不上来这个陌生姑娘到底像谁；但不可否认，她让我想起了我的童年，想起了我小时候熟悉的某个人。

“等等。”她喊道，“等等呀，你竟然不会跳舞？一点点也不能跳吗？一个舞步也没学过吗？但你竟然还说你下了许多功夫在你的生活当中？上帝呀，你一定是在撒谎。小子，你已经过了说谎的年龄了吧。哎呀，你连跳舞都不会，又怎么能说为生活付出了许多呢？”

“但是我就是不会跳舞呀。我压根儿就没学过。”

她突然笑了：“但是你学过阅读和写字吧？学过数学，说不定还学过拉丁语、法语等东西吧？我猜你上过十年，说不定是二十年学，甚至是上过大学，拿过博士学位吧？你会不会汉语和西班牙语？但是，你看你却没有抽出一点点时间和金钱来学几个舞步，怎么这样啊！”

我连忙辩解道：“这您得问我的父母，是他们不让我学跳舞，而让我学习拉丁语、希腊语这些东西的。那个时候，我们那儿可不流行跳舞，他们自己也不会跳舞。”

她鄙视地看着我，目光冷冷的。那表情让我想起了小的时候。

“如果错在你的父母，那你今晚来到黑鹰酒吧，是否也得到了他们的同意了呢？你没有得到吧。你说过他们早就去世了？那可不是说你年轻的时候是因为父母的原因才没有学习跳舞，那不能怪你。只能说你当时是个乖宝宝。但是长大之后呢？之后那么多年你都做了什么呀？”

我只好老实说道：“唉，就连我自己也不知道我到底做了什么。我上过大学，创作过音乐，阅读、写作、旅行，等等。”

“你的生活可真另类！你做的事情又困难又复杂，却不去尝试一些简单的事情。说是没有时间和兴趣。好吧，感谢老天，没让我成为你的母亲。你现在做出这种饱尝生活辛酸的样子，却什么都没得到，实在是不合适。”

“您就别责怪我了。”我乞求她，“我现在知道错了，我都快疯了。”

“哎呀，得了吧，你就别用这种腔调跟我说话了。我的教授，你可没疯，实际上，我觉得你是太清醒了。我说得没错吧，你这聪明劲儿可真像个教授。来吧，把这个小面包吃掉，吃掉之后再接着说。”

她又点了一个小面包，并在上面撒上盐粒，又涂了一层芥末。她将面包分成两份，大的那份给我，小的那份给她自己。我将那大半个面包吃掉了。只要别让我跳舞，随便她让我做什么我都会答应的。我现在觉得，听从某个人的命令，坐在他旁边，听着他刨根问底地盘问，让我做这做那，并且斥责我，其实也挺好的。说不定，几个钟头前去拜访的那位教授以及他的夫人也这么斥责我，我反而会好受许多。当然，现在这种状态也不错，不然又要错过许多事情了。

她突然问我："说实话，你叫什么名字呀？"

"我叫哈里。"

"叫哈里？那可真像个孩子的名字。不过，你也确实是个孩子。好吧，哈里，虽然你已经有许多白头发了，但你就是个孩子，需要照顾。跳舞的事我就不说了。但是你的头发也太乱了吧！你没有妻子或者情人吧？"

"我离婚了，没有妻子。情人倒是有一个，但是她住在别的地方，我们见面的机会很少，也不是很合得来。"

她听着，轻轻地吹了一个口哨。

"身边一个人都没有，看来你可真难相处呀。但是，能不能告诉我，今晚到底发生了怎样怪异的事情，让你这样的人失魂落魄地在外面瞎逛？是和人吵架了，还是赌输了钱？"

这真是个难以回答的问题。

不过我还是慢慢回答她："是这样子的。原来也并不是什么要紧的事情。有一位教授请我去他家做客。事实上，我自己可不是教授。我已经没办法和其他人坐在一起海阔天空地聊天了，所以，其实我并不应该答应他的邀请。我刚走进他家的房子，就预感到今天的事儿要糟了；而当我挂起我的帽子的时候，我就已预感到过不了多久我就得再拿起它戴上了。对了，我说过，是在一位教授的家里。他家的桌子上有一幅蚀版画，那幅画可真惹人讨厌啊……”

“是怎样的一幅画？怎么惹人讨厌了？”她打断我。

“画的是歌德的肖像，就是诗人歌德。但是，画得并不像。当然啦，歌德本人到底长什么样子，我也不知道，他已经死掉一百多年了，我可没本事亲眼见到他。应该是现代的某个画家根据自己想象的样子作的这幅画。我看这幅画超级不顺眼，简直就是令人火大。您明白我说的意思吗？”

“我明白，不用操心，继续说下去吧。”

“在讨论这幅画之前，我就跟那位教授有争执。和其他所有的教授一样，他是个爱国主义者，在战争爆发的时候帮着政府欺骗普通百姓。当然啦，他做这些是出于好意，他觉得他是为他们好。但是我是个反战者。好了，不提那个了，我还是说刚才的事。其实这幅画跟我没关系……”

“它确实跟你没什么关系。”

“但是，第 ，我很欣赏歌德，就是为了歌德我也会讨厌这幅画。第二，我当时有这种感觉：我和他们现在就这样坐在一个屋子里，他们理应跟我是一类人，所以他们理应也欣赏歌德，理应会像我一样对歌德抱着某种幻想。但是，他们家的桌子上却有这样一幅歌德的肖像，这肖像实在无聊、庸俗而又扭曲事实。他们一点儿也没觉得这画违背了歌德的思想，而是格外欣赏这幅画。当然啦，他们有这样的权利，那是他们的事。但这违背了我对他们的信任和彼此间的友谊，我曾经将他们当作同类的感觉一下子就消失了。我感到无比的悲愤和孤独，好像全世界都没有人能理解我。您明白这种感觉吗？”

“我明白。哈里，然后呢？你将画砸到他们脑袋上去了？”

“那倒没有，我只是骂了他们一顿，然后走掉了。我想要回家，但是……”

“但是家里也没有妈妈安慰你，或者是斥责你这个傻小子。哎呀，哈里，我真替你难过，你实在是个不寻常的孩子。”

“是呀，我自己也这么觉得。”她替我倒了一杯酒。说实话，她就好像妈妈那样对我，但她看起来要年轻和漂亮得多。

她继续对我说：“歌德已经死了一百多年了。哈里非常欣赏他。哈里将歌德的样子想象得很崇高，当然他有权利这么做，是吧？但是和他一样欣赏歌德的画家却没有权利这么做，那个教授也没有权利这么做，并且所有的人都没有权利这么做。因为他们这么做了就难免不符合哈里的意愿。他忍受不了别人和他有不同的意见，所以他只能骂他们，然后一走了之。如果他够聪明的话，就只会付之一笑；如果他是个疯子，则会将那幅画对着他们的脸摔过去。但是，他只是想要跑回家寻思，就像个小孩子一样……我特别理解你说的故事，哈里。但是这个故事太好笑了，我实在是忍不住了。啊，等一等，你喝慢一点儿。勃民第酒可不能喝这么急，那会容易醉的。真是的，什么都要人说，你可真是个小孩子。”

她的目光看起来十分有威慑力，就像个年逾六十的女家庭教师一样。

我满足而又诚挚地对她说：“是呀。您就继续对我说吧。”

“还要说什么？”

“任何您想要说的。”

“好吧，那我就继续跟你说说。我们聊天快一个小时了吧，你看，我对你说话的时候是用的‘你’这个称谓，但是你对我说话的时候则都是用‘您’。就像你爱说希腊语和拉丁语一样，总爱把简单的事情复杂化。你想，现在有这样一位姑娘，她用‘你’称呼你，而你也并不讨厌她，是不是也应该用‘你’来称呼她呢？好吧，我又教了你新知识。再说了，半个小时之前，我知道了你的名字叫作哈里。那是我主动提问的结果。但是，你却好像一点也不想要知道我的名字。”

“啊，不是这样的，实际上，我特别想要知道你的名字。”

“孩子，现在已经太迟了。今天我可不会告诉你我的名字了，或许你可以等下次见面的时候再问问看。现在，我准备去跳舞了。”

她准备起身站起来。我的心情一下子变得很糟糕，我怕她会离开，留下我独自在这里，那样的话所有事情就会回到原点。刹那间，心里又涌现出莫名的孤独与恐惧，就好像暂时止疼的牙齿又疼痛起来，又或是什么被忽然点着了。啊，上帝呀，不是准备忘记刚才的不快吗？还是又有了什么新的决定？

“请等等。”我大喊道，“请你不要，不要离开！当然啦，如果你要跳舞，那是可以的，跳多久都没关系；但是不要离开太长的时间，也不要一去不回。”

她笑着站起来。我才发现她并没有我想得那么高。她很纤细，但个子却不高。我又想起了某个人，但又不能确定到底想到的是谁。

“你还会回来吗？”我问道。

“会的。但是应该要过一段时间，可能是半个小时，也可能是一个小时。我说，你应该休息一下，现在的你需要睡一觉。”

我让开空间，她走了出去，走的时候裙摆划过我的腿。她拿出一面圆形的小镜子，一面走一面照着，补了补下巴上的粉，然后扬了一下眉毛，钻进舞厅不见了。我打量了一下周围的环境，旁边没一个认识的人，许多男人在抽烟，到处都是啤酒瓶，散落在大理石的桌子上。旁边传过来嘈杂的舞曲的声音，四周尽是尖锐的噪声。她说我应该休息。哎呀，我也知道我应该睡一觉，但是睡眠遇到我的时候就像胆小的黄鼠狼一样。更何况，在这样比菜市场还吵闹的地方，坐在到处都是砰砰乱碰的啤酒瓶的桌子边上，叫我怎么入睡？我喝了一口酒，然后掏出一支雪茄。实际上，我并不想要抽烟，我把烟放到桌子上面，想看看周围谁能借个火。我想起她对我说要休息一下。老天知道，这个姑娘的嗓音可真好听，既慈祥又有磁性。我真想听那个声音的话。我乖巧地闭上双眼，将头倚在墙壁上面，任由各种吵闹的声音在耳边轰炸。她竟然想要我在这种地方睡一觉，这实在是太令人发笑了。我决定去舞厅那里，站在门边往里看一看。我想看看刚才那个漂亮的姑娘跳舞的样子。但是刚挪动了一下脚，才发现自己太疲惫了，应该是下午奔跑了太久的缘故。过了没多久，我就听从了那个慈祥的声音的指令，香甜地睡过去了。我甚至做了一个梦，这个梦是最近一段时间以来最清楚、最美的一个梦。它是这样的：

我坐在一个地方，四周的景象像是一个老式的前厅。开始的时候，我只是觉得我将要觐见一位阁下。过了一会儿，我又想起来要接见我的人是歌德先生。但我不是以私人身份来觐见这位阁下的，而是以一名杂志记者的身份来的，实在是有些遗憾。我也搞不明白是哪个魔鬼将我搞成这样。除此之外，一只企图顺着我的腿往上爬的蝎子也加深了我的不安感。我不敢用手去摸，也不知道它到底藏哪儿了，我只能抖动着腿，想将这个小虫子甩掉。

与此同时，我心里面也在打鼓，不知道他们会不会一时大意，忘记通知歌德先生我在等候，或是将我的到来通报给马蒂森。并且在梦里，我把马蒂森当作了比格尔，我误以为是他写了诗歌致莫莉。并且，我特别想要见到莫莉，我认为那是一个非常美丽、苗条、文静，又很有音乐才能的女人。我在想，要是我并不是以杂志记者的身份来到这儿的，就更加棒了。我越来越不满，并且开始抱怨起歌德，我忽然之间对他产生了许多质疑和指责。这种情绪说不定会带到被接见的时候。还有那只危险的蝎子，还不知道藏在我身体的哪里。当然，这说不定也不是什么坏事，我甚至认为那是一件好事，说不定它和莫莉有什么关系。可能正是莫莉派它来的，就像一个标志一样。美丽和危险的动物不正是美丽女性的标志吗？说不定这个动物还有个名字叫作乌尔皮乌斯？正当我胡思乱想的时候，门被一个男仆人打开了，我站起来迎了上去。

年老的歌德就站在门外，他站得直挺挺的，露出胸前佩戴着的一枚星形的大勋章。他好像统治着一切，永远都在接见他人。他虽然待在魏玛博物馆里，却统治着全世界。他看见我，就颤颤巍巍地向我致意，像一个老乌鸦一样。他庄严地说道：“你好，年轻人，可能你并不理解我及我们的诸多努力吧？”

他那完全符合他大臣身份的庄严肃穆的眼神让我浑身上下都打着颤，我回答道：“完全正确。事实上，我们年轻人确实不太认同您的观点，尊敬的阁下。我们认为您故作庄严、爱慕虚荣，而且太装样子了，显得一点儿也不坦诚。当然啦，最重要的是，我们觉得您不太诚实。”

这个老头子略微晃动了一下他的脑袋，那本来庄严无比的、紧闭着的嘴巴有些放松下来，甚至有了一次微笑，一下子鲜活起来。这下子，我突然想起了一首叫作《夜幕》的诗歌，心跳不由得加速了起来。而这首诗，正是从面前这人的嘴里吐露的。道理上来说，我这个时候应该早就缴械投降，完全屈服了。但事实上，我还是笔直地站在那里，继续听着从那微笑的嘴里继续说出的话：“啊，你说我不够诚实？为什么这么说呢？你可不可以说详细一些？”

我非常乐意效劳，立刻解释道：“和其他大人物一样，歌德先生，您非常明确地知道人生的绝望与困惑，欢乐的时光总是那么短暂，稍纵即逝；而人们历尽艰辛，才能获得极致的享受。您既追求精神世界，又神圣而热烈地追求流逝的自然世界，您说它们二者总是在相互斗争，以虚幻而又游离的状态永恒地历经着漂泊。所有的事情终将消散，无法永存。人们总是在试验，却总是只能接触表面现象，无法了解本质。总体来说，人生总是没有前途，没有希望，却又紧张万分。您了解这所有的一切，并且应当也相信这些。但是，您却宣扬相反的思想，您总是自欺欺人地传播乐观与信仰，教导人们在精神世界不断努力。您宣称这些努力是有价值的，甚至可以流芳千古。不管是您，还是克莱斯特或者贝多芬，你们这些大人物总是反对并抑制深层次的探求，反对并抑制某些声音所表达的绝望的真理。几十年来，您总是保持一个模样，您好像总是在增加知识、收藏宝贝、收发信件，这些所有的事情，甚至您在魏玛的全部生活经历就好像一条道路，让瞬间成为永恒，让自然成为精神。但是，事实上，您只是将瞬间用防腐剂来增加保存的期限，或是将自然伪装起来。这所有的一切，就是我之所以觉得您不诚实的原因。”

这位年老的大臣自始至终带着一丝微笑，深沉地看着我的双眼。

之后，他问了我一个很令人诧异的问题：“这样的话，你肯定也会觉得莫扎特的《魔笛》十分令人讨厌吧？”

没等我提出反对意见，他就自顾说了下去：“《魔笛》里描述的生活像是一首甜美的赞歌。纵使没有永恒的感情，它也歌颂它，就像歌颂永恒、神圣的事物一样。和克莱斯特或者贝多芬先生相区别的，《魔笛》宣扬的是信仰和乐观。”

“这我当然知道。”我生气地叫道，“上帝知道，为何您会提到《魔笛》。在这个世界上，《魔笛》是我最钟爱的。和您八十二岁的长寿不同，莫扎特先生可没活那么久，也没有在他的人生中追求永恒的宁静和尊严，就像您一样。他没有自命清高。他创作了那么多奇妙的乐曲，却又被贫困折磨，悄无声息地默默辞世……”

我差点喘不上气。我的额头上开始出汗，巴不得能用几句话一下子表达千百个意思。

歌德先生却依然用他那亲切的语气对我说：“或许你永远都没办法原谅我活了八十二岁这件事。但是，我因长寿所获得的愉悦远没有你想象的那样多。我追求永恒，这样的追求让我觉得很实在。有一句话你说得对，我惧怕死亡，并不断同死亡搏斗。我认为，许许多多伟大的生存的动力，正是他们对生的执着和对死的惧怕，并同死亡进行不懈的斗争。我的年轻的朋友，我用我八十二岁的生命证明了，所有人都难逃一死，就好像假使我在上小学的时候就夭折一样能证明这一点一样。需要说明的是，我的个性当中，也有很多天真烂漫的部分，我也会贪玩、好奇，找些无聊的事儿打发时光。当然，我用了很长一段时间，才发现贪玩总得有个限度。”

他说话的时候，像个捣蛋鬼那样揶揄地笑着。歌德好像变得更高了些，呆板的姿势及木讷的庄严表情也都不见了。四周到处都飘荡着乐曲，我清晰地听到了莫扎特的《紫罗兰》，还有舒伯特的《明月照山谷》。现在的歌德，好似年轻了许多，面色红润，精神矍铄。他开朗地笑着，有时候变成了莫扎特，有时候又变成了舒伯特，或者是他们的兄弟。他胸前别着的星形勋章变成了花草质地的，中间有一棵鲜艳的樱草花格外亮眼。

这个老头子竟然妄图以为开个玩笑就能躲避我的指责和提问，这实在令人不爽。我用指责的目光注视着他。他靠近我，像个孩子那样将嘴巴紧贴着我的耳朵，小声地说：“年轻人，你对我这个老头子也太严格了吧。对一个已经死去多年的老年人这么苛责，是不公平的。像我们这样永恒的存在可不爱较真，相反，我们比较喜欢开玩笑。你得明白，严肃和较真的前提是有时间，这也正是我想要活到一百岁的原因。在现在这样的永恒里，是没有时间的，永恒的只是瞬间。当然，这也是一个玩笑。”

现在，我已经没有办法再跟这个老头认真地交谈了。他开始欢乐地跳起舞来，有时候让他胸前那花草组成的星形勋章中的樱花草嗖的一声发弹出去，有时候又让它缩小，直到消失。看着他神采奕奕地舞蹈，我恍然觉得，至少这人还有学习跳舞的机会。他跳得还挺好的。忽然，我突然想起来那只蝎子，或者说实际上是想起了莫莉。我对着歌德喊道："能不能告诉我，莫莉在不在这里？"

歌德大声笑了起来。他来到桌子旁边，从其中一个抽屉里拿出来一个小盒子。盒子是由皮和天鹅绒制成的，总之看起来挺贵重。他将盒子打开，递到我的面前。我看到盒子里有一个很小的女人的大腿，躺在黑色的天鹅绒上面，发出温柔的光。这条腿太可爱了，它的膝盖略微弯着，精致的脚趾头却绷得笔直。

我非常喜欢这条腿，试图伸出手去将它拿起来。但是，正在这个时候，它却自己动了起来。忽然之间，我怀疑这就是那只蝎子。我的疑惑被歌德看出来了，仿佛他正是要瞧见我这样左右为难，徘徊在渴望和恐惧之间的样子。他将那只吸引人的蝎子拿给我，看我蠢蠢欲动地要得到它，却又因为害怕而退缩的样子，让他忍俊不禁。当他用这种方式跟我开玩笑的时候，似乎又开始衰老了，一下子老了许多岁，或许是一千岁。他满头白发，那张干枯的老脸默默地咧开嘴巴，兀自笑个没完。像个幽默深沉的老头子，笑得肚子都发疼。

我一觉醒来，就将梦忘得一干二净，过了好久才又想起来。在音乐和人群的嘈杂中，我竟然趴在酒吧的桌子上睡了将近一个小时，实在让人难以置信。而那个美丽的姑娘就在我的面前，她的一只手搭在我的肩膀上。

她跟我要了一些钱，两马克或者三马克，她说她在那里吃了些东西。

我将钱包拿给她过去付账，她很快就回来了。

她对我说："这下好了，我还可以陪你再坐一会儿。不过只是一会儿，因为我就要离开了，我还有其他约会。"

我非常诧异，连忙问道："和谁？"

"是一位先生，哈里。他请我去奥德昂酒吧。"

"啊，我还以为你是不会扔下我的。"

"那你就应当早些邀请我。现在已经被别人占先了。这下你就省得掏腰包啦。你有没有去过奥德昂？那里十二点之后不只有香槟，还有柔软的椅子和黑人乐队，是个挺不错的酒吧。"

这点我倒没有想过。

我恳求她："哎呀，那我现在就邀请你吧！我还以为这是默认的事情呢，我们是朋友呀。就让我请你，请答应我吧。无论你想去哪儿，我都会请你的。"

"这样固然不错。但是，你瞧，做人要说话算话，我还是得离开，因为我先答应别人了。你就不需要请客了。来吧，继续喝酒，酒瓶子里还有酒呢。你答应我，把这些酒喝完，就好好回家睡一觉。"

"我拒绝，你知道的，我不能回家。"

"哎，你啊，怎么还记着这些。你还在跟歌德过不去？如果你实在不想回家，就继续待在这儿吧。这里可以提供房间，要不要帮你安排一间？"

她的话让我又想起了歌德，我同意了她的安排，又问她家在哪里，我怎样才能再次见到她。她没有告诉我住址，只是说，如果我随便找找，就能遇见她。

"那我能不能请你吃饭？"

"去哪里？"

"你定吧，随便什么时间和地点。"

“那好，周二，去弗朗茨斯卡纳老饭店吧，在二楼等我。再见啦。”

她将手递过来，与我握手道别。我发现她的手和她的声音一样，都非常丰满而漂亮，精巧又热情。我吻了一下她的手，她咯咯笑起来。

她离去的时候，特地回过头来，对我说：“关于歌德的那件事情，我还是得再说两句。你受不了歌德的画像，跟他闹翻了，有的时候我也对圣人有这样的感觉。”

“圣人？难道你不是应该很虔诚的吗?”

“不是的，非常遗憾，我并不虔诚。不过，以前的时候，我也曾经虔诚过。后来，我还想要再次虔诚的时候，就没有时间了。”

“没时间？虔诚要时间做什么？”

“虔诚当然要时间，还有许多其他的东西。你既然要真正虔诚起来，就需要有充足的时间。你在生活当中虔诚，就得面对许多现实：时间、金钱、奥德昂酒吧，还有许许多多其他的东西。但你不可能拥有这一切。”

“我知道了。但是，你说的圣人的事到底是怎样的？”

“好好听着，事情是这样的。我有几个非常喜欢的圣人，比如说斯蒂芬、圣弗朗西斯科，等等。但有的时候，我发现他们，的包括救世主的画像，都是一些虚假的、扭曲事实的、愚蠢的东西。你受不了歌德的画像，我也受不了这些人的画像。当这样 个美丽但是愚蠢的耶稣或圣弗朗西斯科摆在我的面前，自以为会给我美丽又有用的启迪的时候，我就觉得这其实是在侮辱耶稣。我在想，哎呀，他们如果知道仅凭这样的画像就可以教化人们，那他们当时所经历的苦难就毫无意义了。当然，我也知道，我所认识的耶稣和圣弗朗西斯科也不过是画像性质的，也和他们真实的样子差了十万八千里。或许耶稣也会嘲笑我的愚蠢和无知，就像我嘲笑那些庸俗的画作一样。我这样对你说，并不是赞同你对歌德肖像生气的行为。相反，我认为你那样是错误的。我这样说，只不过是想让你知道我能够理解你。像你这样的学者或者艺术家们，总是有着许许多多怪异的思维，但你们也和我们一样是人，一样会有梦想或者玩笑。我发现，你这位有着渊博知识的先生，在讲述那段关于歌德的故事时的嘶吼，你费尽心思地、略显尴尬地想方设法让你的语言能够为一个普通的姑娘所理解。但实际上，你根本不必这么麻烦。我完全可以理解。好了，谈话到此结束，你可以睡觉去了。”

她走之后，一个年纪很大的仆人就带我上了三楼。他问我有没有行李，我回答说没有。他便让我预付所谓的“过夜费”，也就是房租。然后，他就带着我穿过一个破破烂烂的楼道，走进一个小房间。他走之后，我注意到房间里有一张又小又硬的、薄薄的单人床。墙壁上挂着一把剑和一幅彩色的加里波的画像，还有一个枯萎的花环，应该是某个节日的时候庆祝用的。房间里还有一件睡衣、水和毛巾，让我觉得房租略有所值。我洗了把脸，穿着衣服躺在床上。没有关灯，这样有助于我思考。我又梦到了歌德，我觉得我已经释怀了。我还梦见了这个神奇的，还不知道姓名的姑娘。她就这样鲜活地猛然闯进我的生活里，将让我隔离于世的玻璃罩就这么打碎了。她向我伸出善良、美丽而又温暖的手，让我可以欢乐或者忧伤地回忆某些东西。好似一扇门猛地打开，里面走出我所希望的生活。说不定我又可以作为一个人，正常地生活下去了。我那原本已经冰冷的灵魂又开始复苏，重新扇动起它那弱小的翅膀。我拜访过歌德。还有一位姑娘，曾经命令我吃东西、喝酒、休息。她充满善意地对待我，却又嘲笑我，她叫我小孩子。这个神奇的朋友还对我说了关于圣人的看法，她告诉我，纵使我有那样稀奇古怪的想法，也并非没有人能理解我，还是有人能明白我的感受，令我不再感到孤独。我不知道还能不能够再见到她。一定可以见到的，她说过会赴我的约会，我相信她。

一边想着我就一边入睡了。一直睡到大约四五个钟头之后，十点多的样子。起床之后，我发现衣服被压皱了，整个人显得非常疲惫。我还在昏昏沉沉想着昨天见到的一些丑陋的事情，但又同时觉得脑袋很清醒，会想到很多美好的事物，而生活也充满希望。一想到要回家，也没有像昨天那么恐惧了。

回家的时候，在楼道的南洋杉树上面，我遇见了我的房东，那个被我称作“阿姨”的女人。她是我的房东，是个和蔼的女人，我还挺喜欢她的，但是我很少遇见她。这次的相遇让我有点不好意思，因为我一副睡眼蒙眬、衣冠不整、蓬头垢面的样子。我打了个招呼，想悄悄溜过去。以前的时候，每当我想单独沉浸在自己的思维里，不要别人打扰的时候，她都愿意满足我这个愿望。但是今天，似乎隔在我和其他人之间的玻璃罩被打破了，横亘在我们中间的隔栏也好像不存在了。她忽然停下来，冲我微笑。

“您一夜没回来，哈勒尔先生，昨天您都没合眼吧？您看起来特别憔悴。”

我只好也笑起来，回答说：“是呀，昨晚去看热闹了，又不想夜里回来打扰您，就找了间旅馆过夜。我很尊重您府上那种安静整洁的气氛，有时候我觉得自己难以融入其中。”

“哈勒尔先生，您就别开玩笑了。”

“哎呀，我只是习惯嘲笑自己。”

“您可别这么说自己。您不应该在我家感到不能融入呀。您应该让自己舒服一些，放松地过日子。我们家曾经住过一些令人尊敬的房客，他们都很优秀。但您比他们还要安静，极少会打扰到我们。现在……我倒杯茶给您吧。”

我没有拒绝，而是跟着她走进客厅。客厅里面悬挂着她家祖先的画像，摆放着一些祖传的家具。房东给我倒了茶，然后随意聊了起来。这位和善的夫人并不曾追问我昨晚的事情。我聊起了自己的一些经历和想法。这位夫人有时候听得很认真，有时候则会略微走神。比如说，当她听到关于男人的一些特别的故事的时候就走起神来。我们还聊到了她的外甥。她带我来到她外甥的房间，给我展示那个男孩在业余时间做的无线电收音机。我可以想到一位勤奋的年轻人，晚上坐在这里，鼓捣制作这个机器。他沉醉在关于“无线电”的理论之中，虔诚地膜拜科技的神灵。这神灵会断断续续地向他讲述思想家们早就了解并运用过的技术。说到这些的时候，我发现她并不讨厌宗教，而是有一些虔诚。我告诉她，古代的印度人早就知道，力量和行动是万能的，技术只不过是采用某种方式将一小部分真实让公众知道。比如说，技术就采用一些暂时还不完备的发射和接收装置来传递声波。但是，时间的超现实性，作为一门传统知识的精华，却到今天都没有被技术发现。不过，我觉得它最终会被找到，从而被一些聪颖的工程师们所利用。说不定过不了多久，人们就会发现，所有当前发生的事情和经历从我们身边溜走的时候，都已经被完整地记录下来了，被很好地保存着，就好像人们待在法兰克福或者苏黎世就可以听见在巴黎、柏林演奏的乐曲。甚至于，更早的时候发生的事情也一样留存着。尽管可能需要导火索或者存在不少噪声，但是，有一天我们终将听到所罗门王和瓦特这些人的亲口诉说。那个时候，人们就会知道，就像现如今刚刚起步的无线电技术一样，以上那些事情只会让人们迷失，忘却自己的真正目标，而被一种身为陪衬的庸庸碌碌所编织成的一层又一层的网包围起来。不过，我是用开玩笑的口气来谈论这些我由来已久的想法，而不是采用我一贯的愤怒和嘲讽的语调。我只是谈论现实和技术，房东阿姨就笑着听我说。就这样，我们一边喝茶一边聊天，大约过了一个小时，双方都非常愉悦。

周二才是我请在黑鹰酒吧遇见的那漂亮而神奇的姑娘吃饭的日子，为了等待这个日子我受尽煎熬。直到周二终于到来的时候，我才注意到，这个萍水相逢的女子已经成为我至关重要的人。我一心一意地想着她，把所有希望都寄托在她身上。纵然我对她的感情并不是热烈的爱情，但我却愿意为她付出一切，甚至匍匐在她脚下。只要一想到她说不定会爽约或压根就不记得我的邀约，我就会明确地发现自己陷入了窘境。我会觉得整个世界都不存在了，生活再次变得灰蒙蒙的，一点儿意义都没有，周围是死一样的宁静，而剃须刀是唯一能带领我逃离这地狱的通途。这些天的时间，对我来说实在难熬，剃须刀对我来说仍然是非常具有震慑力的威胁，它一点也没有让我觉得有些可爱，而是依旧十分可恶。我惧怕死亡，惧怕在自己的脖子上划开一道伤口，于是，我像一个世上最健康的、生活得最愉快的人那样，坚定地同死亡作斗争。我明确地了解自己的处境，也同样了解，正是这样进退维谷的心态让我于矛盾之中备受煎熬，从而才会将在黑鹰酒吧认识的那样陌生的姑娘放在如此重要的地位上。她为我无边无际的黑暗和恐惧打开了一扇小窗户，从那里为我透进一丝丝的光亮。她拯救了我，为我指引通向自由的方向。她一定会告诉我是应该生还是死，她会用她美丽的手轻轻抚慰我冰冻的心，用命运的抚摸让我的心要么绽放出绝美的花朵，要么崩溃成飘散的烟尘。我没办法想象她是怎样得到这力量或者魔力；我也不需要知道她为何对我有着如此重要的意义。我无须知道这些，我也根本就不想知道，有时候知道得多了，反而更加痛苦。就好像现在，我就是太清楚自己所处的境地，才陷入难耐的刺痛和恼人的羞辱里面。我看见一匹荒原狼努力地向命运宣战，却又陷入层层的蜘蛛网束缚里无法自拔，蜘蛛在虎视眈眈地注视它，准备一有机会就过去咬死它，而我的一只手就等在不远的地方准备拯救它。我明白是什么让我如此痛苦，让我着魔，让我衍生心病，我明白我的神经系统和它们之间的关系，我知道这一切源自我的愚蠢和不理智。不过，现在我所渴望得到的并不是知识层面上的理解，而是现实经历的突破和超越。

在这些翘首等待的日子中，我一点儿也没有质疑过那个姑娘会爽约。不过，到了最后一天的时候，我仍然兴奋异常，惴惴不安。在我的人生里面，今天是唯一一个令我迫不及待地巴望夜幕到来的日子。有的时候，我觉得这样烦恼和紧张的日子实在难以忍受；但是有的时候，我又觉得这样在期待和不安之中来回踱步的感觉很是舒服。我一整天都在幻想晚上相遇时的情景，幻想我们交谈些什么内容，发生些什么事情；我不停地想要仔细地刮胡子，要精心准备衣服、衬衣、领带、鞋带，这些都要用新的……这所有的一切对我这个刚刚还沉浸在梦境中，心灰麻木的人来说，简直就是出人意料的刺激。我根本不在乎这个聪慧而又神秘的女子是什么人，她将怎样与我发生关系；我只在乎她的出现，好似奇迹一般，让我竟然找到了同伴，从而觉得生活又有了意义。我希望这样的事情继续发生，它会产生一种引力，吸引我向它走过去。

我真的再次见到了她，那一刻真是难以忘怀。那个时候，我就坐在饭店的一张古老但舒适的桌子边上。虽然毫无必要，但我还是事先电话预约了这张桌子。我为她买了两枝兰花，并把花插在水杯里面，然后认真地看着菜单。过了好一阵子她还没有来，但我预感到她不会爽约，所以渐渐地不再忐忑了。许久之后，她还是来了。她存衣服的时候，我看她那浅灰色的眼睛瞥了我一眼，算是跟我打个招呼。我注意到她的眼神专注而又带着某种审视的目光。我害怕服务生会欺负她，但是托上帝的福，他很有礼貌，不卑不亢。但是他们应该之前就认识了，她叫了服务生的名字——埃米尔。

我将兰花递给她，她开心地笑了起来，说："你可真好，哈里。你很想送我些什么，却又完全不知道应该送什么东西，对吧？你觉得如果送太过贵重的礼物给我，会让我觉得是一种侮辱，所以你选择了兰花，毕竟只是些花花草草罢了，但它依然很贵重。非常感谢你。但是，我还是要对你说，我不接受这件礼物。我是依靠男人过日子，但我却不想依靠你。哎呀，你整个人都不一样了，我都快认不出来了。没多久之前，你还那么颓废，就像刚从死亡线上爬回来似的。不过现在，又有了生气了。对了，你有没有听我的话？"

“什么话？”

“你不会忘了吧？我是说，你有没有去学跳舞？你曾经说，你特别希望听我的话，并且最喜爱的就是听到我的指示。现在想起来了吗？”

“啊，是呀，向来如此，以后也如此！我可是真心的。”

“但是你还是没学会跳舞吧？”

“这才几天的时间，能学会吗？”

“当然啦。你只要花一个钟头就能学会狐步舞，花两天时间就能学会华尔兹。学探戈的时间应该会久一些，但是你可以先不学探戈。”

“但是首先，我想要知道你叫什么名字！”

她看着我，沉默了一会儿。

“或许你可以自己猜到。如果你能猜到的话，我一定会非常开心。你现在，好好地看着我。现在，你仔细地观察，会不会发现我的脸很像个男孩子？”

我仔细地注视她的脸，发现她说得没错，她的脸非常像男孩子。我看了大约有一分钟的时间，直到想起这张脸说话的样子特别像我小时候的一个朋友，他的名字是赫尔曼。恍惚间，她好像就变成了赫尔曼。

我惊奇地对她说：“假如你是一个男孩子，你的名字一定是赫尔曼。”

“这就不知道了，或许我就是叫赫尔曼的男孩子，现在只不过是在男扮女装。”她同我开起玩笑来。

“那么，你是不是叫赫尔米娜？你叫赫尔米娜？”

我想我猜对了，她特别开心地对我点头。点的汤上来了，我们便开始喝汤。这个时候，她愉悦得像个孩子。我最喜欢，也最迷恋她的一点，就是她可以忽而很严肃，忽而又突然开心起来，让我也变得非常愉快。她会在兴奋欢乐的时候突然开始严肃，但是她自己却仍旧是原来的样子，言行动作都像个才华横溢的孩子。我猜，她正处在开心的状态，跟我开狐步舞的玩笑，还偷偷地用脚蹭我，却又故作正经地称赞食物的美味。她发现我精心打扮过了，但是衣着上还是有很多问题。

“刚才是怎么回事，你突然变成个男孩子的样子，让我一下子就猜出你叫什么？”我问她。

“哎呀，这其中的关键就是你呀。你怎么会不知道呢，博学的先生。你喜欢我，觉得我很重要，是因为我就像是你的镜子，可以从我身上找到你需要的答案，可以理解你。原本每个人都可以成为对方的镜子，互相给出对方所求问题的答案，然后互相协调。但是，现在像你这样的人太少了，容易走火入魔，所以无法从别人那里找到你想要的东西，也不觉得会有什么事情联系到别人。但是，像这样一个怪人竟然发现一张认真注视他的脸，而他也在这脸上找到了类似他所寻求的答案，所以他才会如此愉快。”

“你真是博学，赫尔米娜。”我惊呼，“就像你说的那样。但是，这和我们的情况又不一样。你就像我的反面，拥有我所缺少的所有东西。”

这个时候，我觉得如同墨镜一般的她的脸上，忽然之间像是笼罩上了一层严肃的烟雾，露出悲愤凄凉而又严肃的表情。她那空洞的眼珠就像是镶在一个假面具上似的。她一字一句地，用一种相当不情愿的语气缓缓对我说："你可别忘记我说的话。你曾经要求我命令你，你说听我的话是一件非常快乐的事情。你得牢记这一点！小哈里，你必须知道，我的感受和你一样。你觉得我的脸可以迎合你，我的身体可以回答你的疑问，使你信任。我对你的看法也是如此。上次在黑鹰酒吧的相遇，我看见你那么疲倦，百无聊赖的样子，我就立刻感到你会听我的命令，而我也希望遇上这样一个人。所以我和你搭讪，成为你的朋友。"

她说话的时候好像承受着无比巨大的压力，我甚至没办法跟上她的节奏。我试图安慰她，想办法岔开话题。但她却扬了扬眉毛，制止了我，用笔直的目光注视着我，冷冷地对我说："你必须说话算话，孩子。我对你说的话你必须照做，不然你一定会后悔。我会对你提许多要求，这些都是善意的、使人欢愉的要求，按我要求的去做，你会得到至高无上的欢乐。并且，哈里，你还要执行我的终极命令。"

我并没有为她的语气而生气，我答应她，并且问她终极命令是什么。事实上，只有上帝知道，我好像已经预感到那命令是什么了。

她的身体突然战栗起来，就像被寒流击中一样。好久之后，她才慢慢回过神来。她盯着我看，脸上更加阴沉下来。

"如果足够理智的话，我可不应该现在就告诉你。但是，这次我就不理智了，小哈里。我现在特别想做一些不理智的事情。你给我听好了，说不定会左耳进、右耳出。你可能会开心，也可能会失望。小家伙，给我听好。我和你要做以生命为赌注的博弈，并且在游戏开始之前，就告诉你我的底牌。"

她在说着这些的时候，显得格外美丽而有个性。她的眼里闪着冷静的光芒，眼神里又透出看透世事的悲凉，这双眼睛似乎曾经经历并忍受着许多常人难以想象的磨难。她的嘴巴像是有疾病那样缓缓地说话，就像是在寒流之中被冻伤了。她说话的时候，只看见上下嘴唇的开合，极少会露出灵巧的舌头，但我却从她的嘴巴里看到了醉人的性感和寻找乐趣的急切希望。她光滑的前额耷拉下一小撮黑色的短发。跟着她的呼吸，那撮像男孩子似的短发就像波浪一样时不时地跳动，散发着阳光般的活力。我听她说话的时候，突然感到一阵害怕；但同时又在恍惚间痴迷不已，就像被灌了迷药一样。

她继续说道："我知道你喜欢我，而你喜欢我的原因我也说了，是因为我打破了你的孤独，在你将要跨入地狱的时候唤醒了你。但我希望我们的关系不限于此，我还需要得到更多的东西。我要你爱上我。不要打岔，我还要往下说！我知道你非常喜欢我、感激我，但是，我也知道你并不爱我。我的职业素养会让我有办法让你爱上我，我就是以让男人爱上我为生的。但是，你要知道，我之所以有这样的决定，并不是说我有多么迷恋你。事实上，就像你不爱我一样，哈里，我也不爱你。但是，正像你需要我那样，我也需要你。这个时候，你之所以需要我，是因为你对生活的绝望，需要一个强烈的刺激将你击中，重新燃起生活的希望。你需要我去命令你学习跳舞，学习开怀地笑，学习怎样继续生活。而我对你的需要，并不是因为现在，而是因为将来将要达到的美好目标。有一天，你爱上我的时候，我才会告诉你终极命令。你一定要听我的话，那对我们两个都是好事。"

水杯里面的兰花，叶茎呈现出紫褐的颜色。她拉了拉那兰花，低下头凑近了仔细看着它，又说下去："或许执行终极命令有些困难，但是你一定会照做的。你会达成我的终极命令，将我杀死。事实就是如此，你就别再追问了。"

她停止了说话，只是盯着兰花看，痛苦和紧张的表情也不见了，面部肌肉开始放松，就像一朵渐渐开放的花朵。忽然，她嘴角绽放出醉人的笑容，目光却还在发呆。又过了一会儿，她摇了一下她那像男孩子一样的头发，抿了口水。这时候，她突然发现饭菜就在桌子上，便很开心地吃起饭菜来。

我清清楚楚地听到她那骇人演说的每句话、每个字。甚至，在她下达终极命令之前，在她最终说出"将我杀死"之前，我就有所预知，所以接受起来没有什么困难。不过，话又说回来，尽管极力做出严肃的样子，但我还是感觉她说这些话的时候并不是完全认真的，希望所有这一切终将实现。我的一部分灵魂听进了这些话，完全相信她所说的；但我的另一部分灵魂觉得这样聪慧、健康、沉稳的赫尔米娜也会有沉迷幻想的时候，于是只是安慰性地点了点头。她最后的话语还没有说出来的时候，整个过程就被难以实现，或者失去效用的薄纱所遮掩了。

不管怎样，我可不是杂技演员，没有办法像赫尔米娜一样轻易地从幻想跳转到现实世界当中。

我迷迷糊糊地问她："你觉得我会不会杀死你？"

她却兀自笑着，有滋有味地切着烤鸭。

"当然会。"她有些意兴阑珊，"好了，不说这个，现在可是吃饭的时间。哈里，麻烦再点一份生菜。你怎么不吃？我觉得，有很多人类天生就应该懂的事情你都得重新学习。连享受吃饭的时间也需要学习。你看，哈里，这个是鸭腿，我们把鲜嫩的油光的鸭腿肉从骨头上刮下来的时候，你不觉得十分开心吗？当你这样做的时候，就会垂涎欲滴，会感到由衷的欢乐，却又有点儿紧张，就像一个处男第一次脱姑娘的衣服。你知道我在说什么吗？不知道？你真是笨死了。集中精神，我分给你一块鸭腿肉，你就会知道了。好吧，张开嘴巴……哎呀，你可真怪！上帝呀，你在偷看别人，怕自己吃我叉子上的肉的举动会被别人发现。不用担心，这样没什么不好的，这又不是什么丢人的事情。假如你连享受欢乐也要周遭人同意的话，那可太可怜了。”

这样的情景让我更迷惘了，感觉越来越不真实。几分钟之前，她的眼睛还非常严肃而可怕地看着我呢。唉，但是这样的赫尔米娜就像是生活的本质那样瞬息万变，不可捉摸。现在，她正在吃饭，她严肃地对待盘子里的鸭腿还有沙拉，蛋糕还有利口酒，她好像在跟这些食物进行愉快的交流和谈判。吃完一盘，又开始吃另一盘。她将我看了个底朝天，就好像她比任何先知都要了解什么是生活。但是，现在她又装作小孩子一样，娴熟地开始演戏，这其中转换的熟练程度让我极其佩服。不管你是非常聪慧的，还是单纯幼稚的，总归要生活在当下，才能愉快地享受每个欢乐的瞬间。如果有人可以小心而又亲切地评价路边的小花朵，抑或其他微小而又美好的瞬间，那样的话，他就可以无畏地生活在这个世界上。她就像是一个爱享受美食的孩子，正在仔细品尝各种美味的食物，谁能将她和一个企盼死亡的幻想者或者精神病患者，再或者精于算计的人联系在一起呢？她甚至要使我爱上她，成为她的奴隶？这实在不可思议。不对，她只是沉醉在现在这个时刻的享受里面。所以她才可以肆意地欢乐，才可以忘却阴郁和沮丧。她只是控制住自己的情感，不让它随意表达罢了。

今天是我和赫尔米娜的第二次见面，但她却对我了如指掌，我觉得所有的秘密在她面前都无所遁形。或许，她也不能完全明白我的精神世界，不明白我和音乐、歌德、诺瓦利斯和波德莱尔之间的关系。当然，说不明白也不一定准确，她应该可以轻易了解这一切的。但是，明不明白又有什么关系呢？我的精神世界里还剩下什么呢？不是全部都支离破碎、毫无意义了吗？而我敢肯定，关于我这个人独有的一些问题和期待，她全都明白。接下来，我就要与她聊到我的全部，聊到荒原狼，以及那篇文章。以往的时候，这些全部都是我个人的事情，我可从来没有向别人提到一个字。就好像有一股力量促使我立刻就说起这些。

我对她说："赫尔米娜，最近我碰到些怪异的事情。有一个陌生人给我一个小本子，就像地摊上卖的小册子那一类。但是我觉得里面的故事就像是在写我，写我的全部经历一样，有很多事情甚至一个字也不差。这是不是很怪异？""这个小本子叫什么？"她随口问。"叫《荒原狼》。"

"啊，荒原狼，那可真不错！难道，你就是荒原狼？"

"是呀，我就是荒原狼。我就是这样的，一半是荒原狼，一半是人。当然，或许这些都只不过是幻想。"

她没有答话，只是看着我，好像要从我眼睛里看出点什么，然后又开始看我的手。一会儿之后，她的眼里和脸上又浮现出刚才那样认真严肃而又阴沉忧郁的表情。我在想，她现在一定在思考，我的狼性是不是足以去执行她的终极命令。

“这些当然只不过是幻想。”她好像又开朗起来，开始开口说话，“假如你乐意的话，也可以将这当作情调。当然，你说得也是有一定道理的。虽然今天的人一点儿也不像狼，不过，那天你在酒吧的时候，还真像从月亮上下来的一只野兽，有那么一点兽性，我才会喜欢你。”

她突然顿住了，像忽然想起了什么似的，惊讶地叫道：“这么说可真难听，什么是‘野兽’呀！我们可不能这么说动物，这些动物虽然很吓人，但有的时候它们比人类真诚得多。”

“你说真诚，那是什么意思？”

“你好好想想，狼也好，狗也好，鸟也好，或者是动物园里随便什么大型动物，比如美洲狮或长颈鹿，你看它们，一个个毫不做作，不会有一个动物受窘，也不会有一个动物紧张。它们既不会阿谀奉承，也不会逢场作戏来引诱你。它们用它们本来的面目示人，就像山川草木、日月河流这些自然事物一样。你明白吗？”

我想我明白。

“但是动物通常都很忧伤。”她接着说道，“如果有人突然在某个时刻感到一切都无所谓，他的整个人生都无望而忧伤，而并不是由于得了牙病或是丢失了钱财而忧伤，那他才是真正的忧伤。这个时候，他就和忧伤的动物有了共通的地方，他忧伤，却比往常真诚和美好。事实如此，荒原狼先生，当我第一次看到你的时候，你就是这样。”

“那样的话，赫尔米娜，你怎么看那本写我的书？”

“哎呀，你要知道我可不喜欢一直思考问题。或者你可以让我看看那本书，这样我们可以下次见面的时候讨论它。啊，等等吧，当有那么一个时刻我突然燃起兴致想看书，你再自己写一本给我看吧。”

她让我为她再点杯咖啡。她有点慌神，心不在焉的，好像在努力地想什么事情。一会儿之后，她好像想到了需要的结果，又兴高采烈起来，开心地叫起来：“啊哈，我终于想到了。”

“想到什么啦？”

“关于狐步舞，我一直在想这个。现在，你可以告诉我有没有这样一个小房间让我们跳上一小时的狐步舞？房间小一点也没事，但楼下不能住人，不然的话我们跳舞的时候地板会发出嘎吱的响声让他们生气。什么？你家就有？那更好了，你可以在自己家里学习舞蹈了。”

我怯生生地说道：“是呀，在家里更方便些。但是，我觉得我们还需要音乐。”

“那当然。你给我听好，你可以自己去买些曲子，不过这样花的钱总不会比请一个舞蹈老师更多。我可以给你当老师，这样你就可以省下请舞蹈老师的钱，或者还应该买一个留声机，这样我们可以随时都有音乐跳舞。”

“留声机？”

“是呀。你应该买一个，再买几张舞曲的唱片。”

“那可好极了。”我喊道，“如果你真的能教会我跳舞，我就送你一台留声机当作报酬，好不好？”

我说得好像很爽快，但是心里却不是这样想的。实在难以想象，我怎么会在堆满书籍的工作室里放上这样一台怪机器，何况我对跳舞这件事情也不怎么感兴趣。我也不是没想过偶尔跳一跳舞，但是，我想我已经老得骨头都硬了，实在很难学会跳舞。不过，现在事情一步一步发展下去，进展得也太快了。我这个年老且挑剔的熟悉音乐的人，其实一点儿也不喜欢留声机，不喜欢爵士乐和现代的舞曲，我身体的每一个细胞都在抗拒这一切。但是现在，我就要在我自己的工作室里，在我心灵的港湾和思维的斗争室里面奏响时下流行的舞曲，这舞曲会回响在诺瓦利斯和让·保罗的边上，而我跟着这舞曲翩翩起舞。人们不应该这样苛求我，这实在太过分了。但是，要求我的是赫尔米娜，而不是随随便便的一个普通人，她拥有命令我的权力。我会服从于她，当然会。

第二天下午，我们又约在一家咖啡馆。我到那儿的时候，看见赫尔米娜已经先到了。她正微笑着坐在椅子上喝茶看报纸，并且在那张报纸上看到了关于我的评论。那张报纸的出版方正是我的家乡，是一张反动报，常常发表一些攻击和诽谤我的评论。在战争进行的时候，我是反战主义者；战争过后，我又开始反对愈演愈烈的所谓爱国主义运动，我让人们冷静下来、善于忍耐，要回归人性、反省自己的行为。不过，报纸上总是有人攻击我。这份报纸的评论写得并不高明，应该只有一部分是编辑自己的观点，还有一部分是从其他同他观点接近的报纸上抄来的。大家都知道，这些思想陈旧的卫道士们向来极其阴险狡诈，他们总爱拼凑这样蹩脚的文章。赫尔米娜看了这评论，知道他们将哈里·哈勒尔叫作害人精、不爱国的人，他的思想对国家有非常大的危害。如果让这个人的思想传播于辖区，一定会对年轻人产生不好的影响，会让他们产生感伤的人道主义错误思想，从而放弃向仇敌作战。

赫尔米娜指着报纸上的名字问我："说的就是你吧？你的敌人还

真多呀。你不生气吗，哈里？”

我看了几行字，发现都是老生常谈了。这些所谓的攻击我的评论，没有一句新鲜的。他们总是用同样的句子胡乱谩骂我，我已经听了好多年，耳朵都快长茧子了。

我对她说：“不会呀，我一点都不生气，我早就习惯了。我曾经好多次表达我的思想。我觉得，每一个国家，以及国家里的每一个人，在政治上讨论责任的时候，都不应该盲目地跟风。他们应该首先反省自己是不是要对战争或其他不好事情的发生负有什么责任，看自己有没有犯错误、有没有错过什么机会、有没有带着一些陋习。我想，这应该是避免战争再次爆发的唯一出路。他们正是因为这个才觉得我难以原谅，因为他们觉得自己根本不会犯错，他们是皇帝、将军、政治家、企业家、报纸，所以他们定是无辜的，而责任一定是别人的。人们总觉得世界是美好的，除了那一千多万在战争中死去的人。说到这个，赫尔米娜，你要知道，我虽然不会因为这种攻击性的评论而生气，但还是会有一些伤感。有一大半我的同胞每天就是在阅读这样的报纸，他们从早到晚都是在听这样的论调，被灌输、煽动、提醒着应该怎样不满、应该对谁发火。他们不知道煽动他们的人所期待的可是下一场战争，而这下一场战争说不定会比之前那场更加恐怖。其实，得出这样的结论非常简单，任何一个人，只要仔细想上一个钟头都能得出这样的结论。但是，没有人这样去想，也没有人想要阻止下一场战争的爆发。他们宁愿将自己，以及自己的子女们推入另一场尸横遍野的战争。他们只要花一个钟头尽心自我反省，看看自己是怎样参与到这个危害世界的活动中，他们应该承担怎样的责任就可以了。但他们却拒绝这样做。所以，每一天都按部就班地进行，每一天都有数以万计的人热情高涨地期待战争。自从我认识到这些，我就绝望了，成为一具行尸走肉。在我看来，我曾热爱的祖国和理想都不见了，剩下的只不过是一些为下一场屠杀做准备的装饰品。我想用人道主义的观点去思考问题，想出一些好的办法，并且将它表达出来，或者写成文章，但这些都于事无补了。和我观点相似的人少之又少，而每一天，都有许许多多的报纸、杂志、演说、会议，公开或者秘密地宣传同我不一样的观点，并且他们成功了。

赫尔米娜听得很认真。听完之后，她开口说："是呀，你说得对。我不用看报纸都知道，战争又要爆发了。这当然是一件值得伤感的事情，但是伤感也没办法。人们不管怎样抗拒死亡，怎样努力地同死亡作斗争，最终都躲不开死亡的结局。但是，亲爱的哈里，反对战争就和同死亡斗争一样，总归是一件美好而崇高的事情，我觉得这事情很神奇，又很值得尊敬。不过，你要知道，这种斗争希望非常渺茫，就像堂吉诃德的闹剧一样。"

"或许你说得对，"我非常激动地叫道，"不过，什么都无所谓了，反正很快我们都要死了，这些所谓的真理都见鬼去吧，它们只会带来平庸而愚昧的生活。难道我们不应该抛弃这一切，抛弃这所有的思想和追求，以及所有人道主义的存在，任由虚荣心和金钱作祟，一边喝着啤酒，一边为下一次斗争做准备？"

说这些的时候，赫尔米娜用一种奇怪的眼神看着我，这眼神里面有着愉悦、嘲笑、戏谑、原谅、友好，同时又有着深沉、严肃、庄重、聪慧。

然后她亲切地对我说："你可以不用这样的。你知道斗争终将会失败，你的生活就不会平庸和愚昧。相反，假如你在为了自己的理想或者其他什么美好事物作斗争，并且一定要在斗争中取得胜利的话，那才真是平庸和愚昧。并不是所有的理想都能实现，哈里。是不是我们活着就是为了抗拒死亡？当然不是，我们活着正是出于对死亡的又爱又恨，因为死亡的缘故，我们珍惜活着的分分秒秒，珍惜生活中的点点滴滴。哈里，你可真是个孩子。现在，听我说，你还是跟我来，我们还有很多事情要做呢。我可不想再跟你聊战争或者报纸了。你说呢？”

“好的，我也打算如此。”

我们来到一家卖乐器的店，这还是我们第一次一起走在这座城市的街道上。我们开始挑选留声机，将一个个留声机又开又关的，试听唱片。我们最终发现了一台性价比挺不错的留声机，我就想将它立刻买下来。但是赫尔米娜似乎还想要台更好的，她阻止了我，又带我去了第二家乐器店。我们又试听了许许多多不同型号、大小和价位的留声机，她又觉得还是第一家店的那台更好些，于是我们又回到刚才那家乐器店，买下了之前选中的那台留声机。

我对她说：“看吧，原本我们可以更快地做好这件事情。”

“你这么觉得？如果我们轻易就买下一台，或许明天我们就会在别家店的橱窗里看见一台一模一样的，价格却要低二十瑞士法郎。更何况，你应该好好品味买东西的乐趣，这同样也能使人快乐。你要学习的东西还有好多呢。”

我们托店家派人将留声机送到我家。

走进我的房间的时候，赫尔米娜很仔细地进行了观察。她称赞了屋子里的火炉和沙发床，又在椅子上坐了一会儿，随手拿起本书翻了翻。然后，她发现了我和我情人的照片，她在照片前面站了好一会儿。留声机被我们放在五斗柜上，就在一堆书籍的中间。然后，我们开始了舞蹈课程。她用留声机播放了一首狐步舞的舞曲，并给我做了几个示范动作。接着，她拉起我的手，带着我跳舞。我十分听话地随着她跳舞，但总是不小心撞到椅子，我很想听从她的指令，却不明白指令的意思，以至于总是踩到她的脚。我跳得非常认真却笨拙。第二支曲子跳完的时候，她累倒在沙发上，发出孩子般的笑声。

“上帝呀，你僵硬得就像个木头一样！你会散步吧？就像那样，自然一些就好，你太紧张了。我猜你现在一定觉得很热吧？过来，现在我们可以休息五分钟。你看到了吧，对会跳舞的人来说，学跳舞是很容易的事情，因为舞蹈就像思维一样自然。你只要这样想，就不会像现在这样不耐烦了。现在许多人也不愿意去养成自己思考的习惯，而是接受大众的煽动，认为哈里·哈勒尔是个卖国贼，从而默默地等待另一场战争的降临。”

一个小时以后，她离开了，临走之前，她鼓励我说，下次学习一定会好得多。但我却不那么认为，我觉得自己实在是太笨、太不灵活了，真是令人失望透顶。这一个小时的时间，我什么都没学会，我想下一次一定也差不多。跳舞所需要具备的素质我好像什么都没有，比如说，欢乐、热情、天真无邪。是呀，我早就该想到这些的。

不过，下次上课真的好了很多，我甚至可以体会到些许舞蹈的乐趣。教导结束的时候，赫尔米娜告我，我已经会跳狐步舞了。不过，当她因此决定说，明天将带我一起去饭馆跳舞的时候，我十分惊讶，并且极力反对。她冷冷地看着我，提醒我说我曾经发誓听她的命令，所以，明天我必须跟她去巴朗斯舞厅喝茶。

那天晚上，我忐忑不安地坐在家里，连书都看不进去。每当想起明天要发生的事情，我就很害怕。像我这样的年龄有些大，同时又胆怯敏感的怪物，明天却要去一家无聊的奏爵士乐的现代舞厅，明明不会跳舞却要在大庭广众之下众目睽睽之中跳舞出丑。一想到这些我就非常害怕。我在安静的房间里自己打开留声机，穿着袜子踩在地板上，开始练习狐步舞。不得不承认，我自己都觉得相当可笑和羞愧。

第二天，我们来到巴朗斯舞厅。舞厅里有各种茶和威士忌，还有一支小乐队在演奏。我为赫尔米娜点了蛋糕和一瓶好酒，希望能贿赂一下她，但她丝毫不为所动。

“今天我们来这儿可不是随便玩玩儿，而是给你上舞蹈课的。”

没办法，我只能跟她跳舞。大约跳了两三次，她还将演奏萨克斯管的乐师介绍给我认识。乐师是一位长相俊美的年轻人，黑黑的，可能有西班牙或者南美洲的血统。赫尔米娜说，他会演奏世界上所有的乐曲，会说各国的语言。这位年轻的乐师好像与赫尔米娜非常熟络，对她很友善。他的面前有两根不同尺寸的萨克斯管，他会换着吹，并用他那神气活现的黑眼睛愉快地看着跳舞的人们。不知什么缘故，我有些嫉妒这位无辜而又俊美的乐师，连我自己也很奇怪。倒不是因为吃醋，毕竟我和赫尔米娜之间还谈不上什么爱情。只是出于精神上的，对于友谊的嫉妒。我觉得，赫尔米娜对他过于称赞和嘉许了，而实际上他并不配得到那么多的关注。我觉得，今天要和这样的人做朋友，实在是太可笑了。

接下来，有人过来邀请赫尔米娜跳舞，我则一个人坐着喝茶，顺便听着这些以前从来不会去欣赏的音乐。上帝呀，我觉得这个地方是如此的陌生，如此的令人讨厌。在今天之前，我都极力回避这样的场所，我很看不起这个游手好闲的人的世界。这里面放着大理石的桌子，充斥着爵士乐，这是属于平庸者、妓女和游商的世界！但是现在，赫尔米娜却带我进入了这个世界，还要我熟悉这里，在这里生活！我喝着茶，非常伤感，默默看着面前这些穿着不雅的跳舞的人们。我注意到两个美丽的姑娘，她们舞跳得都不错，我赞赏而又羡慕地看着她们快活、灵巧、优美地翩翩起舞。

正在这时，赫尔米娜跳舞回来了。她对我非常不满，指责我说在这里不应该板着脸，什么也不做只是喝茶，而应该鼓起勇气出去跳舞。什么？一个人都不认识？这完全没关系，难道就没看见中意的姑娘吗？

我随手指了那两位姑娘中的一位给她看，那姑娘恰好正站在我们边上。姑娘穿着短短的天鹅绒裙子，留着棕色的短发，身材丰满，胳膊上露出白皙的皮肤，显得非常迷人。赫尔米娜立刻要求我过去邀请那位姑娘跳舞。

我连忙摇头，拒绝道："那可不行！我又不是年轻又英俊的小伙子了。像我这样笨拙的老头子，根本就不会跳舞，会让人家笑话的。"

赫尔米娜斜着眼睛蔑视地看着我，说："谁会取笑你？干吗那么在乎？你胆子也太小了吧！每一个接近漂亮姑娘的人，都有可能被取笑，这就是冒险的代价。哈里，就算冒个险又怎样呢？顶多也就是被那姑娘笑话一下子罢了。你不是说会听我的话吗？”

她丝毫不愿意通融。音乐又响了起来，我只好站起身来，尴尬地向那位美丽的姑娘走去。

姑娘正用她那双水汪汪的眼睛好奇地打量我，看到我走过去，便对我说：“本来已经有人邀请我跳舞了，但他还要在酒吧那边多坐一会儿。所以，我们可以先来一段。”

我将手搂在她的腰上，开始跳了几步舞。令人诧异地，她并没有赶我走。但她很快就发现我的舞步很生疏，于是她开始带着我跳舞。她跳得非常棒，甚至感染了我。突然，我发现我忘了自己是迫不得已才跳舞的，也忘了各种各样的舞蹈的规则。我就那么轻松地跟着我的舞伴，搂着她那苗条的腰，触碰着她那灵巧的腿，跟着她快速地旋转。我望着她年轻美丽的脸庞，对她说，这可是我人生当中第一次当众跳舞。她笑了起来，什么也没说，继续用她柔美的舞姿靠近我的身体，当作对我的鼓励，算是对我那兴奋的眼神和赞美的话语的回答。我的右手紧紧地搂着她，欢快而热情地跟着她的腿、胳膊，还有肩膀舞蹈。我一次都没有踩到她的脚，连我自己也很诧异。一支曲子结束了，我们就站在舞台的中央，听着周遭的掌声。接着，另一支曲子又开始了，我再次愉快、认真而又爱慕地进行这样的仪式。

没想到第二支曲子又很快结束了，那美丽的穿着天鹅绒短裙的姑娘离开了我。忽然，我发现赫尔米娜就在我边上，她一直在欣赏刚才我的舞蹈。

她笑着称赞我：“看到了吧，女人的腿和桌子的腿可不一样。哎呀，这下好了，你总算是学会狐步舞了。感谢上帝，明天我们可以开始学习华尔兹，这样就可以赶上三周之后格罗布斯大厅举办的化装舞会了。”

在跳舞的间隙，我们坐在桌子旁边，而那位年轻英俊的演奏萨克斯管的乐师——帕伯罗先生也走了过来。他朝我点头打了个招呼，然后就坐在了赫尔米娜旁边。他们看起来是很好的朋友。但是我不得不承认，我一点也不喜欢他，就像刚见到他时那样。我也承认，他的体形和相貌都很俊美，但除此之外，我觉得他并没有其他可值得称道的地方。关于他会各种语言，我觉得也没什么难的。因为他很少说话，要说也是那几句“请”“谢谢”“好的”“当然啦”“你好”什么的，这些简单的句子要用好几种语言说出来实在是很容易的事情。这位俊美的帕伯罗先生不但不怎么说话，连思考也不怎么进行。他全心全意地沉醉在他的职业——吹奏萨克斯管上。有时在演奏的间隙，他也会突然鼓掌来表达他的感情，或是从嘴里面蹦出一些简单的句子，就像“哦哦”“哈哈”“大家好！”什么的。显然，除了这些他什么也不会做。他只是有一张让女人着迷的漂亮脸蛋，穿着最时髦的衣服，打着领结，带着满手的戒指。现在是他的休闲时间，他也只不过是坐在我们旁边，对着我们笑，有时候低头看看手表或是卷卷纸烟，他卷纸烟的动作非常娴熟。他那双黑眼睛非常漂亮，头发也是黑黑的，像是移民后裔，不过这些都没办法遮掩他浪漫的气质，表达着他的思维和观点。靠近了观察他，这位俊美异常的、快活的，甚至是有些娇惯的年轻小伙子，举止优雅、仪态端庄，但也仅此而已罢了。我试图跟他谈论萨克斯管或者爵士乐，让他知道我可是一位资深音乐爱好者，是个音乐的行家，但他根本不予理睬。事实上，我只是出于礼貌，或者说是看在赫尔米娜的面子上，才与他交谈的，他却只是淡淡地笑着，根本不搭我的话。我试图从理论上为爵士乐说些好话，但他可能根本就不知道世界上除了爵士乐还有什么其他音乐类型。他是个和善而有礼貌的人，很顺从，那双大眼睛也露着甜甜的微笑。但是，我们没有一点共同的语言，或许对我来说神圣和重要的东西，对他来说根本不值一提，我们就像生活在世界上两个完全不一样的地方，我们的思维没有一点是共通的。不过，后来赫尔米娜告诉我一些令人惊讶的事情。她对我说，那次见面之后，帕伯罗先生曾经让她多关心关心我，我实在是太不幸了。她问他为什么这么说的时候，他说，那个人可真是可怜，你看他的双眼，根本不会笑！

拥有一双黑眼睛的帕伯罗先生离开之后，音乐又响了起来。赫尔米娜站起来说："现在，我们又可以跳舞了，哈里，难道不是吗？"

现在，我可以更加轻松自在，更加快活地和赫尔米娜跳舞了。当然，还是比不上跟之前那位姑娘跳得轻松和忘我。赫尔米娜让我带着她跳，她就像一片花瓣一样跟着我轻飘飘地旋转。我发现她的美丽忽远忽近轻荡飘忽，我还闻见了她身上那专属于女性和爱情的香气，而她的舞步也好像在温柔地低吟着引诱异性的动人乐曲。但是，这所有的一切却不足以让我忘却自己，全心全意地献身于她。现在，赫尔米娜是我最亲近的朋友，是我的姐妹和同类。有时候，她就像我自己，或是我少年时的朋友赫尔曼——一位爱幻想的诗人，同我一起锻炼思维和越轨行为的热情的伙伴。

之后，当我向她提到这些的时候，她说："我早就清楚这些。我会让你爱上我，但却不是那么急于求成。现在，我们还只是朋友。

我们原本就是希望能够成为朋友的，我们从人海之中找到了对方，然后我们一起玩乐、互相学习。我向你展示我的小技巧，教会你跳舞，使你快活一些、变傻一些。你呢，给我谈你的思维、你的知识。”

“哎呀，赫尔米娜，我都无话可说了，你什么都知道。你这个姑娘可真奇怪呀，好像知道我所有的一切，老是想在我的前面。我对你来说是什么呢？你不认为我是个很无聊的人吗？”

她忧郁地低头看着地板，说道：“我不爱听你说这样的话。想想那个夜晚，你当时极力要摆脱孤独和痛苦，神情疲惫而绝望，你拦住我，要我成为你的朋友。你想想看，我当时是为什么注意到你，并且能够理解你的痛苦？”

“是为什么呢？赫尔米娜，请你告诉我。”

“因为我和你是一类人。我也像你那样孤独，一样不热爱生活，一样没办法爱上任何人，包括我自己。我没有办法严肃地去看待生活，没办法认真地对待他人和自身。世间总是有那么极少数的人，他们认识到自己的愚蠢和粗鄙，却又不甘心地想要更好的生活。”

我对她的话十分诧异：“赫尔米娜，你呀。我能够理解你，我的朋友，可能我是这个世界上最理解你的人了。但是你又像是一个谜一样的存在。你那么玩世不恭，却又对生活的细节无比崇敬和享受。你就像是一个生活的艺术家一样。你怎么能忍受生活的苦楚？你一定很绝望吧？”

“我一点也不绝望，哈里。但是，唉，我又清楚地体会到生活的苦楚。你一定会诧异，就像我善于跳舞一样，我熟悉生活的许许多多的表现，甚至是精通，但我却仍然感到不幸福。但是我的朋友，我也同样很诧异，你明明对生活如此失望，却对思维、艺术这些生活中深刻和美好的所在如此精通。我们正是因为这样才相互吸引，亲如兄弟姐妹。我可以教会你跳舞、玩乐、微笑，但我却没办法让你幸福。我也会学习你的思维方式，但是我也不能学会幸福。你不觉得，我们两个都像是魔鬼的子民？”

“是呀，我们都是魔鬼的子民。这魔鬼就是精神，而我们就是他不幸的子民。我们超脱了自然的生活轨迹，漂流在无望的虚空。但是，这会儿我又想到一点，我给你说过的那本《荒原狼》，里面说到，如果哈里认为他是由一个或两个灵魂组成的，那他的想法就是错误的；我们在心里都有千百个灵魂。”

“说得太对了！”赫尔米娜喊起来，“就好像你一样，精神发达、思维成熟，但是在所有生活的细枝末节上都相当生疏。就好像思想家哈里已经活了一百多岁，但是舞蹈家哈里才刚刚诞生。这会儿，我们得好好教育一下这个舞蹈家小哈里，让他快点长大。然后再好好教导其他和他一样幼小又笨拙的未成年小兄弟们。”

她抿着嘴轻轻一笑，看着我，用另一种轻柔地语气问我：“你觉得好不好？”

“谁是玛利亚？”

“是一位非常漂亮的姑娘，上次跟你跳舞的那位。我觉得，你有一点儿爱上她了。”

“怎么，你认识她？”

“哦，是呀，我们可是很熟的。你有点儿挂念她吧？”

“我是有点喜欢她。我舞跳得那么不好，她却宽容地对待我，让我很开心。”

“仅仅就是这样？哈里，你应该再殷勤一些。她长得那样漂亮，舞跳得也很棒，更何况你已经开始喜欢她了。我觉得你一定能搞定的。”

“哎呀，我可不敢这么想。”

“我觉得你在撒谎。我知道在某个地方你还有位情人，你们半年见一次面，不过见面的时候经常会吵架。你对这位奇怪的女朋友保有忠诚，那当然不错。不过，算我有话直说，我觉得并不需要将这件事情看得太重。不过，现在我怀疑你将爱情看得太重了。当然，我没办法管住你的内心，让你不要用你理想中的方法去追求爱情，那是你自己的事情。我只不过是希望，你能够略微学习一下生活中的小技巧和小游戏。在这些方面，我可是你的老师，你要知道，我绝对比你理想中的情人还要敬业。荒原狼先生，现在你需要跟一位漂亮姑娘睡一觉。”

我痛苦地叫道：“赫尔米娜，你看，我已经老了。”

“你可不老，你还是个小孩子。你曾经懒得去学跳舞，觉得那太迟了；现在，你又懒得花时间去谈恋爱，觉得爱情是理想化的、悲剧的，等等。哎呀，我的朋友，我丝毫不怀疑你惫懒的能力，你相当擅长于此，令人佩服。不过，你已经有了新的良好开始，不久之后你甚至可以去舞会跳舞。现在，你还得学着去爱别人，像个正常人那样。对了，从明天开始，你得开始学习华尔兹了。明天我三点钟去你家。对了，你觉得这儿的音乐如何？”

“非常好。”

“看吧，你又知道了新东西，又有了新进步。我知道，之前你一直不喜欢爵士乐，不喜欢现代舞曲，你觉得它们肤浅而又不严肃。现在你知道了，根本不需要过于认真地去看待音乐，只要它们能让你开心就行了。不过，这儿乐队的灵魂可是帕伯罗，他给了这乐队激情，这儿没有他可不行。”

留声机破坏了我工作室那满是智慧的氛围，而原本陌生的现代舞曲破坏了我曾精心保护的音乐世界，它就那么突然地闯进来，产生毁灭性的破坏。同时，还有许多新鲜、可怕、分裂的事物从各个方向涌进来，将我原本清晰而又独立的生活割裂得支离破碎。就像荒原狼和赫尔米娜说的那样，人们的心里有许许多多的灵魂。正如现在，我的身体里除了原本的旧的灵魂之外，又出现了许许多多新的灵魂，它们不断吵闹，提出这样或者那样的新要求。我之前关于性格的幻想现在成为一幅清晰的图画出现在我的面前。我只不过是尽力发展一些偶然出现的思维和技能，这些可能并非我所擅长的。我画了一个关于哈里的画像，让哈里在这里生活。而这个哈里，仅仅受过理学、音乐和哲学等方面的良好教育，而在其他方面一无所长，任由各式各样的能力、追求、欲望组成一个模模糊糊的部分，我十分讨厌这个部分，我极力地贬低它们，将它们统统叫作荒原狼。

这段时间以来，我好像从虚幻当中醒悟了，将人格分裂成很多不同的方面。这当然不是一个轻松的过程，或者一个令人愉快的冒险；相反，这个过程极其痛苦，甚至难以忍受。那台留声机的声音和我的房间格格不入，听起来极为刺耳。有的时候，比如说，当我出入于某家现代餐馆，和一帮打扮时髦、涂脂抹粉的色狼、骗子们一起翩翩起舞的时候，我感到自己背叛了原本所尊崇、膜拜的神圣事物。假如赫尔米娜离开我超过八天，我一定会立刻让这些莫名其妙的滑稽的色鬼们从我的生活里消失。但是，赫尔米娜不会离开我，她总是出现在我旁边。即使我们并不是每天都见面，我仍然觉得时时刻刻都在她的注视之下，她教导着我，监视着我。她判断着我的行为，只要我有些许抗拒或者想要逃跑，她都可以从我的神情之中觉察到。

慢慢地，随着我原本的性格被不断地改变，我渐渐地知道，为何自己会这样绝望地害怕死亡。我发现，这不过是讨厌而又无耻的死亡恐惧症，它成为我之前自我欺骗的小市民生活的一个小部分。原本占性格主导地位的天才作家，精通莫扎特和歌德思想的专家，有过许多关于艺术、哲学、人性等诸多方面论著的作家，一位经常在工作室的书籍堆里面发表感慨的隐士，我们的哈勒尔先生，不得不开始自我剖析。并且，不论是哪一种剖析他都无法承受。按照道理来说，这位幽默而有天分的哈勒尔先生不断宣传理性和人道，抗议残忍的战争，这样的想法必定会致使他被当作异端，拉上绞刑架。但是，事实上，他并没有遭遇这样的下场，他找到了可以适应生活的方法，也就是一种貌似体面和崇高的妥协。当然，妥协终归是妥协。除此之外，他极力反对权力与剥削，但他的银行账户里又拥有许多工厂和企业的股票，他可以毫无愧疚地花这些股票为他挣的钱。他身体里无处不存在着这样的矛盾。一方面，哈勒尔先生将自己伪装成一个藐视世界的理想主义者、一个忧郁的隐士、一个愤世嫉俗的先知；但另一方面，他又是一个有资产的人，他觉得赫尔米娜带给他的那种生活粗俗无比。他对于在酒吧里度过无聊的夜晚并且浪费金钱而感到愤愤不平，并且深感愧疚。他其实并不是很希望能够进行自我反思和完善，恰恰相反，他极其希望能够回到过去，回到那个让他感到放松的时代。那个时候，思维的创造可以带给他欢愉以及地位。一样的道理，那些攻击他的报纸的读者们一定希望回到战前的时光，那个时候的生活可是比现在这种在苦难中看报的日子要好得多。这位哈勒尔先生真是讨厌得让人反胃。但是，我还是不愿意放弃他，或者说放弃他的假面具。我留恋他将思想玩弄于股掌之上的样子，留恋他像普通市民那样对混乱和意外感到恐惧的样子，死亡也是这种意外之一。我嘲讽且嫉妒地将在舞厅里怯懦滑稽的正在逐渐形成的新哈里，同之前那个故弄玄虚的理想主义的旧哈里进行对比。我觉得自己身上也存在着许许多多讨人厌的性格，就和前几天我在教授家桌子上看见的歌德肖像中发现的讨厌性格一模一样。那个旧哈里，其实也不过是这样从市民的基础上理想化的歌德，也不过是个美化的精神战士，他沉醉在自己高尚的形象里，那高尚、散发着人性的目光无比地得意，就像是某个因为抹足了润发油而显得精神焕发的人一样。现在，这幅原本完美的画面被该死的戳破了，而理想中的哈勒尔先生也变得支离破碎。他这副模样就像是一位贵族被人洗劫一空，连衣服也变得破破烂烂的，但是他偏不学着扮作破衣烂衫的穷人，而是仍然坚持抬头挺胸，就好像还在衣冠楚楚地挂着勋章。他摆着一副可怜的神情去祈求能够找回失去的尊严。

我和音乐家帕伯罗又见了很多次面。赫尔米娜实在是非常喜欢他，总是兴致勃勃地去找他，因此，我也只能改变自己去接受他。我觉得，帕伯罗看起来就是个虚有其表的人，一个身材矮小又爱慕虚荣的公子哥，一个不知道什么是烦恼的小孩子。这个小孩子总是开心地在热闹的集市吹喇叭，只要好言几句，或者给他一块巧克力就可以轻易摆平。但是，帕伯罗先生从来不会问我怎样看待他，或许就和我的音乐理论一样，我对他的看法也根本就是无关紧要的事情。他听我说话的时候总是礼貌地笑着，露出很友好的样子，却从来不正面回答我的问题。不过，尽管这样，我发现他还是在努力地向我示好，好像我是个让他感兴趣的人。终于有一次，他又回避我的问题，我抑制不住地发起火来，甚至要开始动手。他看着我，目光惊讶而忧伤，他拉住我的左手慢慢抚摸，然后拿出一个镀金的小罐子，从里面拿出一点类似鼻烟的东西递给我，告诉我说吸了那玩意儿之后会舒服一些。我狐疑地看着赫尔米娜，她冲我点点头，于是我就接过那东西吸了一口。只过了一会儿，我果然振奋起精神来，变得非常活跃，我想，那鼻烟末里应该有可卡因之类的东西。赫尔米娜对我说，帕伯罗有很多类似的药物，都是他通过特殊渠道得到原料配制的，他是这方面的专家，需要的时候会为朋友配制一些。比如说镇痛药、安眠药什么的，这些药有的会让人睡个好觉，有的会让人快乐，甚至还有催情的药物。

之后有一次，我在码头边上正巧遇上他，他立刻跑过来跟我打招呼。那次他终于应答了我的问题。

我对他说："帕伯罗先生，作为赫尔米娜的朋友，我向来非常尊敬您。但我还是要说，跟您聊天实在太困难了。有好几次，我都想跟您聊聊音乐什么的，听听您的意见，哪怕是反驳或者其他什么论断。不过，您总是不愿意回答我，即使是非常简短的答案也没有。

他摆弄着手里的银制的黑色细棒子，诚恳地冲我笑了一下，终于决定回答我的问题。他非常沉稳地对我说："其实，您知道，我觉得谈音乐什么的一点儿意义都没有。我从来都不与人谈论音乐。您的言论正确而隽永，还让我怎么应答呢？说您说得有道理？但是您看，我是个乐师，而不是学者，我不认为这些所谓的‘正确’的音乐理论有一点点意义。对音乐来说，人们的理念是不是正确、鉴赏能力是不是很高或者人们是不是有教养什么的，都不重要。”

“照您这么说，那什么才是重要的？”

“重要的是人们正在演奏或者歌唱，哈勒尔先生，就在于人们努力、专注地将乐曲表达出来。我认为就是这样，哈勒尔先生。假如我能记住巴赫或海顿的全部作品，并且能够熟练地谈论它们，其实于事无补。相反，假如我拿起萨克斯管流畅地演奏了一首西迷舞的舞曲，且不说这曲子到底是不是一个好作品，但至少它能让人们快活，会让音乐流进人们的骨髓里，融入他们的血液中，这才是重要的。舞厅里的音乐停顿了一段时间之后，当乐曲再次响起的时候，您就会发现人们的脸上洋溢着怎样的神采，绽放着怎样的笑容。我觉得这才是人们演奏音乐的目的。”

“您说得真好，帕伯罗先生。但是，我觉得音乐除了能让人获得感官上的刺激，还能为人带来精神上的享受。音乐不仅是瞬时的演奏，好的音乐还会久远地流传下去成为不朽。有些音乐可以流芳百世，即使现在的某个时刻并没有人去演奏它。但当我们在独自一人躺在床上的时候，就可能会忽然想起《魔笛》《马太受难曲》这样的曲子，即使身边没有人吹笛子或者拉小提琴，我们也能感觉到音乐恍然在耳边响起。”

“是的，哈勒尔先生。事实上，就连伊尔宁和瓦伦西亚这种舞曲也会被人想起，在无数个夜晚被许许多多孤独又爱幻想的人无声地在脑中唱响。即使是可怜的办公室打字员也会默念着最新的舞曲，并在打字的时候数着舞曲的节拍。就像您说的，那些孤独的人们可以默默地享受无声的音乐。不过，你觉得这些人是怎样知道那些孤独的无声音乐的？他们当然是听到乐师的演奏才能获得的。音乐只有演奏出来，传进人们的耳朵里，成为他们身体的一部分，他们才会在独自一人坐在卧室里的时候，还能想起它、梦到它。”

我冷冷地回答：“我同意您所说的，但是，我觉得我们还是不能将莫扎特的音乐和最新的狐步舞曲放在一个层面上讨论。神圣而隽永的音乐巨作和时下流行的廉价小曲子，这可不是能够相提并论的。”

帕伯罗发现我的声音开始激动了，便连忙冲我微笑，拉着我的手臂，柔和地对我说：“哎呀，亲爱的哈勒尔先生，您刚才说的我完全同意。您大可以在心里，将莫扎特、海顿或者瓦伦西亚的音乐分成三六九等，那是您的自由。不过，对我来说他们的音乐都是一样的，我可不想分出等级来，当然之前也没有人跟我讨论这事。或许莫扎特的音乐还要流传上百年，而瓦伦西亚的曲子一两年之后就消失了。我觉得，决定这些是上帝的事情，公正的上帝会决定我们每个人的寿命，自然也会决定每个曲子，比如说华尔兹舞曲和狐步舞曲的寿命，他的判断一定没错。但是，我们乐师得守着自己的本分，尽我们自己的义务和职责。我们需要做的就是在此时此刻去演奏人们内心希望听到的东西。我们努力地演奏，将乐曲表达得尽可能美好，以此感染人心。”

这个帕伯罗还真难缠，我只得叹了口气，不再谈下去。

有的时候，新的和旧的、有趣的和痛苦的、欢乐的和恐惧的，这些矛盾会神奇地混合起来。我有的时候在天堂上，有的时候在地狱里，不过大多数时候同时既在天堂也在地狱。旧哈里和新哈里有时会大吵大闹，有时又会相安无事。在某个时刻，旧哈里好像完全没了呼吸，彻底死去，被深埋于地底。另一个时刻，他又忽然出现了，变得十分高明，霸道地发布命令；而新哈里则像个矮小的年轻人，默默地缩在后面。再换一个时间，新哈里又神气活现地勒住旧哈里的脖子指责他。两个哈里经常这样斗来斗去，哀鸣不断，让主人公想立刻用剃须刀结束生命。

有时候幸福和痛苦就像两个连续的浪头一样，接连朝我打来。例如，在我第一次在公众场合跳舞之后没几天的某个夜晚，当我回家走进卧室，惊讶地看到我的床上躺着美丽的玛利亚。这真是一件让人惊喜交加的事情。

赫尔米娜总是做些出人意料的事情，那天晚上的事是最令人意外的了。当时我一点儿也不怀疑，这个欢乐的时光是她为我安排的。那天晚上，我意外地并没有和赫尔米娜约会，而是去大教堂聆听古典教堂音乐。那次我走了很远，旅程美好而忧伤。那就像是去探寻我以前经常去的地方，探寻我少年时的生活轨迹，探寻理想的哈里盘桓过的所在。教堂的建筑是哥特式的，高耸的大厅里面点燃了几根蜡烛，精美的拱形的屋顶在摇曳昏暗的烛光之中，像幽灵似的摆动。在这个地方，我又一次听到了巴赫、海顿、布克斯特胡德以及帕赫尔贝尔的乐曲，又踏上了我曾经钟爱的老路，又聆听了一位女歌唱家演唱的巴赫的歌曲。那位女歌唱家曾经是我的朋友，我曾经多次听到她优美的歌声。这些古老的音乐无比圣洁和高贵，它呼唤出我年少的时候曾经拥有的那种虔诚和喜悦，以及曾经拥有过的那种热情。这个世界曾经是我灵魂的归宿，而现在，我只不过是在这个永恒的世界里面做客，忧郁而悲伤地坐在高耸的教堂里聆听一个钟头的演唱。等到海顿的二重奏响起时，我忍不住泪流满面。以往的时候，我总是在音乐会结束后，和艺术家们热烈地会面并讨论整个晚上。但是现在，音乐会还没结束，我就偷偷地溜了出来。夜幕静悄悄的，我就在街道和巷子里面游荡，走得筋疲力尽。路边有的小店里面飘出的爵士乐旋律又将我拉回现实。唉，我觉得生活是那么的幽暗混乱。

在这个四处游荡的夜晚，我又开始思考我和音乐的奇妙关系，我感觉到，我对音乐的爱恨就像是维系整个德国命运的精神。在这前无古人的精神中母性的权威主宰了一切，它表现为一种血缘关系，而这种关系的主宰就像是音乐。我们这些思想家们并没有英勇地去反抗它，没有跟随精神、理智和语言去行动，却沉迷于这种没有语言的音乐之中。语言可以诉说和描绘具体事物，但是德国人在精神生活中却放弃了这种实用的工具，而是站在语言和理智的对立面，同音乐勾三搭四。他们沉迷于音乐，沉浸在动人的旋律里，他们的情绪也迷失在令人陶醉的乐曲中，他们不需要回到现实，而是逐渐忘记了他们的真正使命。思想家不了解现实，不熟悉甚至敌视现实。所以，在德国的现实中，不管是历史、政治还是舆论当中，思维的作用都微乎其微。我经常去想这样的事情，有的时候就会产生一种猛烈的愿望要去塑造现实，比如说，认真地从事一项具体工作，而不是在理论上研究美学或者进行思维的其他创造。但是，最终我放弃了这样的想法，而是屈服于命运。就像某位将军或企业家们所说的那样，像我这样沉迷于精神生活的人一无是处，是一群无关紧要、不切实际、没有责任感、只知道说大话的才子。唉，我还是去死好了，用我的剃须刀。

我不断地想着各种稀奇古怪的事情，耳边还响着教堂的音乐，就这样带着满怀的忧伤，以及对现实生活和许许多多逝去的不再复返的事情的渴望，回到了家里。我爬上楼梯，打开屋里的灯，想看会儿书，却什么都看不下去。我感到非常孤独，以至于想要明天晚上去泽西水酒吧喝两杯威士忌，再去跳一会儿舞。我非常恼火，既恼火自己，也恼火赫尔米娜，这个坏心眼的奇妙的姑娘。那个时候，她还不如不要管我，就让我自生自灭好了。现在，她将我一起拉下水，将我这个陌生人拉入纸醉金迷的混乱游乐的世界之中。在这里，我原本拥有的美好备受折磨，几近荒废。

我伤心地关了灯，走进卧室，开始脱衣服准备休息。忽然，一股奇妙的香味飘过来，是一种淡淡的香水味道。我吓了一跳，看了看周围，发现我的床上正躺着美丽的玛利亚。她略微促狭地笑着，睁着蓝色的大眼睛看着我。

"玛利亚！"我惊叫道。我首先想到的是，万一这事儿给房东阿姨知道了，她一定会不再让我住下去的。

玛利亚轻轻地对我说："是我，我的到来让您生气了吗？"

"当然不是。是赫尔米娜给您的钥匙吧？"

"是的。如果您生气的话，我可以离开。"

"不要，美丽的玛利亚小姐，您留下吧。不过，今晚我特别忧伤，估计整个晚上都没办法快乐了。或许明天就没事了。"

我朝着她的方向稍微弯了点腰，忽然就被她那大而结实的手按住脑袋，亲吻了我。吻了许久之后，我在床边坐下来。我挨着她，拉住她的手，嘱咐她要小声说话，不能让别人听见。她的脸丰满而又美丽，像盛开的鲜花，神奇而又陌生地绽放在我的枕头上。缓缓地，她拉着我的手，靠近她的唇，又继续往下拉到被子里，放在她的胸脯上。我可以感觉到她的呼吸，安静、温暖、均匀。

她告诉我："你不需要快乐。赫尔米娜曾经对我说，你有很多烦恼的事情。你对我还满意吗？不久之前我们还在一起跳舞，你可真是个可爱的家伙。"

我开始亲吻她的眼睛、嘴巴、脖子，还有胸脯。之前我还在恼恨和责备赫尔米娜，而现在，我又非常感谢她送给我的礼物。玛利亚的抚摸让我非常舒服，就像今天听到的音乐一样，我觉得她就是现实中的音乐。我缓缓地掀开她身上的被子，然后吻她的全身，从头一直到脚。然后，我躺在她的身旁，她用那鲜花一样的脸注视着我，好像了解我的一切。

晚上，我就睡在玛利亚的身旁，虽然时间并不算长，但却睡得异常安稳和香甜，像个孩子一样。期间我们还醒了几次，尽情地放纵，享受她美丽青春的身体。我们还小声地聊天，聊一些关于她和赫尔米娜那类人的生活。他们的生活我知之甚少，只不过在戏剧里才看到过。他们有男有女，有艺术家，也有花花公子。这个时候，我才略微知道了一些关于他们的神奇而又堕落的生活。他们当中的女人基本上都出身卑微，她们聪慧而美丽，所以才不乐意一直从事低薪而又无趣的工作。她们时而打工养活自己，时而靠美貌生活。有的时候，她们也会做上几个月的打字员，有的时候又会成为某个公子哥的情人，靠领些零花钱过日子。她们一会儿身着绫罗绸缎，开着豪车，住着高档旅店；一会儿又挤在狭小的阁楼里。也有一部分人会嫁给某个出了高价的人，不过更多的人则对婚姻没什么兴趣。相当一部分人并不需要爱情，她们将自己待价而沽，等到有人愿意支付高昂的报酬，她们便勉强卖身于他。不过，还有一部分人，就像玛利亚这样，极其渴望爱情；她们在爱情方面才能卓越，具备丰富的经验，她们活着的唯一目标就是爱情，除了金钱上的感情交易以外，她们还需要其他形式的爱情。她们就像蝴蝶一样忙碌、忧伤地穿梭在人群里，聪明、轻浮而又麻木地活着，期待好运和富足物质生活的降临。她们热爱生活，却又不留恋生活，像个普通市民一样。她们随时准备着出现一位白马王子将她们带入宫殿，尽管她们下意识地觉得等待着她们的一定是一个悲惨的结局。

那个晚上实在太美好了。并且，之后的许多日子里，玛利亚又让我学会了许多新玩意儿。她让我尽情地享受感官和情欲的美好，又告诉我许多新的看法和认识，以及新的爱情。对我这个孤僻的美学家来说，她所描述的茶楼、酒吧、舞厅、影院等娱乐场所组成的纸醉金迷的世界，终归是些低俗、不体面而又违背道德的所在。但对玛利亚和赫尔米娜来说，那些就是她们的全部。虽然算不上很好，但也不坏，那既不是她们的追求，也不是她们的地狱，她们熟悉这个世界的一草一木，并在那里绽放她们短暂而又充满欲望的一生。我们会欣赏某位作曲家或者诗人，她们则会欣赏香槟或是现烤的一盘烤肉；我们会为尼采、汉姆森激动不已，她们则对一首新的舞曲或是伤感的爵士乐亢奋不已。玛利亚曾经提起那位俊俏的萨克斯管乐师帕伯罗，提到他曾经唱过一首美国歌。她说到这个的时候异常的认真，满脸的钦佩和迷恋，就像一个受过良好教育的人述说如何享受一首高雅乐章一样，这让我十分感动。暂且不论那首歌曲是不是真的非常好，但我已经做好准备和玛利亚一起陶醉其中了。玛利亚用温柔的叙述、渴望的目光将我的美学世界撕开一个巨大的裂缝。当然，我认为有些美好的事物，是美丽当中的精华，比如说莫扎特的乐曲。不过这些美的分界又在哪里？我们这些所谓的专家、批评家在少年的时候曾经强烈地热爱过某些作品和作家，但是如今又开始质疑它们，就像我现在质疑李斯特和瓦格纳一样。甚至，有些人连贝多芬都开始质疑了。就像某个老师被李斯特的作品或者某个指挥第九交响乐的指挥家的激情感染一样，玛利亚也孩子似的被这些美国舞曲感染了，他们的感动不都是一样纯洁无瑕、一样是基于艺术的崇高感受吗？我感觉到这个观点竟然跟帕伯罗先生所说的完全一致，好像就是对他所言的证实。玛利亚好像也非常喜爱帕伯罗这位美男子。

我对她说："他可真英俊，我也非常喜欢他。不过，玛利亚，你竟然会同样喜欢我这个沉默又无趣，既不英俊也不年轻，既不会演唱爱情歌曲也不会吹奏萨克斯管的老头子。"

"可别这样吓人。"她责备我说，"这些都是很正常的事情。我喜欢你，你身上也有美丽、可爱的特点。你就是你现在的样子，这没什么好说的，也没什么需要解释的。你看，在你亲吻我的脖子或耳朵的时候，那么地迷恋我，喜欢我。你略带羞涩的吻表达了你对我的欣赏和喜爱。而我就喜欢你这一点。但是，相反，或许另一个男人根本不喜欢我，他吻我的时候就像是种赏赐一样。不过，那样也会同样让我喜爱。"

我们又迷迷糊糊睡着了。等到我再次睁开眼，发现自己依然搂着这朵美丽的鲜花。

这朵美丽的鲜花好像一直就作为赫尔米娜送给我的礼物一样存在着，真是非常奇怪。她自始至终都像是一个假面具一样，躲在赫尔米娜的身后。忽然之间，我想起了我那住在远处的情人艾丽卡。那个爱发火的情人其实长得和玛利亚一样美丽，只不过不够年轻和放荡，也没有那么多关于爱情的技巧。她就像是一幅清楚而又让人苦恼的画站在我的面前，同我的生命纠缠在一起，然后在我的梦境里渐渐下沉，直到消失在让人忧郁的远处，慢慢被遗忘。

在这个美妙的温柔乡里，我的生活中曾经经历的许多事情就这样慢慢浮现出来，成为一幅幅图画。生活的贫乏已经让我很久都没有想象的能力了。这会儿，情感的缺口被神奇地打开了，里面滔滔不绝地奔涌出这些图画，刹那间，喜忧参半，让我的心都快要不能跳动了。哎呀，我发现很久以前，我的生活曾是多么丰富的一座画廊，而可怜的荒原狼就像是高挂在天空的一个永恒的星座。那一座座飘摇的被笼罩在蓝色雾霭中的山川，就像是我幸福的童年和慈祥的母亲。他们就这样出现在我面前，伴着绵绵的清晰的合唱声，就像是我和赫尔米娜的奇迹般的孪生兄弟赫尔曼的合唱。一群妇女像荷花一样从水面冒出来，她们向我游过来，带着醉人的芬芳；我曾经爱慕过她们，赞颂过她们，希望能够得到她们，但她们之中只有极少数的几个跟我有过接触。我还看见了陪伴我好几年的曾经的妻子，虽然在一起生活的时间并不长，但我仍然非常信任她，是她教会我友谊、矛盾和颓废。在我神经错乱、病魔丛生的时候，她忽然离我而去，她的背叛深深地打击了我的生命。我曾经那么爱恋她、信任她。

这个爱情的晚上好像成了一口井，许许多多有名字或者没有名字的图像都涌了出来。它们是那么鲜明艳丽，让我记起在这漫长的潦倒时光里忘记了多少事情。我忘记了这些将伴随我一生的财富，它们无法被摧毁，永恒存在，它们是我存在的全部意义。它们或许会变成星星让我慢慢遗忘，却不可能消失，它们串联起来组成了我的生活，而星星闪耀出的光芒成为我的人生不朽的意义。我现在的生活十分失败和艰难，四处碰壁，布满不幸和颓废。我饱尝人生的苦楚，但仍然感觉到富足和骄傲，以至于在最困苦的时候也可以活得像一位国王。哪怕是现在，在这个快要去见上帝的时候，我总是荒掷光阴，但我人生的本质是高尚的，是有骨气的，不曾计较过几个芬尼的得失，而是存在追求天地日月的理想。

后来，又发生了很多事情，有了很多改变。但是，那天晚上我能回忆起来的细节并不是很多。我只能想起我们说过的个别句子，想起一些温存的爱抚、动作和表情，想起欢爱之后因为疲倦而沉入梦乡，并且在欢愉中醒来的一瞬。在我不幸的时光里，从那个晚上开始，我首次用发亮的眼光打量自己。又一次，我将偶然当作命运，将生活的废墟当作某个圣洁的瞬间。刹那间，我的灵魂又有了生气，我的眼神又亮了起来，我甚至预感到，只要将这些散落的图画拼凑起来，将我哈里·哈勒尔荒原狼式的生活变为一幅完整的图画，那我就能进到这图画里面，成为永恒。我们每个人不都是在努力朝着这个目标前进的吗？这不就是我们人生的意义吗？

第二天早上，我和玛利亚一同吃了早餐，然后我偷偷地将她送了出去，万幸没有遇上什么人。当天，我在我家附近的地方租了一间专供我们享乐的小房子。

赫尔米娜作为我的舞蹈教师，非常敬业。她总是按时来教我跳华尔兹，我也只好跟着学。她是个严厉的教师，一点儿也不让我偷懒，因为她已经下决心要让我陪她一道参加下一次的化装舞会。她跟我要钱去买参加舞会的衣服，却不肯告诉我关于衣服的任何信息。她从来不让我去探望她，也不肯告诉我她住在哪里。

化装舞会前的三周时间，是极其美妙的时光。玛利亚成为我的第一个真正意义上的情人。以前的时候，我总是要求我的爱人拥有智慧和修养，却根本没有想到，即使是最聪慧和有教养的女人也不能应答我的理智，而是和我的理智针锋相对。我总是带着各种各样的问题和看法去找女人，以至于根本无法想象我会对一个没看过一本书，甚至不知道看书是什么，就连贝多芬和柴可夫斯基的区别也搞不清楚的女人产生超过一个小时的爱情，那实在是难以想象。玛利亚完全没有接受过教育，或许她根本不需要这种麻烦的替代品，她只要直接从感官提出问题就行了。她天生的感官就是她的艺术品，她用她迷人的身材，用她头发的颜色，用她的声音和皮肤，用她超人的气质，去努力获得感官的幸福，捕获她的爱情。她的爱人可以在她身上发现她可以用技巧、用身体的曲线、用她迷人的姿态去理解和回答你的问题，并引诱你积极地配合，做出让双方都欢愉的行动。当我第一次遇见她，害羞地与她舞蹈的时候，我就察觉到了。我嗅到了她身上那天才、开放的性感气息，深深地迷上了她。万能的赫尔米娜当然不会无缘无故将她送给我。她那开朗的气质，无时无刻不散发着玫瑰般的幽香。

我并不是玛利亚唯一的情人，也不是她最喜欢的情人，我没有资格成为那样的人，我只不过是她许许多多情人当中的一个。她经常没时间陪我，一般都是在下午的时候抽出一个钟头与我相处，晚上来陪我的次数简直少得可怜。可能是赫尔米娜的授意，她不收我的钱。不过，她倒是很乐意接受我送的礼物，有的时候，我在送给她的红色小皮夹里放上一两枚金币，她也没有说什么。但是，那个红色小皮夹倒是被她嘲笑了一番。那是个很可爱的皮夹，但是样式过于老土，是商场里卖不出去的囤货。我以前一点儿也不懂这些事情，一窍不通，我对它们的理解就像我对爱斯基摩语的理解一样。现在，我知道这些小东西，这些时髦的奢侈品并不仅仅是华丽的摆设，也不是只知道赚钱的厂长和商人发明出来的摇钱树，而是一些美丽又实用的东西。香水、粉扑、舞鞋、戒指、香烟、皮带扣、拎包……林林总总的这些物件构成了一个小世界，或者说是一个很大的物质世界。它们最大的用处就是服务于爱情，它们像是有魔力的爱情仪器，装饰死寂的环境，它们可以打破沉闷的僵局，让人们的感受更加细致。拎包其实并不是拎包，皮夹也不是皮夹，花非花，扇非扇，所有这些都是因爱情魔法所滋生出的物质表现，它们是爱情的使者，是黑心的商人，是商人的武器，是战斗的号角。

我经常在想，玛利亚到底爱谁。我觉得，她的最爱应该是萨克斯管乐师帕伯罗。那个有着黑色而忧郁的双眼，白皙纤细的手指，常常带着一种忧伤的高贵的男人。玛利亚坚持认为，虽然很难让帕伯罗点燃爱火，但是只要点燃之后，他就会非常有男人味，他会比拳击手或是骑士还要强壮、有力和粗暴。如果不是听玛利亚这么说，我还以为帕伯罗先生是个清心寡欲的人，在爱情方面是单纯而又被动的人。类似地，我又知道了许许多多关于这些人的隐秘，这些秘密可能是关于身边的某个爵士乐手、某个演员、某些男人和女人的，当然也有关于赫尔米娜的，他们形形色色，织就了一张表面之下的秘密的网，让我渐渐地融入了他们之中，而在以前，这个世界和我毫无关联。我常常和让玛利亚非常钦慕的帕伯罗先生会面。玛利亚也总是需要帕伯罗先生配置的那些隐秘的药剂，有的时候还让我一同分享，帕伯罗也似乎很乐意为我服务。某一天，他对我直言道："我常常为您感到遗憾，您是如此的不幸，而您本不该如此的。不如，您来抽些鸦片。"这个人聪明、天真、快乐，却又深不可测，以至于我常常改变对他的看法。后来，我们成为了好朋友，我也时不时从他那里拿一些药剂来服用，他也总是乐于见到我对玛利亚的爱慕。有一天，他在自己住的地方举行了一次庆功宴。那是在郊区的一家旅店的顶楼上，房间里除了一把椅子什么都没有，于是我和玛利亚只好坐在他的床上。他为我们倒上一种奇妙的由三种酒混合起来的利口酒。一会儿之后，我们就变得很兴奋，他的眼睛里发着神奇的光彩，提议三个人一起尽情享乐。我觉得这实在太夸张了，断然拒绝了他。玛利亚也似乎和我的意见一致，不过我看了她一眼，发现她似乎带着一些惋惜的神情。帕伯罗有些失望，但也不至于太过伤心。他说："太可惜了，哈里总是被束缚在道德的框框里，真是没办法。你们不知道，那种滋味实在太美妙了。不过，现在，我还有其他的玩法。"他给我们都吸了鸦片，然后静静坐着，看着他继续操纵。很快，玛利亚兴奋得浑身颤抖。又过了一段时间，我也有些不舒服的感觉。帕伯罗将我扶上床，喂我嗑了点药，让我闭上眼休息。然后，我觉察到似乎有人轻轻吻了我的眼睑。我将他当作玛利亚，任由他吻着，纵使我感觉到其实吻我的是帕伯罗。

还有一次，发生了更令人惊讶的事情。那晚，他来到我的房间，向我要二十法郎，他说他非常需要这笔钱。而如果我能借给他的话，他可以让玛利亚晚上陪我过夜。

他的举动令我十分诧异，我对他说："帕伯罗，您知道您在说什么吗？用情人换取钱财，这也太卑鄙了吧。就当我什么都没听到好了，忘了它吧。"

他显得对我很同情："哈勒尔先生，您居然拒绝？您怎么总是为难我呢。如果您拒绝的话，就不要同玛利亚约会了。您还是给我吧，我会还的，我只是现在急着用钱。"

"为什么这么急着用钱？"

"是给阿格斯迪诺，就是个子矮矮的，拉第二小提琴的那个。他得了重病，已经八天了，没有人管他，他自己也没有钱。现在，我的钱也没有了。"

一方面是因为好奇，另一方面也是为了惩罚我的鲁莽，我决定和他一起去探望阿格斯迪诺。我们来到一间顶楼的简陋的小房间里，帕伯罗还带了些牛奶和药物来。帕伯罗像个护士一样熟练地为病人整理床铺，开窗通风，还将一块湿毛巾放在他额头上散热。那天夜晚，帕伯罗先生则又回到萨蒂酒吧演奏，一直到天亮。

我总是花很长时间和赫尔米娜客观地讨论玛利亚。讨论她的手臂、肩膀、身姿，讨论她的笑、她的吻，以及她的舞蹈。

有一次，赫尔米娜问道："她有没有教你新的接吻方法？"她将某种接吻时舌头的特别动作形容了一下。我要求她演示给我看看，被她严肃地拒绝了。她说："以后再说吧。现在，你可还不是我的情人。"

“那你是怎么知道玛利亚的接吻方法，还有其他一些生活隐私的，那不是只有她的爱人才能知道的吗？”

她叫起来：“哎呀，我们是好朋友呀！我们之间什么秘密都没有。我们经常一起睡觉，一起玩乐。好吧，你可是捡到宝了，她可比别人会的东西多多了。”

“但是，我觉得，赫尔米娜，你们之间一定也是有秘密的。比如说我们的事情，难道你也全部都告诉她了？”

“那倒没有，这可不同，她不会明白这些事情的。你挺走运的，得到了玛利亚这样神奇的姑娘，但是很多事情她是不会明白的，比如，我们之间的约定。当然啦，我还是将你的很多情况告诉了她，虽然你可能会为此不开心，但是，我总得想办法让她对你感兴趣呀。不过，我的朋友，说到理解，她对你的理解是永远比不上我的，或者说，任何一个人都不会比我更理解你。玛利亚也告诉我很多你的事情，她所知道的，我也都知道了。现在，我非常了解你，就好像是我们经常睡在一起一样。”

后来，当我再次见到玛利亚的时候，她告诉我，她喜欢赫尔米娜就像喜欢我那样。她也曾吻过赫尔米娜的头发、四肢、皮肤，就像对我做的那些一样。我感到实在不可思议。一种全新的、曲折而又复杂的关系网出现在我面前，爱情与生活好像充满了各种各样新的可能，这让我想起荒原狼的小本子里提到的人的一千个灵魂。

就这样，在认识玛利亚之后，直到化装舞会之前的那段时间，虽然很短暂，但却使我觉得非常幸福，有一种前所未有的超脱的感觉。但我明确地预感到，所有这些都只是开始的序幕，许多事情会愈演愈烈，真正的好戏还在后面。

我已经学会了很多舞蹈，并且跳得挺好，看起来已经可以去参加舞会了。化装舞会的日子日益临近，大家讨论得也就越来越多。赫尔米娜始终不愿意告诉我她为化装舞会准备的衣服，那是她的一个秘密。她声称到时候无论她穿什么，我都会认出她，即使我失败了，她也会提示我，但在那之前，我休想知道。她对我的装扮毫不关心，因此我决定根本不化装。我也想过去邀请玛利亚参加舞会，但是，她说已经有其他舞伴会带她参加舞会了。我非常失望，只好一个人独自去参加。这是这个城市最好的化装舞会，每年只举办一次，主办方是艺术家协会，地点则设在格罗布斯大厅。

这些日子，我很少遇见赫尔米娜。只有舞会的前一天她来过我这儿，是来拿我为她办的入场券的。她就那么静静地坐在房间里，然后我们开始了一次很奇特的谈话。那次谈话我印象一直很深刻。

她说：“你现在的生活挺好的，看来舞蹈对你有帮助。这才四个礼拜，我都快认不出你了。”

“你说得对。”我不得不承认，“这些年来，我还从来没像现在这样好。赫尔米娜，这都亏了你。”

“哦？难道不应该归功于漂亮的玛利亚姑娘？”

“虽然她非常好，但她也是你送给我的呀。”

“荒原狼先生，她可是你真正需要的情人。她年轻、美丽、脾气好，在爱情方面也很有门道。但你不可能天天和她在一起，假如你不是同其他人一起分享她的美好，假如她不是你生命中的一个过客，你是不会像现在这样开心的。”

事实上，我也承认这一点。

“是不是你要的全都有了？”

“也不是，赫尔米娜。我是拥有了一些美好、使人快乐的东西，我也得到了许多安慰和欢乐，也可以说我现在挺幸福的。”

“那不就好了，还想要怎样呢？”

“但我要的不是这些。我要的并不是幸福，或者说我活着的目的并不是幸福，而是恰恰与此相反。”

“你的意思是，你需要的是不幸？以前你不是一直生活在一连串不幸里面吗？你的不幸还不够多吗？那个时候，你因为害怕剃须刀，连家都不敢回。”

“也不是，赫尔米娜，情况倒也不是如此。当时，我确实很不幸，但那是一种愚昧的不幸，毫无成果。”

“为什么这么说？”

“假如有成果的话，我就不会害怕死亡了，而是欣然接受死亡的到来。我想我渴望的不幸并不是这种，我渴望的不幸虽然会让我疼痛难忍，但却会让我在欢愉中死去。这样才是我所期望的不幸，或者可以说是幸福。”

“我可以理解你，从这一点上来说，我们很相似。不过，你为什么不满足于和玛利亚的交往，而阻止自己在玛利亚身上寻找幸福呢？”

“我并不是阻止这种幸福，当然不是，我热烈地欢迎它，爱恋它。它就像是一个晴朗的夏空，刺破连日的阴雨。但是，我觉得那种生活只是暂时的，并不会开花结果。它确实会让我满足，但满足并不是我的生活必需品。它会让荒原狼在吃饱之后陷入沉睡。所以，这不能让我心甘情愿地死去。”

“就一定要死，是吗，荒原狼？”

“是的。现在的幸福感让我感到满足，以至于我还可以在相当一段时间内忍耐下去。不过，如果这个幸福当中出现那么几个钟头的间隔，让我清醒地思考渴望的生活的话，我就会发现现在这样的幸福并不是我需要的。与此相反，我更愿意受苦，受一些比过去好一点儿、不要过于可怜的苦。我想寻找一种苦难，可以让我心甘情愿地赴死。”

赫尔米娜忽然很忧郁地看着我，注视着我的眼睛。她的眼睛那么温柔、美丽而可怕。她努力搜肠刮肚，一字一句地对我说话，声音轻得只要稍不留神就无法听见。

“有些事情我早就感觉到了，却没有跟你说。这些事情可能你自己也知道，但你自己也没有对自己说。今天，我就准备告诉你这些对你、对我、对我们的命运有所预示的事情。哈里，以前你是一个思想家、艺术家，一个满怀信仰的快乐的人，你一直在寻求伟大的永恒，而根本不在意一些微小的美丽。不过，生活让你清醒，让你回归本性，也让你生活在艰难困苦中，陷入深深的不安和绝望，紧紧勒住你的脖子。以前你所认识到的、热爱过的所有美丽而又神圣的事情都帮助不了你，你曾经对人类和命运的信仰也帮助不了你，它们对你来说毫无用处，废品一堆。信仰已经没有办法为你提供可以呼吸的空气，只会让你在窒息之中走向死亡。哈里，我说得对吗？这是不是就是你的命运？”

我非常同意，一个劲儿地点头。

“本来，你在脑子里描绘了一幅图画，里面有信仰和追求。原来的你是准备好要历尽艰辛成就一番事业的，但你发现这个世界并不需要你做这些。你渐渐发现，生活并不像你想的那样需要英雄或英雄的赞歌，生活其实只是人们居住在安逸的好房子里吃饭喝酒，品尝咖啡，穿着袜子，玩玩纸牌，听听广播这样让人们满足的事物。而崇拜圣人或是大诗人，是堂吉诃德式的傻子才会做的。朋友，其实我也是这样。我相当聪明，我觉得我应该生活得像一个高贵的模范人物，用很高的标准要求自己，完成伟大的使命。我觉得我会是一位王后，哪怕要承担无比可怕的灾难。或者是一个革命党的情人，一个天才人物的姐妹，抑或是一个殉道士的母亲。但事实上，现实的生活里我却只是个有那么点儿教养的交际花。这一点就够打击人的了。但事实就是如此。我曾经绝望地想从自己身上找点原因出来。我在想，生活应该不会错的，假如它嘲笑我的梦想，那应该是我的梦想太愚蠢太无理了，但这于事无补。我很好奇，我想我耳聪目明，应该可以仔细研究研究生活到底是怎样的。所以，我开始研究我的朋友和邻居，我研究了五十多个人，观察他们的命运。我发现，我的梦想是正确的，无比的正确，哈里，你的梦想也没错。而生活和现实，才是错的。我这样的姑娘只能成为某个富翁的打字员，在贫贱之中虚度无聊的岁月，也可以因为金钱而跟某个富翁结婚，像妓女一样出卖肉体。而你这样的人呢，则在孤独和害怕之中渐渐绝望，只能用剃须刀结束生命。这是什么逻辑！我是因为物质和道德的缺失，而你是因为思想和精神的缺失。但本质上是相同的。你以为我不知道你不喜欢狐步舞，讨厌酒吧，舞厅这类地方，厌恶爵士乐和所有低俗的事物？其实我非常理解你，就好像我理解你厌恶政治，你为政党和媒体的夸夸其谈难过一样。我知道你对许多事情绝望，比如，你对过去的和即将到来的战争，对人们的思维和阅读习惯，对建筑、音乐、节日、教育等许多东西。荒原狼，纵使你没错，你太对了，对极了，但你还是要走向灭亡。因为你的要求太高，而这个世界太简单、舒服，会轻易地被满足。你过于地异于常人，所以这个世界容不下你。现在这个世界，如果有人要一生快乐的话，他就千万不能学你和我。如果你只爱纯粹的音乐而不是这些淫词艳曲，你追求真正的欢愉而不是低级的享乐，你要灵魂而不是金钱，你要真正的工作而不是碌碌无为的钻研，你要的是真心真意而不是逢场作戏的话，那这个华丽的世界可不是你的归宿。”

说完这些，她低下头看着地板，陷入了沉思。

我温柔地对她说：“赫尔米娜，我亲爱的妹妹，你真是洞察秋毫！但正是你教会我狐步舞。但你说的，我们这样另类的人没办法在这里生活，是什么意思？这是为什么呢？是只有现在如此，还是历来都是这样？”

“我也不清楚。但为了世界着想，我宁可认为只有现在是这样，这只不过是一种时代病，是短暂的不幸。现在这个世界，到处是一种可怜的病态，元首们忙着精心准备下一场战争，我们则在跳着狐步舞，挣挣钱，吃吃巧克力。可能以前和以后都比现在这个时代要好多了，那个时候生活会丰富一些、辽阔一些、深刻一些。但这些对我们一点儿用都没有。也或者，世界永远都是这个样子。”

“永远都是现在这样吗？以前的时代也是由政治家、黑心商人、店长和花花公子主宰的，而我们这些人却一点儿生存的空间都没有？”

“这我就不清楚了，可能根本就没人清楚。更何况，这些也都毫无意义。但是，现在我想起了一个你所崇拜的人，莫扎特，你曾经好多次谈到他，朗读他的信。他现在怎么样了？他所生活的时代是什么主宰世界，是谁享受最大的利益，制定规则，为这个世界重视？是莫扎特还是那些庸庸碌碌的商人之流？他是怎样死去，怎样被掩埋的？我觉得，可能从古到今一直如此，往后也会是这样。人们在学校里习得的世界史，为了考试不得不背诵的那些英雄和天才的伟绩、情感，统统都是骗人的，都是学校的老师为了教育而虚构出来欺骗学生的，他们的目的也不过是为学生在校的那几年找点事情打发时间。自古以来都是如此，只有小人能获得世界、金钱、权力，其他的人却身无分文，只能默默地迎接死亡。”

“他们只能迎接死亡？”

“也不是，或者有些人可以成就永恒。”

“你说的是他们可以流芳百世？”

“当然不是，荒原狼，我指的可不是荣誉，你觉得荣誉还有什么用呢？难道你觉得所有真正完美的人都被千古传诵了吗？”

“不是，当然不是。”

“正因为如此，我所指的和荣誉无关。讨论荣誉是学校里面老师爱做的事情，他们爱用这个来教育学生。但既然不是荣誉，那又是什么样的永恒呢？有些上帝的忠实信徒认为天国就是永恒。我是这么认为的：假如世界上可供呼吸的只有空气，流传的只有时间，那么像我们这样渴望着更多追求的人就没有生存的空间了，而永恒就存在于这样的真实世界里面。这个世界里面有莫扎特的音乐，有你熟知的那些伟大的诗人，还有许许多多早已死去却为世界创造了无数伟大奇迹的圣人。即使不为人知，也没有用任何手段流传于世，但每一个真实行为描绘的画面，每一种情感力量的表露也都是永恒。永恒只存在于现在，而不是缥缈的未来。”

我赞同了她的看法。

她思考了一会儿，又继续说：“这一点虔诚的人更能体会。他们崇拜圣徒，还创立了圣徒会。这些圣徒是耶稣的门徒，是一些真正的人。我们终生都在努力向他们靠拢，为此我们尽可能多地去做好事，去勇敢地前行，去追逐爱情。以前，画家在金色的天空上描绘圣徒的形象，让他们美丽、宁静，绽放光芒。圣徒会就是永恒的存在，是现象与时间的彼岸。那个地方才是我们的归宿，我们的故乡。荒原狼，那里是我们的心之所向，所以我们才这样期待死亡。那个地方，会遇见你的歌德、诺瓦利斯还有莫扎特，也会遇见我的克里斯托弗·菲利普·封·奈利，我们会找到所有的圣人和我们心中的圣火。很多圣人原本也犯过罪，但那些罪过和坏习惯并不能阻止他们在通往圣人的道路上前行。或许你会笑话我，但是我仍常常想到，我的朋友当中说不定也有隐世的圣人，比如说帕伯罗先生。哈里，我们想要回到故乡就必须要经过无数的泥泞、经历许多的蠢事。我们也没有想到，唯一能指引我们的只有对故乡的无比思念。”

她的声音越来越小直到消失，屋子里一下子安静下来，日暮西山，金色的夕阳将我书架上的书照耀得闪闪发亮。我伸出手捧起赫尔米娜的头，在她的前额上轻轻一吻，然后将我的面颊贴在她的面颊上靠了一会儿，就像一对兄妹一样。我多想今天晚上就不要外出了，就这么和赫尔米娜待在一起。但是，玛利亚答应过今天与我约会，而明天就是化装舞会的日子了。

但是，我在去玛利亚那儿的路上，心里所想的并不是玛利亚，而是赫尔米娜刚才所讲的那些话。我依稀觉得，这些所有的或许根本不是赫尔米娜的想法，而是我自己的。敏感的赫尔米娜只不过是看出了我的想法，再将它们表达出来而已。于是，这些思想经过言语的包装展现在我面前。在那段谈话进行的时候，我尤其感激她，是她道出了“永恒”这个概念。我需要的正是这个，我这种半死不活的状态正是因为它。但现在，我的舞蹈教师兼朋友将这个神圣、永恒的彼岸世界送给我。我又想起来梦里那个歌德，那位德高望重的智者，他在梦里并没有做出庄严的神态，而是同我开起玩笑，像个孩子一样大笑。现在，我可以理解歌德为什么那样笑了，那是永恒者的笑。他并不是对着某个具体的对象笑，而只是在表达光明，是一个真正的人在经历生活的苦难、过错、罪行和误解之后，达到永恒留下的遗产。这个永恒并非其他，而是超脱时间、重回空间，直到虚无。

我和玛利亚约在一家位于郊区的我们常去的安静的饭馆，我先到了那里。我替她放好餐具，然后，思维又飘到了和赫尔米娜的谈话上。我们之间的思想交流，让我感到熟悉又亲切，就好像是我自己从神话世界提炼出的一样。那些永恒的神话被禁锢在时间和空间里，成为一幅幅画像。他们像透明的水晶，又像永恒的太阳，我熟悉他们，就像熟悉这个世界永远闪耀的明亮的星辰。想着想着，耳边好像响起了莫扎特的《畅游曲》及巴赫的《平均律钢琴曲》，在音乐声中，我好像感到四周充满着明亮的星光，它们在清澈的河流之中飘荡。这音乐就好像是某种时间和空间的凝固，它飘飘荡荡地笼罩着无尽的夜空，成为神圣而又永恒的欢笑。我痴迷地坐着，在恍恍惚惚间从背心的口袋里翻出一支铅笔，在酒单的反面写了一首诗。第二天，我翻遍口袋才找到这首诗。诗是这样写的：

致永恒

从山川和峡谷
涌出生的希望
痛苦的煎熬、放纵的陶醉
无数绞刑架上的血腥味
无尽的贪图欢乐的滋味
那是杀人犯、高利贷者和祈祷者的手
被欢乐与恐惧鞭挞
发出热腾腾的腐烂气息
飘散进幸福和欣喜
用嘴巴吞噬自己
战争和艺术同时滋生
装饰灯火阑珊的妓馆
寻花问柳、纸醉金迷
沉迷于纵欲
从波涛中站起
又倒下成为器具

我们居住在
晶莹剔透的冰雪
我们不分昼夜
性别、年龄
你们大可犯罪、享乐

你们也可谋杀、淫乐
不过是闹剧一场
只要太阳转动
我们的每天都那么漫长
可以悠闲地向你们的放纵致意
我们安静地凝视夜空
呼吸冬季的清凉之气
我们以苍天为伴
那亘古不变的清凉
是我们永恒的命运
那闪闪发亮的明星
是我们永恒的欢愉

诗刚写完，玛利亚就来了。我们愉快地用完晚餐，然后来到我们的小房间约会。今天她比以前任何一天都要美丽、热情、亲切，各种柔情似水、体贴温存，还尝试了很多新游戏。我感到世界上最热情的人也不过如此。

我对她说："玛利亚，你今天慷慨得像救世主一样。但我们可不能耗尽力气，明天就是化装舞会的日子了。对了，明天你找了什么人做舞伴？我美丽的小花朵，我怕他是个危险的矿工，会把你铲走的，然后我就再也见不到你了。你今天的爱抚就像是即将告别的情侣，在告别仪式的时候特别的依恋。"

她用嘴巴贴住我的耳朵，小声地说道："别这么说，哈里。说不准哪次之后我们就见不到了。假如你成为赫尔米娜的，就不会再来与我约会了。说不定就是明天，你就是她的了。”

那天夜晚，也就是化装舞会前的最后一晚，我有一种强烈的奇怪感觉，那感觉似乎非常苦又非常甜。表面上，我非常幸福，和美丽的玛利亚纵情享乐，享受、抚摸、品尝她千回百转的迷人之处，纵使我年过半百，却仍旧迷失在她那温柔的欢乐之中，迷失在甜蜜的轻抚之中，像是在幸福的温泉中畅游。但我又感觉到这一切只是表象，而内里则有另一种非凡的命运。在深深的心底里面，命运在急不可耐地冲撞，像受惊的野马那样嘶鸣，它跑向陡峭的悬崖，在害怕与渴望之中向死亡冲刺。不久之前，我害怕的是轻浮、舒适的性爱，是美艳的玛利亚迷人身体的赠予；而现在，我害怕的是死亡。但显而易见的是，这种害怕很快就会被献身精神取代了。

我们就这样沉迷于情爱的游戏当中，前所未有地需要对方，感觉到自己属于对方；但同时，我的灵魂在渐渐离玛利亚远去，向这我曾经迷恋的身体告别。在我的生命终结之前，玛利亚教会我如何如孩童般地去享受这种肤浅的玩乐，去追寻短暂的欢愉，在纯粹的性爱之中体会人类的本性，或者说是动物的本性。在认识她以前，我只是在极其偶然的状况之下才会碰见类似的情况，我觉得性爱和性本身是带着苦楚的原罪，而禁果的滋味也总是甜蜜又让人害怕，所以对这果实，必须带着谨慎小心的心情，从事精神活动的人尤其如此。如今，在赫尔米娜和玛利亚的引导下，我发现了一个纯粹的性爱乐园，我甚至一度满怀感激地成为乐园的常客。不过，这个乐园太过美好、太过温暖了，我即将要告别它，继续我前进的道路。我仍旧要去追寻生活的王冠，继续忏悔生活中无穷的罪孽。轻轻松松的生活、爱情和死亡，对我来说都没有任何意义。

姑娘们不断暗示我，让我知道，明天的化装舞会可能会是一场放肆的狂欢，人们将会在舞会上或者舞会结束后纵情地享乐，而这就是结局。玛利亚说得没错，或许今天就是我们最后一次相拥而眠，而明天，我们就要踏上新的命运征程。我非常渴望而又焦急，被恐惧逼得喘不过气来，我疯狂地搂着玛利亚，贪婪地嗅着她的气息，猛烈地冲进她的乐园，探索每一条道路、每一片丛林，品尝甜蜜的禁果。

早上醒来，我洗了洗澡，疲惫地回到家里的卧室，拉上窗帘，准备睡个回笼觉，以弥补昨夜缺少的睡眠。脱衣服准备上床的时候，我发现了口袋里的诗歌，不过我太困了，并没有理它。我躺在床上睡了整整一天，没有玛利亚，没有赫尔米娜，也没有化装舞会。我一直睡到傍晚的时候才起床。在剃胡须的时候，我猛然想起，一个钟头以后，还有一场化装舞会在等着我呢，我还得找一件合适的衬衣配我的礼服。我心情很好，很快就将一切收拾妥当了。我决定先出去用点晚餐。

这将是我人生第一次正式参加化装舞会。以往，我也不是没有见过类似的舞会，甚至也会认为那是件有趣的事情。但是我从不跳舞，只是舞会的观众，当别人满怀热情兴奋地讨论舞会时，我也只是冷眼旁观。但是今天，化装舞会也成了我的一件大事情，它让我感到紧张、患得患失。由于我没有舞伴，所以可以迟一些再出发，赫尔米娜也是这么说的。

我以前经常在“钢盔”酒馆打发时间。那里有很多不怎么得意的男士整夜整夜坐着喝酒，咕咚咕咚地将酒精倒在肚子里，像一个个光棍。最近这些日子，我很少来这里了，我现在的生活节奏已经和这里不太符合了。但是今天晚上，我却鬼使神差地又来到这儿。这个时候，我被一种即将要告别生命的害怕和兴奋兼顾的感情笼罩住，这个感情使我今生所有的经历和足迹闪耀着甜蜜和痛苦的光芒，就像这家被烟熏得发黑的酒馆一样。不久之前，我还经常光顾这里，点上一瓶乡村酒，麻醉自己的神经，让我可以孤独地回到床上睡上一觉，挨过难耐的一天。现在，我品尝过药效更强的麻醉药，甚至是让人快乐得忘乎所以的毒品。我带着笑容走进酒馆，老板娘立刻向我打招呼，一些常客也默默地向我点头。我听从服务生的建议点了一份烤鸡，菜很快就做好了，我又在很大的乡村酒杯里倒满阿尔萨斯葡萄酒，开始吃喝起来。餐桌是干净的白色木头做的，周围还有黄色的护墙。我忽然涌上一阵即将告别什么的颓废之感，这颓废带着甜蜜，以及痛彻心扉的疼痛。我觉得在我之前的人生中经历的所有的重要的事情、所有去过的重要的地方都胡乱地交杂在一起，混成一团，现在是时候要将它们理顺了。这个时代的人将类似这样的感觉叫作多愁善感，这样的感情会让人们失去对任何东西的喜爱，不管是最神圣的东西，还是他曾经最渴望的名牌汽车。现在的人们更喜欢能干、果断、健康、沉稳、坚强的个性，欣赏出类拔萃的人，或许他们会在下一场战争之中更好地生存。不过，对于这种倾向我并不是十分赞同。我和现在的人不一样，但我自认也不是个老派的人。我好像被这个时代隔离了，只能苟延残喘，慢慢等死。其实，我并不反对伤感，我对于自己这样几近灭绝的信念之中还能存在一些感情的相似物而感到特别激动。我就这样默默地坐在一个老酒馆的粗糙的椅子上，沉浸在回忆里胡思乱想，享受着酒馆里飘荡的烟酒气息，享受这里故乡般的温暖气氛。在这个柔和的环境里，品味告别的美好。我钟爱这里的木头座椅、乡村大酒杯、阿尔萨斯葡萄酒的果汁味，我也熟悉这里的每样摆设，每个带着满脸失意地蹲着灌酒的常客，他们就像是我的兄弟一样。我在这里品尝着小市民的伤感，满怀着儿时的浪漫情怀。在我还是儿童的时候，饭店、烟酒都还是些新鲜的禁物。不过，荒原狼并没有伸出它的爪子戳破我的幻想，将我的感伤撕得粉碎。我这样安静地坐着，星星像就要陨落似的散发着微弱的光芒，照着我回首往昔的脸。

一个卖炒栗子的走进来，向我兜售了一包栗子。又有一位卖花的老人走进来，我又买了几朵石竹花赠送给老板娘。付钱的时候，我习惯性地摸上衣口袋，却摸了个空。这才恍然记起今天穿的是礼服，进而想起了化装舞会和赫尔米娜。我差点将这些都忘记了。

幸好时间还早，我又开始犹豫，要不要这么早就去格罗布斯大厅。虽然最近这段时间我经常去参加类似的活动，但这会儿却又感到有什么东西拦阻着我，让我感到害怕，甚至是厌恶。我害怕那个大厅的嘈杂拥挤，害怕陌生的氛围，害怕夹在一群花花公子中间，害怕舞蹈……我害怕许多事情，就像个小学生一样。

我在大街上溜达，路过一家影院，影院门口的霓虹灯和彩色巨幅海报在闪闪发亮。我走了过去，又回过头来，还是进到电影院里面。在这个黑暗的地方，我可以惬意地耗到十一点。领座员走在我前面，打着手电筒为我带路，我们穿过门帘，走进黑暗的放映厅，他给我找了个位子坐下。我这才发现今天放映的影片是《旧约全书》。这个片子据说并不是商业性质，而是为了宣传崇高圣洁的目标而拍摄的大制作的影片。许多学生在老师的带领下一起在看这部影片。影片的主要内容是关于摩西带领以色列人出埃及的故事。影片里有很多人、很多骆驼和马匹，还有金碧辉煌的宫殿、雍容华贵的法老……而以色列人就在炎热的沙漠之中艰苦地前行。我发现电影里的摩西发型很像瓦尔德·惠特曼，服饰也十分华丽。他拄着一根拐杖，高贵地迈着步子，踩着炽热的沙粒，忧郁地走在以色列人的最前面，带领他们走出沙漠。他在红海边向上帝祈祷，于是红海之中分出一条道路，两边是漫天的水墙。有一些跟随牧师来观看电影的年轻学生为这个电影特效的原理而争论不休。我看见先知和怯懦的百姓走过了水中的道路。接着，法老的军队也出现了，他们对以色列人在红海之中行走的景象惊奇不已，在短暂的犹豫之后，他们决定还是沿着这条道路追击。但是，水墙立刻向武装整齐的法老，以及他的战车、军队倾泻下来。这时，我不由想起亨德尔的一首曲子，那是一首优美的男低音二重唱，所歌颂的正是这件事情。接下来，我又看到忧郁的英雄摩西来到西奈山顶，他站在荒凉的岩石上面，接受耶和华通过风雨雷电向他传达神迹。而与此同时，他卑贱的以色列民众却在山脚膜拜金牛犊，尽情享乐。看着看着，我觉得真是不可思议。小的时候，我们也常常听到这些圣迹，传说中的英雄和他们铸就的奇迹为我们展示了一个模糊而超人类的世界。但是现在，我和其他一些买了入场券的观众就坐在电影院里，他们中的一些人还在安静地吃着面包，就这样看见这些事情被表演出来，成为现代文化商业中的一小幕闹剧。上帝呀，这简直是在亵渎神明。除了当时的埃及人、以色列人，其他人就算都死去了，也是悲壮和光明的，总好过我们现在这样生不如死。

电影结束之后，我有些兴奋。但是，我对化装舞会的害怕和胆怯却没有减少，反而愈演愈烈。我又想起赫尔米娜，才终于下定决心去格罗布斯大厅跳舞。当我赶到的时候已经很晚了，舞会早就开始了。还没等我脱下外衣，就被戴着假面具的狂欢的人群淹没了。我有些害羞和拘束，不断有人推我，有姑娘邀请我去酒吧喝香槟，还有小丑拍我的肩膀，对我不用敬语。我谁也没有理睬，而是先努力挤到存衣服的地方。我存好衣服，将存衣牌认真地放到口袋里面。我在想，说不定很快我就会回来拿衣服了，这里可太吵太乱了，我可受不了多久。

楼里面的每一个房间都洋溢着欢乐的气氛，热闹非凡。每个房间都有跳舞的人群，连地下室也是。人们挤在走廊里面化装，然后在各个地方舞蹈，音乐声和欢笑声不绝于耳。我心神不宁地从人群里挤过去，越过黑人乐队和乡村乐队，越过辉宏的主厅和走道回廊，越过酒吧和食品柜，一直来到一间出售香槟酒的房间。房间的墙壁上挂着一些年轻画家绘制的粗俗幽默的作品。现在，各行各业的人都汇聚在这里，他们当中有艺术家、学者、商人、记者，以及全市所有的花花公子。乐队里面有我们的帕伯罗先生，他正在激情四射地用坠着流苏的萨克斯管吹奏。他发现了我，立刻大声地唱了一句歌，算是向我打招呼。我夹在人群里面，被人流冲进一个又一个房间，冲进楼上、楼下，冲进被艺术家们装点成地狱的地下室里，还有一支乐队装扮成魔鬼在那里一个劲儿地敲鼓。过了一会儿，我开始找赫尔米娜和玛利亚。我找了很多地方，我想到主厅去看看，但总是走错路，或者被人群挤到相反的方向去。我一直找到半夜，还是一无所获。我连一支舞都没跳，就累得大汗淋漓，头晕眼花了。我在附近找了把椅子坐下来，看着周围的人群。我让服务生为我倒上一杯酒，我感到像我这样年纪的人实在是没有体力参加这么热闹的庆典。我喝着酒，感到有些沮丧，看着人群里裸露着后背和胳膊的女人，看着那些各种各样的假面具和奇装异服飘来飘去，任由人们将我推得左摇右摆。甚至有几个姑娘想要坐在我怀里，或者邀请我跳舞，都被我默默地拒绝了。还有姑娘叫我“糟老头”，事实如此,我也觉得没什么不妥的。我渐渐觉得，荒原狼伸出它的舌头，出现在我背后，告诉我这里可不是我应该来的地方。我满怀期待来到这里，但是现在却没办法开心起来。周围喧闹的庆祝，嘈杂的欢笑，狂欢的舞蹈，这座大楼里的一切都无比做作，令人生厌。

到了一点钟的时候，我的怒火就压抑到极致了。我想要偷偷来到存衣服的地方，穿上外套离开。赫尔米娜应该不会原谅我了，我就像是一匹打了败仗想要落荒而逃的荒原狼。但这也是没办法的事。我吃力地穿过人群走向存衣室，一边挤着，一边注视四周，看会不会发现某个女朋友。但是我谁也没有发现。我已经来到存衣服的地方，柜台后面的服务生已经很有礼貌地伸出手来准备接我的存衣牌。我将手伸到背心口袋里，却发现存衣牌不在那里了！天哪，真是倒霉！之前，我忧伤地在各个房间之间瞎转悠，以及坐着品尝那淡而无味的酒的时候，我总是一边纠结于是否离开，一边将手伸进背心口袋里摆弄那个扁圆的牌子。但是现在，它居然就这么消失了。真是喝口凉水都塞牙！

这个时候，旁边一个身着红黄色衣服的小鬼头尖声尖气地对我说：“嘿，伙计，你的存衣牌不见啦？那不如用我的吧。”他一边说，一边递过来一个存衣牌。我木讷地接过来，将那牌子在手来翻来翻去。这时候，那个家伙却一眨眼就不见了。

我将那个小圆牌子拿近了，想仔细看看上面的号码，却惊讶地发现，那上面根本就没有号码，只有一行很潦草的小字。我让存衣处的服务生等一会儿，然后走到附近的一盏灯下面，就着灯光看上面的字。上面歪歪扭扭地写着几行模糊的字迹：

“魔剧院演出，今晚四点开始，只为狂人演出。入场则理智尽失，凡人止步。赫尔米娜就在地狱里。”

我就像是一个被线操纵的木偶一样，刚从表演者手中逃离出来，刚刚才开始缓过气来，就又被一根有魔力的线拉扯着，蹦蹦跳跳地又开始进行表演，装作活力四射、情趣盎然地回归到刚才那个令人乏味、疲倦的熙熙攘攘的人群之中。不会有罪人会急着下地狱。不久之前，我的脚还被漆皮的皮鞋挤得生疼，被空气中充斥的香水熏得恶心，被舞厅里的温度热得筋疲力尽。但是现在，我又要跟着舞曲的节拍，矫健地迈着步子，大步穿过大厅，奔向地狱。我觉得空气里像是有着魔力似的，那温暖的气息，那狂热的乐曲，那斑斓的色彩，以及女人的香气、熏人的酒气、人群的欢笑、舞蹈的节拍、眼睛的光彩……这些所有让我飘飘然开始摇晃起来。突然，一位西班牙女郎扑到我的怀里，要求我陪她跳舞。我不想拒绝，我告诉她我要去地狱！但是我还是乐意吻她。直到我靠近那假面具下鲜红的嘴唇，热烈地接吻的时候，才发现那是玛利亚。我立刻将她紧紧地搂在怀中，我觉得她那性感的嘴唇像夏夜绽放的玫瑰。我就一边接吻，一边开始舞蹈。经过帕伯罗身边的时候，他一边动情地吹奏着他的萨克斯管，一边用他如动物一般美丽有神的眼睛，装作漫不经心地注视着我们。我们只跳了一小会儿，一首曲子就正好结束了，我只能很不乐意地放开玛利亚。

我为玛利亚的柔情深深地陶醉了，我对她说："真想跟你再跳一曲，玛利亚，让我们再走几个舞步，你的双臂是多么美丽呀，真想一直挽着你。但是，赫尔米娜已经在地狱里召唤我了。"

"我知道。"她与我告别，"哈里，再见啦，我依然爱你。"夏夜的玫瑰成熟而芬芳，就像是对秋天的辞别，象征宿命的到来。

我又开始奔跑，穿过拥挤的人流，走过走廊、楼梯，直到地狱。那是一个有着黑黑的墙壁，点着刺目凶灯的孤寂所在，还有一支魔鬼组成的乐队在演奏着疯狂的乐曲。有一个英俊的小伙子坐在高高的柜台椅上，用嘲讽的目光打量着我。他身着礼服，并且没有戴假面具。房间里大约有二十对人在舞蹈，我被旋转着的舞蹈者挤到了墙角。我胆怯却又贪婪地环视四周所有的女人，她们大部分都戴着假面具，有一些还向我露出微笑，但赫尔米娜并不在里面。我觉得，等到乐曲的间隙，她就会出现。但是，一支舞曲结束之后，她却依然没有出现。

我向酒吧台走过去，走到那个小伙子的椅子边上，点了一杯威士忌。我喝着酒，顺便打量这个小伙子的侧脸。我觉得他长得很可爱，还有些面熟，就像是一幅流传久远的绘画，由于岁月的蹉跎蒙上一层薄灰，却显得愈加贵重。突然，我的心一阵发抖：那不就是我少年时的朋友赫尔曼！

我犹豫再三，还是喊了一声："赫尔曼！"

他冲我微笑道："哈里，你终于找到我啦。"

我才发现那原来是赫尔米娜。她只不过稍加装扮，穿了件时髦的高领衫，苍白却聪慧的脸上，一双漠然的眼睛注视着我。由于黑色的礼服袖口太大了，里面露出白色的衬衣袖子，让她娇小的手显得更加秀美。她下身穿着黑色的长裤，裤脚里面露出穿着黑白男式丝袜的纤纤玉脚。

我对她说："赫尔米娜，这就是你所谓让我爱上你的打扮？"

"目前为止，已经有好几位女士爱上我了，现在应该轮到你了。不过，我们还是先喝上一杯香槟酒吧。"

我们就这么坐在高高的椅子上面品尝着香槟酒。周围的人们还在舞蹈，而别的音乐声越来越激烈。赫尔米娜轻易地使我爱上了她。她今天身着男装，所以我没办法和她舞蹈，也不能亲吻她，不能用其他任何一种方式示爱。套着男装的她看起来陌生而又淡然，但她的眼神、言语、表情却无不向我传达着她的魅力。我还没有真正接触到，就屈服于她的魔力了。她的魔力无关衣着，似乎可以跨越性别。她向我谈起赫尔曼，以及我的童年、她的童年，谈起性成熟之前的日子。在性成熟之前，年轻人不仅爱男人或者女人，他们爱世间的一切，甚至是感觉或者精神上的事物，他们神奇地赋予这些所有的事物关于爱情的魔力。但是到了晚年的时候，就只有极少一部分优秀的人类或者伟大的诗人还存在这样的能力了。她的言行举止完全装作一位少年，抽着烟，侃侃而谈，才华横溢，还经常爱用一些嘲讽的语调。但在我的眼睛里，她的每个动作都好像蒙上一层性爱的华彩，散发着致命的诱惑。

我曾经以为我已经足够了解赫尔米娜了，但是今夜，我觉得她成为一个焕然一新的存在。她就那么轻飘飘地偷偷在我的四周织就我早已期待的网，像迷人的水妖在玩笑之间喂我喝下甘甜的毒液。

我们就这么一边喝酒一边聊天。然后我们像探险似的穿过一个又一个大厅，边走边仔细观察周围的人群。我们偷听他们之间的甜言蜜语，挑选合适的人临时陪我们跳舞。赫尔米娜为我挑选舞伴，并且成为我的参谋，教我用怎样的方法去引诱这样或那样的女人。我们装作是两个互相较劲的对手，经常去追同一个女人，我们都努力要将那女人追到手，交替着和那女人跳舞。但所有的竞争都是假象，那是我俩的嬉戏罢了。在这嬉戏之中，我们越走越近，互相点燃了爱慕的火焰。所有的一切都超乎常理，像是一个意义深刻的童话，又像是一场象征着什么的游戏。我们发现一位非常美丽的年轻夫人，她似乎有些不开心和难受。赫尔米娜过去邀请她喝香槟酒、跳舞，让那位年轻的夫人再次开心起来，愈加美艳动人。赫尔米娜告诉她，她征服这个女人的并不是男性的魅力，而是同性之爱，那爱有种特殊的魔力，攻克她的心房。我渐渐地感到，这个群魔乱舞的大厅，这个发出震耳欲聋的音乐的房子，这里所有戴着假面具纵情享乐的人们，组成了一个神奇的梦中天堂。这里有许多争奇斗艳的花朵，我则用手对着一个又一个丰硕的果子指指点点，然后选择令自己满意的果子享用。绿树茵茵之中盘踞着一条大蛇，满是诱惑地盯着我看。黑压压的沼泽上面盛开着摇曳的荷花，茂密的树林之中魔雀在鸣叫歌唱。这所有的一切都像是某个人对我发出的邀请，邀请我去往一个期待了很久的地方。有一回，我和一位陌生的姑娘舞蹈，我热烈地展开追求。当我们疯狂地舞蹈，畅游在空中的时候，她忽然开始大笑："我差点都没法认出你了。之前你还是那么又傻又呆的样子。"我也发现，几个钟头之前，称我为"糟老头"的姑娘就是她。她以为我已经成为她的猎物了，但是下一秒钟，我又开始和另外一个姑娘尽情地舞蹈。我大概跳了两个小时，或许更久一些。我不放过每一首曲子，甚至跳起了从未学过的舞蹈。赫尔曼，那个面带笑容的小伙子也经常出现在我身边，冲我致意之后又隐身在人群里面。

这次舞会上发生的事情，可能所有的姑娘和大学生都经历过，但是在我五十年的生命里却是头一遭：在节日的时候，人们共同参与狂欢，个体融入人群，在欢乐的气氛里将自己的灵魂和上帝交融。以前的时候，我也常常会听到女仆们谈起这样的经历，她们在谈论的时候眼睛发出闪亮的光彩，而我总是对此嗤之以鼻。人们痴迷于狂欢的时候，超脱了自己，散发出迷人的微笑，意乱情迷。这样醉意迷蒙、顾盼生辉的人物和情景，在我的一生中其实常常可以看到，不管是热衷于酗酒的新兵与水手，还是忘我地进行演出的杰出艺术家，都会露出这样的神情；或许将要出征的新兵脸上，这样的神情和微笑更为常见。没多久以前，我的朋友帕伯罗坐在乐队中间忘我地演奏萨克斯管，和乐队中的其他人，指挥家、鼓手、琴师们尽情地陶醉在音乐当中的时候，就露出这样幸福的神情，而我则在一边默默地欣赏、羡慕、向往和讥嘲他们。以前，我或许会觉得这样的神情和笑容，应该只有在孩童身上才会找到，只会在那些没有鲜明个性、千篇一律的灵魂中才会看到。但在今天这个幸福的晚上，连身为荒原狼的我也在神采奕奕地微笑，游荡于这童话般烂漫的幸福之中，我也陷入音乐与节奏的狂欢，在酒精和性感的美梦里迷恋地沉醉。在此之前，我常常会带着莫名的优越感嘲讽地听着大学生们谈论参加舞会的情景。现在，我已经不再是从前的我了，节日的狂欢融化了我过往的灵魂，就像盐粒溶解在水中，消失不见了。某一时刻我是在跟一位女士跳舞，但是我所拥有的并不仅仅是当下的舞伴，并不仅仅是这个我正搂在怀中，让我肆意抚摸、尽情嗅着她们体香的女人。我拥有的是这里所有的女人，这个大厅里面所有翩翩起舞、像一朵朵鲜花掠过我身边的女人全都是我的。当然，我也是她们的，这里所有的人都互相拥有。今晚的男士都属于所有的女士，就像我一样。我在那些男士中间，同他们一起微笑，一起追求，一起拥有对方拥有的全部。

这个冬季最风靡的舞蹈是一种被称作“思恋”的狐步舞。它的旋律一遍又一遍地响起，而人们则不断地跳着这支舞蹈，一起哼着舞曲的旋律，沉醉于舞蹈的魅力当中。我也在不停地跳着，和与我相遇的每一个花季少女、妙龄佳丽、成熟少妇或者半老徐娘舞蹈。不管舞伴是谁，我都跳得无比欢喜、笑意连连、神采飞扬、幸福无比。我这副兴奋的模样被帕伯罗瞧见了，他的眼里立刻也闪着光。以往，他总是用一种叹息和怜悯的眼光看我。满怀兴奋的帕伯罗站在椅子上面，更加动情地演奏他的乐器。他站得高高的，腮帮子卖力地鼓着，发出“思恋”的曲调，身体也跟着节奏有规律地摇摆。我和我怀中的舞伴边跳边送了个飞吻过去，嘴里也大声地和着舞曲的旋律。跳着跳着，我突然想到，不管接下来会发生些什么，至少我现在是幸福的，我又焕发了青春的神采，我有一位叫作帕伯罗的朋友，我像个孩子一样超脱了自己。

我丝毫感觉不到时间的流逝，感觉不到这样令人沉醉的幸福时光到底延续了多久，是几个小时还是更久一些。我也压根没发现，随着舞会走向高潮，许多人离开了，剩下的人逐渐集中起来。走廊上已经没有人了，外厅的灯也灭了，楼道里空荡荡的。上层的那些舞厅里面，演出也一个接一个地结束了，人们逐渐离开。只剩下主厅和地下室还喧闹无比，燃烧着节日的狂欢。赫尔米娜打扮成了一个小伙子，所以我没法和她跳舞。我们只是在两支舞曲的间隙急匆匆地见上一面，互道一声晚安。再后来，她压根就不出现了，我也渐渐地忘记了她。或者说，我什么都记不起来了。我融化在这狂欢里，融化在这迷醉的舞蹈旋涡之中。我只记得鼻子里的香味，只记得耳边的音乐声、叹息声、交谈声。许多素未谋面的人与我打招呼，给我带来暖融融的欢愉。我的周围挤满了不认识的脸、嘴、肩膀、胸部和大腿，它们拥着我在音乐的浪头上颠沛摇荡。

客人已经越来越少，他们在仅剩的一个还在演奏着音乐的小厅里跳舞，拥挤不堪。我恍恍惚惚地清醒过来，并且在醒来的一瞬，看见有一位美丽的白脸黑衣女人在客人中间。她是唯一一位还戴着假面具的女人，却显得十分可爱。今晚，我还从没遇见这样一位女人。其他所有的人都因为彻夜的狂欢显出疲惫的神情，他们红着脸，衣服也皱了，领子和裙摆也像枯萎的花儿似的。但这个黑衣女人戴着精致的假面具，画着奇异的白脸，还神采飞扬得好像鲜花一样。她的衣服没有丝毫的皱痕，领子也整整齐齐的，袖口上绣着闪光的花边，鬓角一丝散乱的头发也没有。我不由自主地向她靠近，搂着她开始跳舞。我的下巴碰到了她的领子，我的面颊触到了她的头发，空气里飘散着迷人的香气，而她的身体就跟着我的节奏轻盈地舞蹈。她比之前任何一个舞伴都要柔软和热情。有的时候，她故意不响应我的引导；有的时候，她又强拉着我靠向她的身体。跳着跳着，我俯下身子准备吻她。忽然，她的嘴唇咧开一个熟悉的微笑，那高傲的神情、丰满的下巴，让我开心地立刻认出了她，认出了她的肩膀、胳膊和双手，认出了她就是赫尔米娜。她现在换了女装，还喷了点香水、扑了点粉，不再乔装成赫尔曼了，显得十分俏皮可爱。我们热烈地吻着，吻了好久，她热情地将身体的每个部分都贴着我，像是抱着无比强烈的欲望。等到这个吻结束之后，她又恢复了冷艳的神情和我跳舞，像是随时准备要逃掉似的。音乐结束了，我们继续搂在一起站着。四周那些从热烈地舞蹈当中停下来的狂热的人群不断开始击掌和大叫，发泄他们的不满，不顾乐队的疲惫，要求他们重新演奏舞曲“思恋”。我忽然发现已经是黎明时分，一丝朦胧的光亮从窗帘后挤进来，预示着狂欢即将终结，等到舞会结束之后，就只剩下疲惫的身体。音乐又响起来，人们再次绝望地陷入狂欢，大笑着被淹没在音乐和灯光的海洋里，疯狂地舞蹈。一对又一对舞者搂在一起，跟着节奏快速地迈步旋转，像翻滚的幸福巨浪。在这个舞蹈当中，赫尔米娜不再是那个高傲、冷漠、爱嘲讽的女人，她轻易地让我陷入对她的爱恋。不管是眨眼还是微笑，不管是舞蹈还是亲吻，她都热情似火，宣誓她对我的占有。每一个这个狂欢夜的女人，每一个跟我跳舞的女人，每一个与我互相点燃着爱火的女人，每一个我热烈地追求过的女人，每一个我依偎过的女人，忽然全都汇集成一个人，这个人现在就被我搂在怀中，娇艳得像是世界最美的花朵。

这支舞蹈持续了很久，音乐停过两三次。乐师们疲惫地放下了手中的乐器，钢琴师离开了他的座椅，第一小提琴手也坚定地拒绝人群。但是，每一次，剩下的这些狂热的舞蹈者们都真切地恳求他们完成最后的演奏，于是乐队只好又充满激情地开始演奏，只是节奏越来越快，音乐也越来越疯狂。直到最后，钢琴盖“啪”的一声盖上，乐师们精疲力竭地垂下手，舞蹈者们也终于疲累地停下喘气，相拥着站在那里。门一下子打开了，冷冽的风涌进大厅，服务生拿着外套进来，楼里的灯也熄灭了。不久之前还精神满面地跳舞的人们颤抖着裹上外套，像幽灵似的开始逃散。赫尔米娜就那么微笑地站在那里，面色惨白。她缓缓地抬手拢了拢头发，早晨的雾霭照着她的胳膊底下，让人好想一直可以看进衣服里，看到那朦胧的绰约身姿。她的身体的曲线如同她的笑容，包含着无尽的娇媚和撩人的魅力。

我们就这样互相注视着，站着不动。整个大厅，或者说整幢楼都没有人了。楼下某处的门砰的一声合上，连玻璃都震得哗哗响。欢笑的人群渐行渐远，汽车的发动机声也挨个响起来。好像还有某个遥远的地方传来爽朗愉快的笑声，那笑声像是冰晶做的，骇人而又陌生，明亮而又冰冷。我好像听过这个奇怪的声音，却又没法确定它到底是从哪儿发出来的。

我们依旧站着，看着对方。有那么一下子，我忽然清醒了，一种前所未有的疲倦侵袭过来，衣服被汗水浸湿了，黏在身上非常难受，皱巴巴的袖口露出青筋暴起、布满血丝的手。不过清醒的时间非常短暂，也只有那么一下子，然后就被赫尔米娜的目光给赶跑了。她好像从我的灵魂深处看过来，摧毁我所有的现实，也摧毁我对她所有的追求。我们像被施了魔法一样一直瞅着对方，我那小小的灵魂可怜地缩成一团。

赫尔米娜脸上的微笑消失了，胸部绰约的身姿也消失了，她问我准备好了没有。我又听见那个陌生的笑声，遥远却响亮。

我对她点头，告诉她我已经准备好了。

这个时候，乐师帕伯罗走进来，他看着我们，眼中闪着快乐的光。原本他的眼睛像是动物的眼睛，但是动物的眼睛应该是冷酷的，现在他眼中尽是笑意，所以他的眼睛还是人眼。他友善地向我们发出邀请。他身上穿着一件彩色的绸缎便装，红色的衬衫大翻领已经不再坚挺，耷拉着，衬托着他苍白的脸色愈加疲惫，不过他那双总是闪着光亮的黑色的眼睛让这张脸又有了生气。他的眼睛好像散发着魔法，显得那么不真实。

我走过去，在接近门口的时候，他小声对我说："我的兄弟哈里，我可以邀请你参加一个小型的游戏吗？只有疯子才能进入，可以让任何人丧失理智。怎么样？"我答应了他。

他叫我兄弟，然后小心翼翼地轻挽着我们的胳膊，左边是我，右边是赫尔米娜。我们下了一层楼梯，走进一个圆形的小房间。房间里空荡荡的，只有一张圆形的小桌子和三个圈椅，屋顶亮着幽幽的蓝光。他让我们在椅子上坐下来。

我不知道自己在哪里，不知道是不是在家里，不知道是不是在睡觉，不知道是不是坐在汽车里面飞驰。当然都不是，我其实是坐在一间灯光幽蓝、空气沉闷的圆形小房间里，就像坐在千疮百孔的现实当中。赫尔米娜的面色惨白，帕伯罗一直在絮絮叨叨地说话。说不定让他这么说话的正是我自己，是我经由他的嘴说话。他黑色的眼睛里、赫尔米娜灰色的眼睛里看到的那只怯懦颓废的小鸟，不正是我的灵魂吗？

帕伯罗友善地看着我们，嘴巴里不断地念叨着，就像是在进行某个仪式似的。以往的时候，我从来都没发现他会一下子说这么久的话。他向来对聊天或者其他语言上的活动没兴趣，以至于我一度以为他就是个没有思想的假人。但是这会儿，他却流利地滔滔不绝，声音柔美而温和，辞藻也很讲究。

“我亲爱的朋友，下面我将开始一场游戏，这也是哈里早就渴求的事情。现在或许已经夜深，大家都很疲惫了，所以我们可以先喝点东西休息一会儿。”

说着，他从壁橱里取出三个杯子、一个外形滑稽的小瓶子，还有一个带有异域风情的木头小盒子。他将三个杯子里倒满一种液体，又从小盒子里抽出三支香烟，那是一种黄色的又细又长的香烟。他从他那绸缎的衬衣口袋里掏出一个打火机，挨个为我们点上烟。我们靠着椅背开始抽烟，慢慢地吞云吐雾，房间里很快充斥着浓重的烟雾，像弥漫的香火。我们还小口地抿着杯子里的液体，酸酸甜甜的，从未享受过的奇怪味道，但喝了之后感觉非常亢奋和欢愉，就像是打足了气的气球，变得轻飘飘的。就这样，我们坐在圈椅上休息，一边抽烟一边喝一种不知名的液体，精神越来越放松和愉快。

这个时候，帕伯罗温柔而低沉的声音响起来：“我亲爱的哈里，能接待您真是我的荣幸。您一直觉得生活糟透了，极力想要逃离，是吗？您希望逃离这个世界、这个时代、这所有的现实，到一个符合您要求的，从时间上不存在的世界去。这完全可以实现，亲爱的，我可以帮助您去那个地方。事实上，您知道那个世界藏在哪儿，它其实就存在于您的灵魂当中。这个您所期盼的世界只能存在于您的心底里面。我没办法给您只存在于您心里的事实上根本不存在的世界，但是我可以为您打开通向您灵魂圣殿的大门。我不能给您其他，除了一个机会、一点动力和一把钥匙。我可以让您心里的世界显示出来，如此而已。”

然后，他从他那件彩色的绸缎衬衣口袋当中拿出了一面小小的圆形镜子，对我说：“您看，以前的您是这个样子。”

他将镜子递到我跟前，以至于我想起了一首儿歌：“镜子，啊我手中小小的镜子。”我向镜子里瞅过去，看到一幅可怕的画面，那是我内心波涛翻滚的画面，模模糊糊的，还有许多交叉重叠。我看到我自己，以及自己里面的荒原狼。那是一匹健壮却胆怯的动物，它迷茫地看着我，眼睛里闪闪发亮，有时忧郁有时凶狠。荒原狼的样子不断地流向自己的影像，就像小河汇入大河。两条河流的不同颜色交汇、掺杂在一起，争来斗去，互相咬着不放，痛苦万分，都想占领对方。那个流动着的还没有占上风的狼，睁着那双美丽胆怯的双眼忧郁地注视着我。

“这就是您见到的自己。”帕伯罗缓缓说道，然后将镜子收起来。我感激地看了一眼，然后闭上眼睛，抿了一口杯子里的液体。

帕伯罗说：“休息的时间结束了。我们喝过东西了，也聊过天了。假如你们已经振作了些精神的话，可以现在就跟我去看我小剧院的万花筒了。可以了吗？”

我们都站起来，跟着帕伯罗走过去。然后他打开前面的一扇门和幕布。之后，我们发现自己忽然置身于一个剧院的走廊里。走廊是马蹄形的，我们所处的位置正好在走廊中央，两边的走廊延展开，可以看见走廊上有许许多多的包厢。

帕伯罗对我们说．“这就是我的剧院，魔剧院，希望你们可以在这儿发现一些有趣的东西。”说完，他就哈哈大笑起来，虽然笑声并没有持续很久，却深深地震撼了我。这笑声正是我之前在楼上听到的那种奇怪的爽朗的笑声。

“剧院有很多很多的包厢，甚至超过你们的预料。这里有成千上万扇门，后面总有你们所要的东西。我的朋友，假如您想走马观花一般粗略地参观一间画廊，是会一无所获的。现在也是一样，您会被您的所谓的人格所拖累，而只能晕头转向。毋庸置疑，您其实早就知道，不管是您渴望什么也好，还是要摆脱时间的限制也好，还是要超脱现实也好，或者用其他什么词汇来形容它，其实您也就是想要摆脱这所谓的人格罢了。这人格就像是囚禁您的牢狱。如果您还是按照过去的习惯，用哈里或者荒原狼的眼光去审视这一切，我劝您还是放弃这样的想法，放弃这种眼光，放弃所谓的人格。您可以像存衣服一样将它们存在某个地方，等方便的时候再取回来。刚才那场完美的舞会、荒原狼的小本子，还有我们刚刚喝掉的兴奋药剂应该让您准备好了。哈里，请您在将您的人格存放好了之后，到剧院的左边随意参观。赫尔米娜，您从右边开始，当然，你们在里面说不定还会遇上。现在，哈里先跟我来参观，赫尔米娜，麻烦您先退到幕布之后。”

“现在，哈里，调整好心情，跟我过来。我们这个活动正是为了让您心情好起来，让您学会笑。希望您能配合我的活动，不要让我为难。现在您还好吧？是吗？不怕吧？好，非常好。根据我这儿的惯例，我们可以通过假想自杀来克制害怕，满怀愉悦地走进一个虚幻的世界当中。”

帕伯罗又将那面小镜子放在我前面。里面的哈里注视着我，还有一只模糊而又纷乱的荒原狼，正努力往哈里身体里流。这画面让人熟悉，而又着实让人厌恶，我毫不犹豫地想毁掉它。

“亲爱的，现在您不需要做其他事，只是要先抹掉这个画面，它已经无关紧要了。假如您心情可以的话，您可以尝试开怀地大笑，然后盯着这幅画面看就可以了。您应该已经在幽默学校里学会如何发笑了吧？假如一个人不再对自己严肃和认真，那么他就可以领会高级的幽默了。”

我死死地盯住这面小镜子，往里看去。镜子里的狼在抽搐、打颤。过了一会儿，我的心里面也开始慢慢地颤抖了，就像是回忆乡愁，又像是悔恨。又过了一会儿，这种轻轻的压抑就被另一种全新的感受代替了。这感受有点像人们在打过麻醉药之后拔牙：倒吸一口气，忽然一阵轻松，但是又很惊讶，为什么没感到一点儿疼痛。这时，我就这样，心情非常愉悦，忽然想笑，并终于没忍住开始大笑。

小镜子里的画面越来越模糊，然后闪了一下消失了。圆形的镜面就像被火烧着了一样，逐渐变灰、变暗，不再通透了。帕伯罗笑着将破碎的镜子扔掉，镜子在地上滚过去，消失在看不到边的长廊尽头。

“哈里，笑得真不错。”帕伯罗对我叫道，“就这么笑，像永恒者一样。你现在终于将荒原狼杀掉了。当然，并不是用剃须刀。你可要小心，千万别让它复活。用不了多久，你终于可以逃离愚昧的现实了。等有机会，我们说不定还可以结为兄弟。亲爱的，今天我实在太喜欢你了。假如你愿意的话，我们还可以谈论哲学上的话题，甚至进行辩论，我们可以尽情地聊莫扎特、柏拉图或格鲁克。那时候你就会知道，为何以前不可以。希望你今天可以成功地杀死荒原狼。当然，你可不是真正的自杀。我们是在魔剧院里面，这里面只有一幅幅图画，而没有真实的存在。为了证明你已经不再沉迷于那个让人迷惑的人格，请你在这些画里面找出一幅你自己觉得美好有趣的。假如你不想摆脱那个人格的话，也只需要看一眼镜子就可以了，我可以立马将镜子拿给你。当然，你一定听过一句谚语：墙上的两面大镜子比不过手中的一面小镜子。哈哈！她笑得真美，但是又很可怕。好了，我们可以进行仪式了，只是一个有意思的小仪式。你已经摆脱了人格，可以照一照真正的镜子了，你一定会开心的。”

他边说边大笑，又做了一些让我放宽心的动作，然后让我转过身去。我转过去，发现一面很大的镜子挂在墙上。我开始看镜子里的自己。

只有很短的一个瞬间，我看到了我曾经熟悉的哈里，他的脸非常明朗，心情也显得不错，正在爽朗地大笑。但是，我只看了一眼，他就开始分裂，从身体里分裂出第二个、第三个甚至更多的哈里。很快，镜子里就充斥着无数的哈里，每个哈里只存在一瞬，在我目光接触到的刹那，瞬间分裂出更多的哈里。这些哈里年龄各不相同，有跟我一样大的，也有比我还大的；有的已经非常老迈，有的却还年轻，甚至还是个小伙子或者小学生。五十岁的哈里和二十岁的哈里混在一起，三十岁的哈里和五岁的哈里也混在一起；严肃的哈里和活泼的哈里混在一起，穿戴整齐的哈里和衣衫不整的哈里也混在一起，这些所有的都是哈里，都是我。他们一经被我发现，就开始往四面八方跑，忽左忽右、忽内忽外，到处躲藏。一个年轻的小伙子大笑着跑过来，他穿着得体的服装，过来跟帕伯罗拥抱，然后就又跑开了。我非常喜欢这个俊俏的花季少年，他像闪电一样飘过去，飞速地冲进走廊，急急忙忙地观看包厢门上的铭牌。我向着他的方向也跑过去，跑到一个包厢前面，看见门上写着：

“你可以拥有所有的姑娘！跟着马克进入。”

那个少年一下子钻进去，消失在门那边。

帕伯罗和镜子也相继不见了，那成千上万的哈里的影像自然也消失了。我感觉，剧院里面只剩下我一个人，任由我随便参观。怀着好奇的心情，我沿着走廊，一个个看着每个包厢门上的铭牌，那上面总是写着诱惑的指示或者承诺。

有一扇包厢门上写的是：“愉快地来狩猎吧！内有汽车。”

我禁受不住诱惑，打开了那扇窄窄的门。

一下子，我就进入了一个嘈杂纷乱的地方。许许多多汽车，甚至里面还有一些装甲车在马路上飞驰，它们追逐着人类，直到将他们碾成肉泥，或者逼到墙上压扁。我立刻发现，这里正在进行着人和机器的战争。就像人们早就忧心忡忡、担惊受怕的样子，这场战争爆发了。地上到处都是死去的人们，到处都是残缺不全的尸体，撞坏、变形、爆炸的汽车也随处可见，战场上空盘旋着嗡嗡作响的飞机，人们站在屋顶上或者通过窗户扫射飞机。每一面墙上都写着花花绿绿的豪迈的标语，红色的字母巨大张扬，像熊熊燃烧的火把。标语里面，号召大家全都行动起来，与机器进行斗争，以及里面那些吃香的喝辣的、脑满肠肥的有钱人。根据标语，人们要去烧掉工厂，减少人口，将工业土地重新恢复成为草地，让满是灰尘的水泥钢筋世界重新恢复成为自然世界，变成森林、草原、小溪、沼泽，或者荒原。此外，还有相反的标语，画工精美、色彩柔和、文字幽默。标语优雅地警告人们要慎重行事，要小心眼下无政府主义者引发的乱局，要充分领会规则、劳动、法律、文明对人类的作用。标语对机器给予了极高的评价，称赞它为人类最崇高的发明，人类将经由这些发明达到神的境界。我陷入了思考，我发现自己非常赞同那些花花绿绿的标语中所写的话，那些语句像一团烈火，雄辩而缜密地燃烧着我的心，让我认为那就是真理。我一会儿站在这条标语前面，一会儿又站在另一条标语前面，周围砰砰砰的射击声不绝于耳。好吧，言归正传，我现在总算弄清楚了眼前发生的事儿：我们正面临一场战争，这场战争非常激烈、火爆，让人同情。这场战争的爆发不是为了争夺皇位、革命或国界线，不是为了党派和信仰之间的争斗，也不是为了其他一些类似的许许多多戏剧性的或者表面上的东西。总而言之，并不是为了什么卑鄙下作的事情而战。所有在狭窄的空间中透不过气的人、觉得生活百无聊赖的人，都在这战争里面用最激烈的方法来发泄他们的愤懑，想方设法去破坏虚伪的文明。我发现，他们所有人的眼睛里都明晃晃地透露出诚挚的杀机，享受着尽情破坏的欢乐。而我自己的双眼也红彤彤的像滴血的花朵。我很快加入了人群，和他们一起大笑，一起兴奋地进行战斗。

还有更妙的事情发生，那就是我遇见了中学同学古斯塔夫。他是我儿时朋友当中最壮实、调皮和幽默的，但是，我们几十年都没有对方的消息了。他就那么突然出现了，眨着他浅蓝色的眼睛同我打招呼，叫我过去。我感到非常惊喜和开心，马上朝他走过去。

我惊喜地大叫道："上帝呀，古斯塔夫，居然又遇见你了！你现在在干什么？"

他还是小时候的样子，佯装生气地笑道："你这个畜生，我们这么久没见了，一见面就问这些废话！好吧，我还是告诉你，我现在是神学教授。不过还好现在可不用研究神学，现在都忙着打仗。好了，跟我来。”

说着，他用枪瞄准一辆呼呼而来的小汽车，一枪就将司机打下来，然后自己灵活地跳上车，又将车停在我面前，将我拉上去。然后，他就像魔鬼似的操纵着车子穿过密密麻麻的枪弹，穿过路边无数损坏的汽车，一直向城市外面开过去。

“你是哪一边的，工厂那边？”我问他。

“你说什么？啊，这个问题不重要，我们先去城外再说吧。好吧，还是告诉你好了，我站在相反的一方。当然啦，本质上来说其实没什么区别。你知道，我是个神学家，当年我的祖师爷路德曾经帮助贵族和有钱人对付穷人，现在我要为他们平反。这辆车可真破，希望它还能再开几公里。”

我们的车在飞驰，就像被上帝的风吹动一样。我们开到一个绿树成荫的树林里，四周非常安静，中间有几英里宽的平坦地带，我们穿过那个地带，开上了一座陡峭的山峰。我们在公路中间停了下来，光滑的路面闪着光，一边是悬崖峭壁，另一边是低矮的护栏。公路盘旋而上，有许多急弯。公路下面是一潭湖水，幽蓝地泛着磷光。

我对他说：“这里好美。”

“确实很漂亮。我们将它叫作车轴路，因为有很多各种各样的车轴断在这儿。小心啦，哈里。”

公路旁边伫立着一棵非常巨大的五针松，有人在树上搭了一个木头的小棚子，充当瞭望哨和狩猎台。古斯塔夫朝我眨了一下他浅蓝色的眼睛，哈哈大笑起来。我赶紧跟着他下车，往树上爬去，将自己藏在瞭望哨里，屏住呼吸。这个瞭望哨可真不错，我们在里边找到了几把猎枪、手枪还有子弹。我们刚歇了一会儿，拿枪向外面瞄准好，就听到一辆高级小汽车的喇叭声从最近的拐弯处传过来。伴随着飞驰的汽车，喇叭在高傲地嘶鸣，在闪着光的路上嚎叫。我们端着枪，心里非常紧张。

“瞄准司机！”汽车从我们藏身的树下开过去的时候，古斯塔夫命令道。我瞄准司机扣动扳机，那个人立刻倒下来。汽车还在往前开着，一下子撞到峭壁上，然后又弹回来撞在护栏上，像个乱飞的蜜蜂，摔了个四脚朝天，砰地一下子翻过去了。

“干得好！”古斯塔夫笑着说，“下一辆是我的。”

又开过来一辆车，柔软的汽车座椅上坐着三四个乘客。其中有一位蒙着纱巾的妇女，纱巾随风飘荡，我突然感到一阵惋惜，也许这纱巾下面有着一张美丽的欢笑的面容。上帝呀，我真希望即使我扮作强盗，也可以像那些伟大的侠盗一样，不会将杀人的欲望波及美丽的女子。但是，正在我胡思乱想的时候，古斯塔夫已经开枪了。司机抽搐了一下就倒下了，这辆车一下子撞在峭壁上，又四脚朝天地弹到半空中，重重地摔在路面上。我们等了一会儿，发现车上毫无动静，就好像被捕鼠器夹着的耗子一样一点声响都没发出来。车子还在轰鸣，车轮在半空中滑稽地转着，然后砰的一声爆炸了，车身燃烧起来。

古斯塔夫说这是一辆福特的车子，我们必须下去清理一下。

我们爬下树，汽车的残骸还在火中燃烧。很快，车子就烧光了。我们找了几根小树枝，将它折断做成杆子，将烧毁的汽车外壳拨到旁边。我们将它推过护栏，扔到悬崖下面，沿线的灌木丛都被压扁了，发出噼噼啪啪的声音。在推汽车的时候，掉下来两具尸体。他们的衣服都烧坏了，不过其中一个人的衣服还剩一些在身上，我们翻他的口袋，希望能找出点证明他身份的东西。我找到一个皮夹，里面有好多名片。我拿出一张名片，上面写着“塔特旺姆斯”。

古斯塔夫说：“这名字真滑稽。不过，被我们杀掉的人叫什么，和我们又有什么关系呢？他们都是些可怜虫，与我们可不同，他们叫什么都无所谓。这世界是注定要灭亡的，包括我们。将他们扔到水里吧，让他们早点解脱。现在就开始吧。”

我们将尸体也朝悬崖下面扔过去。又开过来一辆汽车，我们索性就站在路边朝它开枪，一下子就打中了。车子歪歪扭扭地像个醉汉一样又开了一小段，然后翻过去，呼哧呼哧地停下来。车里坐着一个纹丝不动的人，还有一位美丽的年轻姑娘，她面色惨白，瑟瑟发抖地走下车。我们很亲切地朝她打了个招呼，还说乐意为她效劳。她明显被吓得不轻，什么也说不出来，只是神经兮兮地盯着我们看。

“好啦，我们还是去瞧瞧车里的老人家。”古斯塔夫边说边向车子走过去。他就坐在已经死去的司机后面那个座位上，头发已经灰白，修剪得短短的，一双浅灰色的眼睛睁得大大的。他应该伤得不轻，鲜血从嘴里流出来，脖子僵硬地歪在一边。

“请恕我们冒昧，老人家，我的名字是古斯塔夫。请原谅我们打死了您的司机。敢问您叫什么名字？”

那个老人家瞪着那双小眼睛冷漠而忧伤地看我们，缓缓说道：

“我叫罗林，是一名检察官。你们不单要了我那可怜的司机的命，还要了我的命，我应该很快就要死了。为什么你要杀死我们？”

“您的车开得太快了。”

“我的车开得可不快，并没有超速。”

“尊敬的检察官阁下，也许昨天并不算超速，但是今天就算超速了。今天，我觉得所有的车都超速了。所以，我们要毁掉所有的汽车，毁掉所有像汽车一样的机器。”

“也要毁掉你们的猎枪吗？”

“是呀，等到了时间，就会开始毁坏猎枪。说不定是明天，或者后天，那时候我们大家一起完蛋。您一定也看到了，现在我们这里的人实在太多了，空气明显不够用了。”

“难道你们在开枪的时候一点儿选择性都没有吗？”

“那是当然。虽然对有些人的死去我们也很伤心，就像这位美丽的女士一样。她是不是您的女儿？”

“不，她是我的一位速记员。”

“那敢情好。现在，麻烦您走下车来，还是由我们拉您出来？我们要将这辆汽车毁掉。”

“不，我宁愿和这车一起毁灭。”

“那是您的自由。我可以再问一个问题吗？您是一名检察官。事实上，我一直不明白，像你们这样的人凭什么成为检察官的？你可以指控别人的罪，判决他们的刑罚，而这些人有很多都是穷人。您以此为生，不是吗？”

“你说得对。这就是我的职责，我照实履行。就像刽子手的职责就是杀死被我判处死刑的罪犯。现在你们不是也在杀人，这些事的性质差不多吧。”

“我们确实在杀人。但我们可不是为了职责所在，而纯粹是一个游戏。或者说因为对这个世界的不满和失望，让我们觉得杀人充满乐趣。难道您从来没有因为杀人而获得快乐吗？”

“你们可真无聊。你们就发发善心，赶紧做完你们的活儿吧。如果你们压根就不知道什么是职责的话……”

他忽然停住了，嘴唇微微一动，好像要吐口痰出来，却吐出一口血，黏在下巴上面。

古斯塔夫彬彬有礼地对他说：“您可以等一下吗？我不是不知道职责这个词，只不过现在有些糊涂了。以前，我由于职业的关系常常接触到这个词。我曾经是一名神学教授，还作为士兵上过前线。我感觉，只要是和职责沾边，就像是和权利或领导的命令沾边一样，就没什么好事。因此我宁愿朝相反的方向走。所以，虽然我不明白什么是职责，但我却知道什么是罪责。我感觉它们都差不多。从我的母亲生下我开始，我就背负了罪责：因为我必须要活下去，要活在某一个国家里，要为这个国家去当兵杀敌，要纳税供国家去添置军火。我想现在，我感觉和当兵的时候差不多，为了生活的罪责而去杀人。但对于现在的杀人，我已经不会再感到抵触了，我已经屈服于这个罪责了。我一点也不觉得将这个拥挤不堪的愚昧世界给打烂有什么不好，我非常乐意帮助这个世界走向灭亡，也同样乐意让自己跟着一起灭亡。”

检察官努力地咧着他满是血迹的嘴巴，想要挤出一丝微笑。不过他笑得非常勉强，只是隐约让人觉得他有那个意思。

他说：“你这么想也不错。这样说来，我们就是同道中人了。那么我的同事，你可以履行你的职责了。”

我们在交谈的时候，那位美丽的姑娘已经昏倒在路边了。

正在这时，又开过来一辆车，嘟嘟响着喇叭，开得飞快。我们将姑娘拉到靠着峭壁的路边上。新开来的那辆车开到之前那辆车的残骸前面，突然一个急刹车停住了，车头在空中翘了一下。我们立刻举着枪瞄准这辆车里的人。

古斯塔夫命令他们下车，将手举起来。

车上走下三个男人，都顺从地将手举了起来。

古斯塔夫问他们：“你们有谁是医生？”

他们都摇摇头。

“那你们就做件好事吧，这辆车里有位伤得很重的老先生，麻烦你们带他到离这里最近的城市里去。就在前面，先将他抬出车来。”

他们很快将老先生抬到后面那辆车上，在古斯塔夫的命令下开走了。

女速记员不知道什么时候醒了，看到了发生的事情。我们很高兴捕获了一个美丽的战利品。

古斯塔夫对她说：“小姐，你的雇主已经不在了。希望你和刚才那位老先生没有什么其他更为亲密的关系。因为现在我是你的雇主，你就安心地当我们的雇员吧。现在，快点走，留在这里会遇上麻烦的。对了，你会爬树吗？会？那太好了。你在中间爬，我们可以拉你一把。”

我们很快爬上树，钻到瞭望哨里。姑娘有些恐高，想要往外吐。我们给她喝了两口法国白兰地，她很快就好多了。她环顾四周，发现周围的景色非常漂亮，便啧啧称赞。我们知道了她的名字叫朵拉。

这个时候，底下又有一辆车开过来。车没有停下来，而是很小心地从前面损毁的车那儿绕过去，然后又加大马力往前开。

“还想溜？”古斯塔夫一边大笑一边举起枪打中司机。汽车歪歪扭扭地开了一会儿就砰地撞在护栏上面，瘪下去的车身斜着挂在悬崖边上。

我问朵拉会不会用猎枪。她说不会，并且向我请教装子弹的方法。开始的时候，她什么都不会，还鲁莽地划破了自己的手，起了个小泡。她问我们有没有膏药，但是古斯塔夫说现在可是战争时期，只能勇敢地承担伤痛。还说朵拉是个勇敢又乖巧的姑娘，一定可以的。

她又问：“可是，我们能做些什么呢？”

古斯塔夫回答说：“这个我也不知道。不过我的朋友哈里挺喜欢美丽的姑娘的，或许你们可以成为朋友。”

“但是，刚才那些人会引来警察或是军队，他们会杀死我们的。”

“警察早就不存在了。朵拉，我们可以选择乖乖待在这里，破坏所有进入我们视线的汽车；也可以选择开车走掉，然后让别的人朝我们射击。其实选择什么都无所谓，但我还是倾向于待在这儿。”

这时，下面又有一辆车经过，喇叭的声音清脆而响亮。但是我们不费吹灰之力就将这辆车击中了，车翻倒在路上，四个轮子朝向空中。

我说："原来射击是这么愉快的事情，之前我还滑稽地反对战争！"

古斯塔夫微笑着对我说："是的，你看现在世界上有这么多人，以前没有发现吧？不单是过多的人口让呼吸的空气不够了，汽车也在压榨生存空间。虽然我们这样做并不是什么明智的事情，倒像是一场游戏，但是战争本来就是一场大型的游戏。很久以后，或许人们会找到其他办法控制人口的过度增长。但是，现在我们没有更好的办法了，只能用这种看似不明智的方法来减少人口。"

我对他说："是呀，或许我们有些疯狂，但这种疯狂的反应才是有意义的。人类不管怎么绞尽脑汁，也没有办法用明智的方法将所有的事情都做得有条不紊。人们有两种理想：美国式的和布尔什维克式的。它们都是很明智的理想，但是它们都很幼稚地将事情想得太简单了，只会让生活产生危险的扭曲，根本没办法让人们活下去。以前，人们以为自己是崇高的，但是，现在人们对自己的看法发生了统一的转变。我觉得只有我们这些疯狂的举动才能使人们再次变得崇高。"

古斯塔夫听完，大笑起来，对我说："兄弟，你说得真好，听到你这些充满智慧的言论真是一种享受，让我也学到很多东西。不过，你可真是个梦想主义者，以后有你慢慢发表演说的地方，现在还是赶紧把子弹装好吧。不知道什么时候就会有机器老虎跑过来，你的那些哲学思想可没法杀死它们，还是得靠上膛的猎枪。"

又一辆汽车开过来被击中，堵住了公路。有一个红色头发的壮汉没有死掉，跑到损毁的汽车边上舞动着手脚，东张西望。他看到我们，就朝我们藏身的地方大叫着跑过来，还用手枪向我们射击。

“快离开，不然我就开枪了！”古斯塔夫冲他吼道。壮汉没理我们，还是朝我们开枪。我们也向他开了两枪，将他击倒了。

后来我们又击毁了两辆经过的汽车。之后，就再也没有车开过来了，路上空荡荡的，非常安静，大约其他人已经知道这段路不安全了。我们悠闲地欣赏着山前的优美风景。在山的下面，湖水的对岸有一座小城市，好像是被点着了，一幢幢房子陆续燃烧起来，还传来射击的声音。朵拉在小声地抽泣，我伸出手去慢慢抚摸她满是泪水的脸。

她问我们：“是不是所有人都要死？”我们没有回答。这个时候，有一个行人走过来，他走到堆着很多汽车残骸的地方，东看看西看看，然后钻进一辆车里面，从里面取出一把花伞、一个坤包和一瓶酒。他心平气和地坐在路边上开始喝酒瓶里的酒，还从坤包里拿出用锡纸包裹着的食物开始吃东西。他将酒喝光之后，就将花伞夹在腋下，开心地走掉了。看着他走得悠然自得的样子，我问古斯塔夫：“你可以瞄准这个可爱的男子，一枪将他的脑袋打个洞吗？上帝知道，我是没办法。”

我的朋友对我说：“没人要我们这么做。”大家的心情都低落起来。我们不再往那个人走的方向看去。那个人是如此的和善、平静、可爱，一尘不染的样子。我忽然感觉自己曾经赞同，觉得必不可少的某些行为其实是非常愚昧和讨厌的。让这些血腥的事儿都滚吧！我突然有了羞耻感。但是，听说在战争时期，即使是将军也会偶尔出现这样的感受。

朵拉若有所思地说：“我们不应该再待在这里了，我们应该下去在车里找点食物，你们这些布尔什维克主义者是不是都没有饥饿感？”

山脚下，那个燃烧的城市里面，教堂的钟声响起来，那声音让人兴奋和恐惧。我们准备爬下树去。我帮助朵拉越过瞭望哨的护栏的时候，亲吻了她的腿。她咯咯地笑了起来。忽然，树枝被压断了，我们摔下了无尽的悬崖……

我发现自己又回到了马蹄形的走廊。刚才的冒险实在太刺激了，我的心暂时还没办法平静下来。但是无数的包厢门上还有着一个个不同的铭牌在引诱着我。

“变形室！可以变成任何动物”

“卡玛苏特拉姆！讲授古印度恋爱技巧。初级班：二十四种恋爱技巧”

“极其愉快地自杀！活活笑死”

“想成仙吗？来自东方的智慧”

“啊，希望有一千只舌头！只招待男士”

“毁灭西方！空前奇景，大减价”

“幽默室！笑出眼泪”

“隐士的游戏！各种各样社交活动的替代品”

我走过一个又一个门，好像没有尽头一样。

直到有一扇门的铭牌上写着：

“传授人物结构！百分之百成功”

我对这个话题很感兴趣，便推门走进去。

我走进一个昏暗的房间，静悄悄的，一张椅子都没有。地上坐着一个男子，他面前有一个很像是巨大的棋牌的物体。猛一看过去，我还以为是我的朋友帕伯罗。他穿着和帕伯罗相似的彩色绸缎的衣服，那双明亮的黑色眼睛和帕伯罗也很相似。

我问他："您是不是帕伯罗？"

他友善地回答我："不，我谁都不是。事实上，这里没有人有名字，或者说，我们都不是人。我是个下棋的棋手。您是想要知道人物的结构吗？"

"是，请传授给我吧。"

"请您提供给我几十个关于您的形象。"

"是我的形象吗？"

"就是您曾经看到过的您自己分裂成为许许多多个自己的形象，就是那个。我必须依靠这些形象才能下棋。"

他将一面镜子递给我。我又从镜子里面看到了自己分裂成许许多多个自己的形象，好像分裂得更彻底了。但这些形象都非常小，小得像棋子一样。棋手从容地选出几十个形象，将它们取出来放到棋盘旁边的地上面。然后，他就用一种单调的语气开始念叨。他好像已经无数次地进行这样的授课或演说了。

"您知道，有些人认为人是永恒的整体，他们的观点根本不对。您同样知道，人是由很多很多的灵魂，或者说是自我组成的。但是如果您对别人说人的统一性是假的，是可以分裂为许许多多形象的，您就会被人当作疯子。那些所谓科学家们还因此发明了"精神分裂症"这个术语。诚然，如果不分主次，并且缺少秩序的规划，我们就没办法将这些多种多样的形象统一起来，从这个意义上来说，科学家的观点也并非完全错误。但是，从另一个角度来说，科学家以为这些各式各样的分裂的自我永远存在于唯一的永恒的制约体系之中，这就是错误的了。科学领域的这个错误会造成一些严重的后果。或许这种观点可以简化国家聘用教师们的工作流程，让他们省去思索和试验的过程。但是，这个错误让很多无可救药的疯子被当作正常人，甚至对社会有益的人。反过来说，有一些本来会有益社会的天才却被当作疯子。所以，我们需要一个全新的概念来弥补科学领域的错误心理，我们将这个全新的概念称作结构艺术。我们将这个表演展示给曾经进行自我分裂的人观看，这样他们就可以随时随地地将这些分裂的局部进行新的排列组合，让生活更加丰富多彩。就像作家利用为数不多的角色创造许多不同的剧本，我们也将分裂的自我形象融入各种不同的组合当中，这些组合会进行各种各样的表演，在许多不同的场景之中，展示不一样的紧张而又动人的情节。现在，就展示给您看！”

他安静地伸出手去拈住我的一些形象，这些形象有老头子、小伙子，也有儿童、女子。他很快将所有这些开心欢快的或者满面忧愁的，孔武有力的或是弱不禁风的，敏捷灵巧的或者臃肿笨拙的小人摆在面前的棋盘上面，列成一排进行游戏。他迅速地将那些小人进行组合，组成一个集体或家庭，他们有的互相进行竞争或自杀，有的和睦相处，有的相互仇视，在这里组成了一个微型的世界。我看得非常愉快。他就在我的面前，让这个微型世界变得充满生气，里面的小人不断地竞争、厮杀、交友、战争，或者恋爱、结婚、孕育子女，演出了一幕幕活生生的关系复杂的人生戏剧。

接下来，他愉快地将手放在棋盘上，轻轻地将所有的棋子都推到一边，堆在一起，然后开始思考怎样用这些形象再组合成一个新的世界。他就像是一位非常挑剔的艺术家，努力地思索怎样组合起来它们，才能形成一个全新的星罗棋布的棋局。重新组合的游戏和之前那场非常接近，它们所用的原材料都是一样的，但是新世界的色彩和速度都完全改变了，它们所强调的主题和呈现的具体景象也毫不相干。

周而复始地，这个聪慧的旗手将这些形象排列成许多不同的游戏，它们的材料都是我的某个局部。远远地看这些游戏好像很雷同，显然是在同一个世界里，本源相同，但是，每一场游戏又好像是崭新的。

他告诉我说："这就是生活的艺术。以后，这就是您的事情了，您可以根据自己的需要任意创造属于您的游戏，您可以使生活的游戏富有生气、纷繁复杂、多姿多彩。站在更高的角度上来说，假如所有的智慧都是从癫狂开始的，那么我们也可以认为，所有的艺术和想象都是从精神分裂症开始的。其实，有些学者已经发现了这样的观点，比如说，有一本很有趣的书叫作《王子的奇妙号角》。这本书说的是某位学者的辛勤工作之所以变得高贵，正是因为它是由很多关在疯人院里的疯癫的艺术家们的近乎天才的合作。就是这样了，您现在可以将您的形象都收起来，以后您还可以尽情地从这样的游戏当中攫取欢乐。假如某个形象过于放肆，成为打扰您雅兴的妖怪，第二天您就可以将他贬低成为一个可有可无的配角；假如某个可怜的角色过于不幸，却非常得您的喜爱，您可以在接下来的游戏里将她捧为公主。尊贵的先生，希望您玩得愉快。"

我十分感激他，向这位天才的棋手深深地鞠了一躬，然后将面前的小棋子都装在口袋里，从原先的窄窄的门退出了房间。

原本我是想赶紧在走廊里找个空地，开始用这些棋子进行游戏，玩上几个小时，或者永远地玩下去。不过，当我一回到明亮的走廊里的时候，一股新的巨大的浪潮就将我推走了。我看见一个闪闪发光的标语：

“荒原狼的训练者的奇迹”

我看着这块铭牌，顿时感慨万分。以前生活中的种种又从我记忆当中某个被遗忘的角落钻出来，让我感到惶恐和惧怕，忧心忡忡。我推开门，手瑟瑟发抖。我发现走进了一个像是新年集市的房间，里面有一道铁制的栏杆，横在我和舞台的中间。一位驯兽师站在舞台中间，他装得人模人样的，倒像是在集市上吆喝的生意人。他穿着花里胡哨的表演马戏的演出服，胡须非常宽大，胳膊上的肌肉也非常发达。但是，他竟然又和我非常相似，这真是一件非常可恶的事情。这位壮汉用绳子牵着一只巨大而又漂亮，但却非常消瘦的狼，就像牵着一条狗一样。那只狼有着卑怯的眼神，看起来非常凄惨。驯兽师非常残忍地让这只谦卑而顺从的野兽进行一连串花样百出的表演，每个节目都非常轰动，看得人既紧张又厌恶，既感到可恨又觉得很有意思。

驯兽师就好像是从我身体里分裂出来的孪生兄弟，正是这个可恶的家伙将狼训练得温顺无比。狼极其专注地听他的每一条命令、每一声叫唤、每一次鞭笞，然后卑微地给出反应。它有时跪在地上装死，有时仅用两条腿支撑站立，顺从地用嘴巴咬住面包、肉、鸡蛋或者小框子，甚至会咬起驯兽师扔到一边的鞭子，卑微地摇着尾巴送给驯兽师。一只兔子和一只白色的羊羔被送到舞台上，狼立刻张开露着獠牙的大嘴，对着这些美味流着口水，激动得浑身颤抖。可它却没敢冲上去咬死兔子或者羊羔。兔子和羊羔都害怕地蹲在地上发颤。狼按照驯兽师的命令，用一个极其优雅的姿势从兔子和羊羔身旁越过，又在它们之间找个位置坐下来，甚至伸出前爪去拥抱它们，就像个相亲相爱的大家庭。然后，驯兽师递给狼一块巧克力，它居然开心地舔起来。这只狼已经违背了本性到如此地步！这样的景象让我不寒而栗，感到无比折磨和难受。

但是，在第二个节目当中，这只狼却因为它刚刚所受的折磨得到了补偿。在刚刚的节目表演完之后，驯兽师和狼微笑着骄傲地向观众致意，然后它们互换了角色。像是我的孪生兄弟的驯兽师忽然深鞠了一躬，然后将鞭子交给狼，自己则像刚才的狼那样颤抖，显得十分可怜。狼哈哈大笑着舔了一下嘴巴，丝毫没有刚才颤抖卑微的模样，它从眼睛里闪出骇人的光亮，身体也变得强壮起来，它又重新成为一只精神振奋的野兽。

现在轮到狼发布命令给人听了。按照狼的命令，人滚在地上，假装自己是狼，还将舌头伸出来，用牙齿将自己身上的衣服撕碎。狼命令他一会儿用两条腿走路，一会儿又用四肢在地上爬。他有时坐得像动物一样，有时又装死，或者让狼骑着他，被狼爪子里的鞭子鞭笞。他出色而又卑微地接受所有的侮辱和不同寻常的惩罚，充满了虚幻色彩。舞台上出现了一位美丽的姑娘，她走向被驯服的男子，伸手摸他的下巴，还将自己的脸靠近男子的脸。但是,男子仍然用四肢在地上爬，装作动物的样子，摇着脑袋，向姑娘露出牙齿，像狼那样凶恶地将姑娘吓跑。狼给他递过去一块巧克力，但是他闻一下，就藐视地推掉了。然后，兔子和小羊羔又被送上舞台，用来训练人完成最后一个装狼的项目。他好像很享受似的用手和牙齿捕获惊恐的小动物们，将小动物的皮肉一块一块撕咬下来，狰狞地笑着活生生地将它们的血肉吞下去，然后愉快地闭上眼睛尽情享受它们热腾腾的血液。

我惊慌失措地打开门逃出来。我发现这个魔剧院根本不是天堂，只是华美外表伪装下的地狱。啊，我的上帝啊，这里也不是让我可以得到超脱的地方吗?

我恐惧地到处乱撞，嘴巴里好像还残留着血腥和巧克力的味道，不论是哪一种味道都让我厌恶。我突然非常想要离开这个乱七八糟的地方，强烈地想要想到一些比较容易忍受的友善一点的画面。这个时候，我心里好像有个声音在说："啊，我的朋友，不喜欢这些吗？"我惊恐地想起曾在战时看到过的那些前线的可怖照片，那些胡乱堆砌的尸体，尸体脑袋上的防毒面罩，就像是一个个可怖的鬼脸。那个时候，我作为一个对他们充满善意的人类，觉得那是一些十分可怕的照片，因而坚决地反对战争。但是，现在想起来，我当初是多么愚昧和天真啊！现在我已经知道，驯兽师也好，部长将军也好，疯子也好，我身上也同样地隐藏着和他们一样的思维和景象，和他们一样可恶、凶残、鲁莽、粗暴、愚昧。

我深深地呼出一口气，想起刚走进剧院走廊的时候，在起点处看到的一块铭牌。我之前还见到一个俊俏的小伙子急急忙忙地钻到门里去。门上铭牌写着：

"你可以拥有所有的姑娘。"

我在想，人生最大的追求大概也就是像这句话所说的那样了。我开始庆幸自己可以逃离那个狼的世界。于是我打开这扇门走进去。

我感到走进了一个遥远又熟悉的地方，不由自主地打了个寒战。青年或少年时代的气息扑鼻而来，非常奇妙地，我身体里的血液也仿佛变得年轻了。是的，我真的变年轻了，之前我所做的事情、所思考的问题全都无影无踪。在不久之前，甚至就是一个小时之前，我明确地知道何为爱、何为追求、何为渴望，但这些都是基于一个老年人的心态。而现在，年轻的我感到了一股浓烈的流动的火焰，猛烈地燃烧着我的渴望，它像三月的春风拂过，唤起我所有年轻的新鲜的热情。啊，曾被遗忘的火焰又窜出来，敲动沉闷的过往，血液沸腾了，而灵魂在愉快地歌唱。我现在只有十五六岁，脑袋里装满了拉丁语和希腊语，还可以背诵很多辞藻优美华丽的诗歌。我想追求功名，想要成为一个伟大的艺术家。不过，我心里最大的渴望是对于异性的，燃烧得最猛烈的火焰也是关于爱情的，它深沉而又浓烈地燃烧着，让人感到欢愉和受尽折磨。

我站在一座由岩石组成的小山坡上，我的家乡就在山脚下。暖风吹来，早春的气息夹杂着紫罗兰的清香阵阵飘来，闪耀着光芒的小河流过山脚的城市，连老家的窗户也好像在默默注视着我。我就陶醉在这目光和香气里面，那清醒的气息折射出异样的光华，让人沉迷在创造的春风之中，思绪飘飞。在青春期，当我刚刚进入那充实而又如梦似幻的年华的时候，我眼中的世界正是这个模样。我就站在小山坡上，头发在风中飘扬。我就在对爱情的渴望之中迷醉了，迷茫之中从灌木丛中摘下一枝张开了一半的小嫩芽。我将它放在跟前，嗅着它的气息，这熟悉的叶香让过往的种种又浮现在我面前。然后，我将嫩芽放进嘴里慢慢地咀嚼。而我的嘴巴，还没有亲吻过姑娘。嘴巴里酸苦的滋味告诉我现在的情形就是时光倒流了，我又回到了过去。这是早春的某一个星期天的下午，是我童年时代的最后一年。就在那个星期天，我一个人在散步，然后我遇到了罗莎·克莱斯勒。我害羞地向她打了个招呼，然后无可救药地爱上了她。

她是我那个时候见到的最美的姑娘。她也是一个人，像做梦一般地，也走上那个山坡，但是并没有发现我。我战栗地注视着她走上山坡。她梳着两条粗粗的大辫子，一缕散发吹在面颊两边，被微风吹得轻轻飘动。我从来没有见过这么美丽的姑娘，她在风中飘飞的头发是那么美，她身上那薄薄的蓝色长裙也是那么美，裙摆一直垂到脚踝，让人浮想联翩。就像我嘴里酸苦的嫩芽，春天也就这么出现了。一股害怕而又甜蜜的情感浮现在心中，眼前出现的这个姑娘，让我立刻充满了对异性的欲望，充满对致命爱情的向往。我感到各种各样的可能性和承诺，感到莫名的欢愉，感到无法想象的混乱和痛苦，感到深沉的解放和深重的罪过。啊，我的舌头都要被这春天的苦涩灼烧掉了！啊，顽皮的春风吹散了在她红扑扑的脸庞两边的散发！她向我走过来，并且认出我是谁，然后面色发红，别过脸去。我礼貌地将帽子摘下来朝她致意。没多久，罗莎就恢复了镇定。她冲我微笑，优雅地还礼，然后抬起头，高傲而又沉稳地向前方缓缓走过去。我的目光崇敬地追随着她，其中饱含无数的相思和渴望。

那个应该是在三十五年之前的某个星期天。但是现在，当时的景象全都重新出现了。山坡和城市，三月早春嫩芽的味道，棕色头发的罗莎，那般浓烈的渴望与让人害怕又甜蜜的心情。所有的事情都和当年一模一样。我好像感到，罗莎应该是我一生当中最爱的人。这一次，我要用完全不一样的方法来对待她。我发现她刚才脸上的羞涩的红晕，那应该表明她也是喜欢我的，她和我一样对这次重逢充满期待。我不会再像以前那样摘下帽子，傻站着任由她经过我的身旁。这一会儿，我压抑住心中的害怕与窘迫，跟着感情的指引，大声叫道：“罗莎！是你啊，你真漂亮！赞美上帝！我好爱你。”或许这个时候说这样的话也不是十分理智，但是现在并不需要理智，这样的话足以表达内心。罗莎这次没有像个贵妇人一样继续走过去。她停下来，注视着我，脸上的红晕更甚了。她对我说：“哈里，你好，你是真的爱我吗？”她精神的脸上有着一双棕色的眼睛，这时正闪闪发亮。我觉得，那个让罗莎离开的星期天之后，我所有的生活及爱情都走上了歪路，满是愚昧的不幸，乱七八糟。但是这一次，我不会再走歪了，所有的事情都不一样了，在朝着好的方向发展。

我们拉着对方的手，紧紧握在一起，然后缓缓地向前走，内心非常幸福。我们有点尴尬，不知道应该聊什么话题，只好快速地奔跑，一直跑到气都喘不过来。但我们还是没有放开对方的手。我们还是两个孩子，也不知道可以在一起做什么，在这个星期天，我们甚至没有亲吻，但双方都感到巨大的幸福。我们面朝对方喘气，然后坐在草地上。我轻轻摸着她的手，她也羞涩地轻轻摸着我的头发。我们还站起来比身高。明明我比她高一点儿，但我却假装说我们身高是一样的，所以是天生的一对，这是上帝决定的，以后我们还会结婚。罗莎对我说她嗅到了紫罗兰的香味，于是我们滚在草地上开始找紫罗兰。春天的草地并不高，但是我们只找到几支花枝很短的紫罗兰，然后将各自找到的紫罗兰赠送给对方。天色渐晚，气温也凉了，斜阳照耀着山坡上的岩石。罗莎说她要回去了。我们感到非常凄凉，因为我们不能一起回家。但我们心里面都有秘密，那就是我们拥有的世界上最可爱的事物。我依旧站在山坡的岩石上面，将罗莎送给我的紫罗兰放在鼻子下闻着。我面朝山脚，找了一块凸出的岩石躺下来，注视着山脚下的城市。过了一会儿，我终于看到了那个可爱的小身影，她经过水井和小桥回到家里。现在的她应该在家里的某个房间里，而我还躺在岩石上面，我们相隔很远，心却通过一条纽带相连。这纽带就是从山坡流向山脚的小河，它承载着我们的秘密一直通向她的身边。

在这个春天，我们经常见面，有的时候在这儿，有的时候在那儿，有的时候在山坡上，有的时候在花园的篱笆旁边。在丁香花开花的季节，羞涩的我们第一次轻吻了对方。我们还是孩子，所以不能给予对方更多，只是轻轻的一个吻，没有过多的激情也没有燃烧的火焰。我不敢做更多的事情，只是伸出手去轻轻拨弄她耳朵边上落下的头发。不过，这些所有都是属于我们的，都是我们在爱情和欢乐当中力所能及的事情。每当我们小心翼翼地进行一次触摸，每当我们想到一句天真的情话，每当我们坐立不安地等待，我们就发现一种全新的幸福，我们就又在爱情的高楼上进行了一次攀登。

我和罗莎，还有紫罗兰，就这样在星光之下，经历一次幸福的爱情。后来，罗莎消失了，又出现了伊姆加特。阳光愈加炙热，星星也愈加欢快。但是，不管是罗莎还是伊姆加特，都不会永远属于我，我仍旧要一层一层地攀登，经历许许多多的事情，不断地进行学习。然后，我又相继失去了伊姆加特，还有安娜。我重新爱上我年轻时候所爱的姑娘，我可以在爱情方面给她们指导，让她们得到馈赠，然后她们也给我一些回馈。以前我只能在想象当中实现的愿望、梦想和只有些许可能发生的事情全部都实现了，成为我亲身经历的事情。啊，那些美丽的鲜艳的花朵，伊达还有罗勒，那些我爱过一季、一月或一天的所有的姑娘！

我发现，之前看到的那个向爱情之门飞奔的俊俏热情的小伙子就是我自己。现在，我尽情地享受我的一个局部，它应该只不过是我整体的十分之一，或者千分之一，或者更小的一个部分，它现在摆脱了其他形象的束缚而尽情生长。它不会被思想家、荒原狼，或者诗人、幻想家及道德家拖累和嘲笑。我现在只不过是一个情人，不是其他任何人，我呼吸的空气里面除了爱情的甜蜜与苦涩之外一无所有。我从伊姆加特那里学会跳舞，从伊达那里学会接吻。我的第一次献给了最美丽的伊玛，在一个秋天的傍晚，在树影婆娑的榆树下面。她让我亲吻她浅棕色的乳房，让我尽情地享受鱼水之欢的美酒。

我在帕伯罗的小剧院里面经历了各种各样难以言表的事情，任何语言都没有办法描述，千分之一也不能。现在，我拥有所有我爱过的姑娘，她们每个人都教会我一些她们独有的东西，我也给她们一些只有她们才能学会的东西。我在这里尝尽了爱情、幸福、欢愉、迷惘和痛苦。在这迷幻的时间里，我过往所有被耽误的爱情又重新绽放出鲜艳的花朵，它们或许是圣洁娇嫩的，或许是浓烈火热的，或许是昏暗无光的，也或许是枯萎凋零的。它们每一个都像是热烈的欢愉、迷幻的梦境、强烈的忧郁、骇人的灭亡和耀眼的新生。我碰到了许许多多不同的女人，她们中有一些必须要猛烈地冲刺才能追到，有的则需要经过漫长而小心的幸福的追求过程才能获得。即使是在我生活中最黯淡的时光，在最阴暗的所在，在每一分钟，都不缺乏异性的呼唤。所有被耽误的时光都被弥补了，不管是哪位姑娘的惊鸿一瞥勾起的情欲，还是某位佳人白皙皮肤的引诱。我爱每一个姑娘，以她们的方式。后来，出现了一个有着奇妙的深棕色双眼、浅黄色头发的女人。我们相遇在一列快车的过道窗户边上，只不过一起站了有一刻钟的时间，但她却无数次闯入我的梦中。她从来不说话，但却教给我许多难以想象的、骇人听闻的要命的爱情技巧。还有在马赛港遇见的那个中国女人，她的皮肤非常光滑，性格也很安静，有着一头光亮的黑色长发。她总是露出木讷的微笑，目光闪烁，但她也告诉我一些奇闻异事。所有的姑娘都有各自的气息，她们带着故乡的气息，用各种不同的方法亲吻、欢笑，用各种不同的方式害羞或不害羞。一股洪流将她们来来去去地带到我身边然后又带走。我们在性爱的河流当中天真烂漫地畅游、玩耍，充满扭曲的危险和意外。我十分惊讶地发现，我的生活看起来是这样的贫穷和匮乏，像个荒原狼一样；但实际上却满是爱情、诱惑和机会，只是全都被我错过了。我回避它们，遗忘它们，对它们熟视无睹。但是，它们竟然全都被完好地保存着。现在，我看到了那些姑娘，我在她们中间周旋，毫无保留地沉迷在那幽暗的红粉地狱之中。我又遇到了帕伯罗给我的引诱，还有之前的一些引诱，那些我以前没办法理解的神奇的三人、四人游戏也将我卷进去。又发生了很多无法言表的事情，进行了很多游戏。

我面色安详地安静地离开了这满是诱惑和罪孽的世界，从纷乱纠葛的河流当中浮出水面。我发现自己学到了很多东西，变得老练而成熟，我想我已经做好准备迎接赫尔米娜。而赫尔米娜，真的从一个又一个神话般的景象当中出现了，成为这无休止的画面的最后一幅。这个时候，我已经从爱情的童话世界走了出来。我不想在魔镜的映像之中遇见她，因为不仅只有棋局中的一个棋子属于她，而是一个完整的哈里属于她。我必须要结束用无数形象进行的游戏，而是让所有的哈里都在她身旁，然后实现占有她的愿望。

我被洪流冲上岸，发现自己又回到了寂静的剧院走廊里面。我不知道自己在干什么。我将手伸到口袋里抚摸里面装着的棋子，但却连摆弄棋子的欲望也没有了。四周是看不到尽头的走廊，无数的包厢、门、铭牌和镜子。我无意中看到最近的门上的铭牌，心里不由得一颤，上面写的是：

“怎样因为爱杀人”

记忆中的一个画面突然出现在我的脑海里，那个画面很快地闪了一下就消失了：在某家餐馆的桌子边上，赫尔米娜坐在那儿吃东西，她忽然放下刀叉，开始侃侃而谈。她用骇人的严肃目光盯着我，告诉我，她要让我爱上她然后再亲手杀死她。我忽然感到眼前一黑，一个令人恐惧的巨大浪潮向我扑过来，然后眼前出现了一片墓地，无数痛苦和迷惘爬满我的心窝。我十分绝望地想从口袋里拿出棋子，用点魔力来将棋牌的摆法变动一下。但是，我竟然找不到那些棋子了，甚至从口袋里取出一把刀。我被吓蒙了，发疯似的在走廊里奔跑。我穿过一道门，门里有一面巨大的镜子。我在镜子里看到一匹健美而巨大的狼，它的身高和我差不多，默默地伫立在那儿，眼神羞怯而不安。它目光灼灼地盯着我看，然后咧开嘴巴，猩红的舌头从嘴巴里伸出来，似笑非笑的。

我找不到帕伯罗，找不到赫尔米娜，也找不到那个津津有味地讲解任务结构的智者。

我忍不住又看向那面镜子，发现自己刚才应该是疯了，里面并没有巨大的伸着舌头的狼。镜子里面是我自己的影像，那个灰头土脸的哈里。他虽然丢失了所有的游戏，虽然被无数罪过折腾得声嘶力竭，面色苍白得跟死人一样。但他到底是人类，是个可以沟通的对象。

我对他说："哈里，你在这儿干什么？"

镜子里的人回答说："什么也没干，只是单纯地在等，等死而已。"

"在什么地方死？"

"是它。"他说。这个时候，从剧院深处某个空着的房间里飘过来一阵优美而又可怕的音乐，是在《唐璜》里面石头客人登场的时候出现的伴奏。这声音阴暗冰冷，仿佛来自彼岸，是永恒者从某个昏暗吓人的房间里发出来的。

我突然想到了莫扎特。我大声地叫出来，想唤出我心底深处最高尚最值得欣赏的画面。

一串笑声突然从我身后响起来，笑声爽朗而又冰凉。这笑声也好像是来自未知的彼岸，来自苦难纠缠的彼岸，来自圣洁神奇的彼岸。这笑声让我的心里突然一阵冰凉，但同时又充满幸福感。我回过头去，看到莫扎特正朝我走过来，他微笑着与我擦肩而过，然后悠哉游哉地打开一扇包厢的门走了进去，神情安详。我连忙朝他跑过去，在我年轻的时候，他可是我心中的偶像，我终生奋斗与敬仰的目标。音乐还回响在耳边。莫扎特就站在包厢的栏杆边上，巨大的大厅里面茫茫一片，看不到任何东西。

莫扎特对我说："现在您看到了，有没有萨克斯管都无所谓。当然，我并不是想要贬低这种乐器。”

我问他：“我们这是在哪儿？”

“我们在观看《唐璜》，已经是最后一幕了，莱波列罗正双膝跪地。这一幕非常不错，音乐也值得欣赏。虽然还有许多人性化的东西在这音乐里面，但从中可以依稀地感受到彼岸的存在。您听到那个笑声了吧？”

我像教师那样庄严肃穆地说道：“是的。这真是人们最后流传下来的伟大的音乐。当然，在这之后又出现了舒伯特、胡戈·沃尔夫，以及可爱而贫穷的肖邦。我的大音乐家，您怎么皱眉头？啊，对了，还有贝多芬，他也很不错。不过，这些所有的美好都已经有了裂痕，蕴含着分裂的预兆。《唐璜》之后，再也没有这样完美无瑕的作品被创造出来了。”

莫扎特大笑着，用嘲笑的口气说道：“这就不是您操心的事情了。您自己是不是音乐家？话说回来，连我都放弃了音乐家的身份，准备安度晚年。现在我只是偶尔才去看看这些东西，作为娱乐。”

他像个指挥家一样将手举起来，然后不知从什么地方升起一轮月亮，或许是其他什么银白色的星球。我倚着栏杆望向那无垠的空间。远处云环雾绕，隐隐可见山川和海岸的身影。栏杆下面是一望无际的平原，好像一大片荒漠，通向未知的远方。平原上还站着一位形象庄重的老人家，他的胡子非常长，面色犹豫，后面跟着上千人的队伍，里面清一色都是身着黑色衣服的男子。看着他犹豫而绝望的神情，莫扎特对我说：“这就是勃拉姆斯，他正在寻求解脱的路途上，但他还要很久才能到达目的地。”

我对莫扎特说："他身后的那浩浩荡荡的队伍应该都是他的音乐的演奏师、演员。不过以神的名义，我觉得他们显得多余。"

莫扎特赞同地说道："是的，乐曲显得太冗余，浪费了很多材料。"

接下来，理查德·瓦格纳也进入了我们的视线，他身后跟着另外一支长长的队伍。我发现他身后的几千人总是费力地将他往队伍里面拽，然后他只好精疲力竭地慢慢跟着队伍前行。

我有些难过："当我还年轻时，他们可是我心目中两个最伟大的音乐家。"

莫扎特笑起来："你说得对，理当如此。远远看过去，他们的境况是如此的雷同。更何况队伍的冗长也不是勃拉姆斯或者瓦格纳自身的问题，是他们所处的时代的通病。"

我感到有些愤慨："是这样吗？而他们要因为时代而遭受如此悲惨的境遇？"

"那是一定的，这是法则的规定。首先他们必须偿还时代所欠的债，然后再结算他们自己所欠的债。"

"但他们好像都无力偿还债务了。"

"这也是没办法的事情。就像亚当偷吃了禁果一样，他们虽然无力偿还，却还是必须要为自己所欠下的债想办法赎罪。"

"这真是可怕的事情。"

"是呀，生活不是一向都很可怕吗？我们根本无力承担，却又必须要负担责任。人生来就背负罪孽。您连这个都不知道吗？您的宗教课上没有教吗？"

我忽然非常难过，觉得实在太惨了。我仿佛可以看到自己成了一个极其疲惫的朝圣者，在通往彼岸的荒漠上蹒跚前行，肩上还背负着很多自己写的冗余的文章书籍，身后则是一支很长的队伍，他们是那些必须要为我排版的工人，还有不得不阅读我的作品的读者。上帝呀！亚当、禁果还有其他所有的罪孽代代相传，从未丢失。这些罪孽全部都要偿还，就像是在无尽的炼狱。等到赎完所有的罪，才思考一个问题：自己个人的东西是不是还在？自己的行为和行为引发的后果是不是一种根本就没有意义的游戏，它只不过是在历史的长河中溅起的虚无的泡沫？

莫扎特看着我沮丧的样子，哈哈大笑。他甚至跳起来翻了个跟头，脚掌还击出一个颤音。然后对着我叫道："嗨，年轻人，是不是你被舌头咬了？还是被自己的肺捏了？我现在脑子里有大口吞食文字的读者、排版的工人、异教徒和拔刀相向的教唆者？实在太好笑了，你的这个队伍真是令人捧腹，我笑得肚子都要破了，甚至要尿裤子了。啊，你的心真是虔诚。你在自己的身上涂满黑色的墨汁，让自己饱受磨难，不如我送一支蜡烛给你吧，这样你或许会更开心。不要再叽叽歪歪地胡闹了，也不要游移不定了，快往前跑。再见啦，魔鬼很快就要出现了，因为你写的这些剽窃来的东西，他会不停地来找你，甚至鞭打你。"

我一下子忘记了忧伤，因为他实在太过分了，让我非常生气。莫扎特想要溜走，我立刻抓住他的头发。他的头发越来越长，就像是长长的扫帚星的尾巴，而我就挂在尾巴的末端，跟着他急速地旋转。真是活见鬼，周遭的空气越来越冷。只有这些永恒者可以忍受这样冰冷而又稀薄的空气。但是，在我失去意识之前，有那么一瞬间，我竟然觉得这样冰冷的空气十分舒服。我也想爽朗地发出神秘的笑声，就像莫扎特一样，但是，身上传来一阵苦辣酸甜的感觉，身体越来越凉，有个东西在眼前闪烁了一下，然后我就失去了意识，没有了呼吸。

不知过了多久，我醒了过来，脑子还有些迷糊，骨头都像散了架一样。我躺在光洁的走廊地板上，映照着白色的走廊。原来，我还没有坠落到永恒者的世界中。我还停留在充满困惑、痛苦、难耐的荒原狼的此岸。在这里我没有办法找到可以忍受下去的容身之所。我真想快点结束这一切。

面前的大镜子里面，哈里还站在那里，面对着我。他似乎并不是很好，面色就跟拜访教授和那天夜里在黑鹰酒吧跳舞的模样差不多。但这好像已经是好久好久之前的事情了，仿佛已经过了几百年。现在的哈里已经衰老，已经学会舞蹈，观看魔剧院的演出，听到莫扎特的笑了。他不会再惧怕舞蹈、女人，或者武器了。他这个原本庸碌的人，历经了百年变得成熟。我盯着镜子里的哈里看了好久，发现他的脸上依稀还有十五岁时的影子，就像他在那年的三月，在某个星期天的小山坡上和罗莎相遇，然后彬彬有礼地摘下帽子的样子。但是，已经从那之后流过了几百年的时间了。他研究音乐与哲学，然后又开始讨厌音乐与哲学。他在“钢盔”酒馆一边吃东西一边和老实的学者争论。他爱上了艾丽嘉和玛利亚，又和赫尔米娜成为朋友。他向汽车射击，又和细皮嫩肉的中国女人享乐。他遇见过歌德与莫扎特。他将横亘在他身上的时间与虚幻的现实撕裂出许许多多的伤口。他弄丢了口袋里那些美丽的棋子，又获得了一把实在的刀具。往前冲吧，又老又黑的老哈里！

这见鬼的生活是多么痛苦！我朝镜子里面的哈里啐了一口痰，

然后，抬脚将镜子踢得稀巴烂。我缓缓地在走廊里踱步，脚步声回响在耳边。我很仔细地观看每一个包厢的门，曾经在它们上面有许多铭牌，向我许诺着各种各样美好的事情。但是现在，这些铭牌都消失了。我就这样慢慢地走过几百扇门。我是不是在今天参加了化装舞会？还是已经历经了几百年？或许年月日什么的很快就会不存在了。我还是要趁现在做点什么事情。赫尔米娜还在什么地方等待着，兴许还有个非常特别的婚礼。我淌过一条浑浊的河流，像个奴隶，或者荒原狼。真是见鬼！

我停在最后一扇门的旁边。我是被浑浊的河水冲过来的。啊，罗莎！啊，遥远的童年！啊，歌德与莫扎特！

我打开那扇门。眼前出现一幅简洁而美丽的画面。眼前的地毯上躺着两个赤裸的人，美丽的赫尔米娜，还有英俊的帕伯罗。他们紧挨着躺在那里，睡得十分香甜。他们好像是享乐过度而疲惫地睡着了，就像进行了无休止的闹剧，但这种闹剧却很容易让人厌倦。他们两个都非常美丽，美丽的两具身体组成一幅美丽的画面。赫尔米娜右乳房的底下有一块淤青，是圆形的，颜色有些暗，应该是被帕伯罗洁白而美丽的牙齿吻过的印记。我就从那个地方，将刀捅进赫尔米娜的身体里面，一直扎到尽头，鲜血立刻涌出来，流过赫尔米娜细腻的肌肤。如果是在其他情况下，或许我会亲吻涌出的鲜血，但是，现在我没有吻。我只是静静地看着鲜血流淌。赫尔米娜痛苦地睁开眼睛，好像感到非常吃惊。我不明白她为什么要吃惊。我觉得自己应该合上她的眼睛。但是，还没有行动，她就自己闭上了眼睛。有一丝暗暗的影子在她腋下和胸部之间游离，好像在提醒我该想起点什么。但是我什么也想不起来。之后，她就躺在那里，一动也不动了。

我盯着她看了很久。然后，我浑身抖动了一下，清醒了。我觉得我应该离开这里。这个时候，帕伯罗的身体动了一下，他睁开双眼，开始活动手脚。然后，他伏在美丽的尸体上，嘴角挂着淡淡的微笑。我觉得他好像永远都不会有严肃的样子，不管遇见什么事都会微笑。帕伯罗轻手轻脚地将地毯的一个角折起来，盖在赫尔米娜胸部以下的地方，遮住伤口。然后，他静悄悄地退出了包厢。他要去哪儿？所有的人都遗弃了我。我独自留在半身盖了毯子的尸体边上。这个我爱慕和艳羡的女人，她苍白的前额有一缕像男孩子一样卷曲的散发，毫无血色的脸上有着微开的嘴唇，泛着红色的光。阵阵柔和的香味从她的头发里飘过来，贝壳一样精巧的耳朵闪着美丽的光辉。

她终于夙愿得偿。还没有完全拥有我的爱人，我就杀死了她。难以想象我会做出这样的事情。我跪在地上，痴痴地望着她。我不知道我做的事情会带来什么后果，我甚至不明白我做的事情是对还是错。我也不知道我睿智的棋手和英俊的帕伯罗对她说了些什么。我不知道任何事情，我的思维能力消失殆尽。尸体的面庞上毫无生气，涂着口红的嘴唇越来越红。就像我的整个人生，我生命里那些许的幸福与爱情正像这个嘴唇——尸体脸上的一抹红。

一丝冷气悄无声息地从僵硬的面庞和白色的胳膊上缓缓散发出来。周围的景色慢慢变成冬季的荒原，散发着死寂的孤独。天气越来越冷，我的手和嘴也越来越僵硬。是我让太阳消失了？是我杀死了跳动的心脏？是我让世界面临冷酷的严寒？

我浑身战栗，呆呆地盯着僵硬的额头与卷发，盯着耳朵上泛起的冰冷的光亮。她身上发出让人害怕又享受的冷气。那冷气伴随着悦耳的声音，在空中飘荡，就像是音乐一样！

我不是早就尝过这样害怕与幸福共存的滋味吗？我不是早就听到过这样的音乐吗？对，就在莫扎特那儿，在永恒者那儿！

我忽然想到了曾经在某个地方发现的诗歌：

我们居住在
晶莹剔透的冰面上
我们不知道日月交替
我们不区分性别长幼
……
亘古未变的，冰冷
是我们永恒的所在，
如星光闪耀的，冰冷
是我们永恒的欢愉。

这个时候，有个人打开包厢门走了进来。我盯着他看了一会儿，才发现他是莫扎特，他没有扎辫子，也没有穿带扣子的皮靴，而且还打扮得挺时髦。他坐在紧挨着我的地方。我甚至想要拦着他，防止赫尔米娜身体里流出的血弄脏他的衣服。房间里面横七竖八地放着许多小小的机器和工具。莫扎特坐下之后就聚精会神地折腾着这些小东西。他非常专注，到处折腾。我看着他敏捷灵巧的手指，赞叹造物的神奇，这双手弹琴的样子该是多么迷人！我看着他，好像在思索什么，或者说什么也没想，只是迷惑地注视着他，就像是沉迷于他灵巧美丽的手指。他离我那么近，让我觉得害怕而又温暖。我甚至没有注意到他在干什么，在折腾着一些什么东西。

他组装出了一台收音机，还连上了扩音装置。他打开收音机，然后说："现在我们将听到慕尼黑·亨德尔所作的F大调协奏曲。"

我非常诧异和恐惧地发现那个像魔鬼一样的铁皮桶子居然真的立马就传出了音乐，那感觉实在难以言表。它发出的声音就像是黏稠的浓痰和碎橡皮混合起来的东西，但是，收音机的主人和听众将它们统称为音乐。但就像落满灰尘的珍贵的古画一样，这穿透浓痰的嘶鸣竟然让原本的音乐带着点神圣优美的味道，让听的人感到庄严的意味。随着节奏慢慢地展开，弦乐器的声音也愈加厚重圆润。

我惊恐地叫道："上帝啊！您在做什么，莫扎特先生？难道您真的是要让这种恐怖的东西来折磨我和您自己吗？您真的要让这个令人厌恶的机器进攻我们？这简直就是我们这个时代用来毁灭艺术而取得胜利的终极武器。莫扎特先生，难道一定要如此吗？"

啊，这个神秘兮兮的人发出了怎样的笑容啊！这笑容是那么的冰冷和奇怪！这笑容毫无声息，却带着摧毁一切的力量。他满意地瞧着我痛苦的模样，然后动了一下那个该死的机器，转动上面的按钮。那扭曲了原有奥义的致命的音乐还在房间里面飘荡。

他笑着对我说："我的邻居，您先别激动。您难道没有发现这缓慢的音乐是即兴创作的吗？好啦，没耐心的先生，您就听一下这个音乐的调子。您有没有听见那低音？它就像是神的创作一样，您就让它带着老亨德尔的思想进入您的内心，抚慰您焦躁的心灵。您这个矮子，不要激动，也不要嘲讽，而是冷静下来，让这声乐凝聚起遥远的意向，穿过这滑稽的机器，就是穿过一道愚蠢的屏障。您要留心这当中有很多值得学习的东西。注意到没有，虽然这个疯癫的音乐发声器所做的事情看起来愚昧而又毫无意义，它将在某处演奏的音乐彻底地进行愚蠢、野蛮、可悲的扭曲，然后将它传到一个不属于它的陌生房间。但是，它却依然没有办法打破音乐的本质精神，而只能说明技术的失败，证明它的种种努力没有任何意义。您这个矮子，仔细听听吧。对了，竖起耳朵仔细听。对，虽然您听到的是被收音机扭曲了的亨德尔，虽然它以这样恐怖的形式表现出来，但它也依然是神圣的，我的先生，您现在听到的就是一个关于生活的十分贴切的比方。您听着收音机，就会渐渐地熟悉思想和现实、永恒和短暂、圣洁和人性之间的由来已久的争斗。亲爱的朋友，这个收音机将世上最美妙的声音塞到房间里已经长达十分钟了，就像是将它扔进资产阶级的沙龙和阁楼里面，扔到正在满天胡扯、脑满肠肥、昏昏欲睡的听众里面，它剥夺了音乐原来给人的美好享受，将音乐尽情地破坏或者涂满浓痰，但是，它却依然没办法毁灭音乐的深邃。而生活，或者说现实也是这样。就像是在一个美妙的画展，或者亨德尔的音乐会上，进行了一场报告会，报告企业家如何瞒报账目，就像将美妙的音乐变成讨厌的噪声，在音乐和耳朵中间横亘上所谓的技术、野蛮的冲击和庸碌的虚荣。我的孩子，生活也就是这个样子，我们只能任由它这样发展。如果我们不是蠢笨得和傻驴一样的话，就该一笑置之。您这样的人其实并没有权力质疑收音机或生活。您应该首先学会聆听。您在嘲笑别人之前，应该学会认真对待值得这么做的事物。您难道觉得您已经做得比别人好，比别人更高尚、睿智或优雅了吗？当然没有，哈里，您做不到。您让您的生活成为一串让人害怕的病态经历，您让您的才能与智慧成为不幸的根源。就像现在这样，我看到的是您一刀杀死了一位美丽、可爱的年轻姑娘。难道您想不到别的办法对待她吗？您觉得您做得对吗？”

“对不对？啊，不！”我绝望地叫道，“上帝呀，都是错的，我做得真是又蠢又糟！我简直就是个禽兽，莫扎特，我是又愚蠢又凶残的禽兽。您说得太对了，我是病入膏肓了，根本没得救了。但说到这个姑娘，是她自寻死路，我只是帮助她实现夙愿罢了。”

莫扎特什么也没说，只是笑了一下。然后他将收音机关掉了。

之前的我还傻傻地认为自己的辩论有理有据，但真的说出来之后，我忽然发现这种辩解其实愚不可及。我突然想到，当赫尔米娜说到时间与永恒，我立刻觉得她的想法和我的想法完全一样。我理所当然地认为是她自己产生要让我杀死她的想法的，和我无关。但是，那个时候我为何立即相信和接受了这样有悖常理而又非常可怕的想法，甚至我还预先估计到了她会有这个想法呢？这是不是表明，那其实是我自己的想法？为何当我看到她和另一个人赤身裸体地拥抱着躺在一起的时候，我就杀死她了呢？莫扎特好像知道所有的事情，他那默默地笑好像是在无声地嘲笑我。

他说：“哈里，您实在太好笑了。难道您真的认为这个美丽的姑娘对您没有一点儿别的想法，只是想让您给她一刀？您是在自欺欺人！好啦，至少您捅得很利落，这个可怜人很快就要死了。您或许应该思考一下您对这个女人所做的鲁莽行为带来的后果了。您不会想要逃避吧？”

我冲他大吼道：“才不是！您就不明白吗？我会想要逃避？我要的不是其他，就是惩罚！惩罚，您明白吗？我就是想将自己送上断头台，然后遭受惩罚，然后灭亡。”

莫扎特盯着我看，我快要受不了他那嘲笑的表情了。

“您一直这么容易冲动。不过，至少您学会幽默了，哈里。但这幽默也是在绞刑架下的，说不定您还真会在绞刑架下面体会一把幽默。您真的准备好了吗？准备好了？那好吧，您就去检察官那儿吧，让一点儿幽默感都没有的法律机械尽情地摆布您直到第二天早上。您会在监狱里面丢掉性命。您当真愿意吗？”

忽然，一个闪着光亮的铭牌出现在我面前：

“哈里的绞刑。”

我冲他点了点头。然后，我看见一个四面围墙的院子，十分凄凉，院子的墙上有一扇钉着铁栏杆的小窗子，中央放着一个安静的绞刑架，四周站着十几个先生，他们一个个都穿着法衣，或者礼服。我就站在院子中间，在早晨灰蒙蒙的雾气中打着寒战。但我并没有什么不甘，而是顺从地往前迈了一步，跪下听令。检察官先生摘下他的帽子，又清了一下嗓子，其他的先生们也做了同样的事情。他将手里的一份文件打开，举到眼睛前面，开始宣判：

“先生们，面前这个人是哈里·哈勒尔。经证实，被告意图非法使用魔剧院。他亵渎崇高的艺术，意图搅浑我们优美的画廊和糜烂的现实，他用刀子的影像捅死一个姑娘的影像。同时，他毫无幽默感地承认了意图使用魔剧院自杀，将其当作自杀的工具。据此，我们判决哈勒尔不死之刑，命令其终生不得死亡。同时，剥夺其十二小时内进入魔剧院的权利。再加上被取笑一次的惩处，不可赦免。现在，先生们，可以开始笑了。预备，一、二、三！”

倒计时结束的时候，所有在场的人都发出哄的一声大笑，这笑声无比巨大，让人感到害怕，无法忍受，来自彼岸。

当我恢复了意识，我发现莫扎特还是像之前那样坐在我身旁。他拍了拍我的肩膀，对我说："我听到判决了。您还是得养成听广播和音乐的习惯。这样您会舒服一些。您的智商太低了，可爱的笨蛋，但您还是会渐渐地发现自己的需求到底是什么。首先您必须得学会笑。您必须要明白生活中的幽默，或者说在生活的绞刑架下幽默。但是，您愿意做任何事情，却不愿意按这些命令做。您可以杀死姑娘，也愿意被庄重地处死，您甚至愿意承受百年的孤独、百年的鞭笞。是不是？"

"啊，是呀，真的非常愿意。"我可怜兮兮地叫道。

"那是一定的。所有愚蠢、枯燥、缺乏激情的活动您都乐于参加，您实在太大方了。但我可不敢苟同，我才不会施舍一点点的赞赏给您这些一点都不浪漫的赎罪行为。您希望被处死，被吊死在绞刑架上，您这个不要命的家伙！为了您这个愚蠢的愿望您还会再三杀人，您这个想死不想活的胆小鬼。活见鬼了，您才不应该死。假如您被处以极刑，我也觉得不冤枉。"

"啊，什么才是极刑呢？"

"比方说，我们会复活那个姑娘，命令您娶她。"

"啊，不，千万不要。那实在太惨了。"

"您难道还不够惨吗？不过，现在所有的激情和杀人都没有了。您应该恢复理智。您必须活着学会笑。您得学会聆听该死的生活，就像听广播里的音乐一样，您得尊重这些音乐背后的精髓，嘲笑它们当中愚蠢和没有意义的东西。就是这些了，对您的要求就是这么多。"

我缓缓地挤出了一个问题，我问他："如果我不同意呢？莫扎特，如果我不给您支配荒原狼的权力，不让您去改变它的命运呢？”

莫扎特显得很平静，他对我说：“这样的话，我给您一支好烟抽一下。”说着，他从背心的口袋里摸出一支烟，将烟递给我。这时，他的样子突然改变了，他不再是莫扎特，而是我的朋友帕伯罗。我看着他那双颇具异域风情的黑色眼睛，忽然发现他与很像教我下棋的棋手，简直就是孪生兄弟，没有一点儿不同。而他正热情地看着我。

我的心不由得一颤，冲他叫道：“帕伯罗，我们这是在什么地方？”

帕伯罗将香烟和火柴递给我。

他冲我微笑着说：“是在我的魔剧院里面。如果你想学习跳探戈，或者是想成为一个将军，再或者想和亚历山大大帝聊天的话，只能等下一次了。但我还是要说，哈里，我对你有点儿失望。你完全迷失了，你破坏了剧院的愉快氛围，做了傻事。你拿刀去捅人，让现实污染了美丽的画卷。这可是不好的事情。我宁愿相信你是出于嫉妒才在发现我和赫尔米娜躺在一起的时候，将她捅死的。真可惜，你根本不知道自己充当什么样的角色。不过我相信，下一次你会更从容地掌握这游戏。好啦，下次再说吧。”

赫尔米娜出现在他手心里，越变越小，直到成为一个棋子。他拿起这个棋子，放到背心口袋里，就是之前那个掏出香烟的口袋。

香烟的味道香甜浓郁，让我感到非常舒服。我感到自己的身体都被掏空了，睡上一年都不过分。

啊，我都明白了，我可以理解帕伯罗，理解莫扎特，理解那出现在身后某处地方的让人害怕的笑声。现在我知道，我的口袋里有许许多多的棋子，我可以用它们进行生活的游戏。我为这个游戏的意义感到震撼。我已经准备好开始进行新的游戏，准备好再次品尝它的痛苦，再次在它的荒诞面前战栗，再次经历内心深处的地狱。

总有一天，我会掌握这人生的游戏，掌握笑的方法。前方，有帕伯罗，还有莫扎特。

黑塞及其作品

1919 年，在第一次世界大战的大屠杀结束后几个星期，瑞士出版了一篇作者不明的小论文《查拉图斯特拉归来》。在这篇论文里，作者笔锋犀利，不禁让人想起了尼采的预言，他倡导德国青年要认清过去错误的价值观，听从自己内心的声音，寻找真实的自己。这篇文章得出这样一个结论 :“如果你的鸟儿在歌唱和讲话，那你就追随着它，去深入每一种诱惑，哪怕是深入那遥远而阴冷的荒野，哪怕是面对最黑暗的命运啊！”如果读者深入阅读会发现，这篇文章的概念和一些生动比喻与同一年出版的另一本优秀小说不谋而合。在《德密安》这本小说中，一个不知名的作者把自己当作书中人爱弥尔 · 辛克莱，他将自身追求和寻找价值观的过程用同样的措辞描写出来。在文章中，他把自己想象成一只打破传统社会牢笼的小鸟。小说获得社会的广泛赞誉，杂志和文学圈对于作者的身份进行了激烈的讨论。

几个月后，读者们都惊讶地发现原来这两部作品都是赫尔曼 · 黑塞创作的。42 岁的黑塞在公众眼中一直是老套的威尔汉大帝时代德国史编撰家形象，这次竟然给新生一代追求自由观和责任观注入了力量。他鼓励新一代的年轻人摆脱和抛弃过去的时光及行为规范，而这些都是他在自己早期的作品所表现的，并且激励年轻人担负起新的责任。但是，还不等公众找出他的真实身份，黑塞就早已消失在公众的面前。有人猜测他像是回到人烟稀少的查拉图斯特拉，在鲁加诺湖岸边找到山水围绕的瑞士蒙塔歌诺拉村，在那里居住直到 1962 年 8 月 9 日他去世为止。他过着与世隔绝的生活，甚至挂出了“谢绝访客”的标志，为的是不让流俗的目标污染了自己的价值观。

那么，读者们都期待我们这位隐退的居士创作出什么样的作品呢？是那种史诗般的鸿篇巨作写实吗？还是那种恰当布局的社会剧呢？当然，这些都不是读者们最期待的。对于读者们来说，黑塞最吸引他们的地方还是他写出的内省式故事，他的这类作品完全不理会当时社会的论点和政策，相反，阅读他的这类作品要有像蒙塔歌诺拉村离欧洲的大都会一样的超尘世的心思，远离 20 世纪社会的纷乱。我们要像查拉图斯特拉倾听心灵的呼声一般，倾听那为内心生命着迷的人安静内心独白。因为蒙塔歌诺拉的高岗让黑塞回顾起了《希哈达传》（1922 年出版）的神秘印度经历，以及《水仙花和金嘴巴》（1930 年）里的中古世纪。他用旁观者的超然精神，讽刺般瞥视《荒原狼》（1927 年）中的 20 世纪觉醒的知识分子，并创作出永恒的《东方之旅》（1932 年）。最后他以《玻璃珠游戏》（1943 年）结束他的创作之旅，让我们仿佛身临蒙塔歌诺拉村，呼吸着未来世界的清新空气。然而，即使我们面对着各色过去、现在、未来的人物，我们最终看到的却只是黑塞自己的形象，他用他无尽的想象明镜，不断地找寻新的倒影。

1877 年 7 月 2 日，赫尔曼 · 黑塞出生在黑森林卡尔夫城，他童年的大多数时光是在充满田园风光的地方度过。黑塞的父亲是一家虔诚教派的出版社的主事。黑塞的家里人都是传统的虔诚信徒，于是，家人们都希望他能继续走这条道路，一心为宗教服务。然而，依据黑塞父亲的描述，家人已经“紧张兮兮，软弱无力”，已经拿这个 12 岁少年没有办法了，因为黑塞从小就表现出异于常人的才能并且性格很倔强。但是，可喜的是，黑塞读书很努力，到 1891 年的时候，家人送他到州考，经过激烈残酷的考试，他成为少数考进墨尔布龙学校（亦即杜宾根学院）先修班的学生，那是很多人都想得到学位的地方！可是，好景不长，黑塞并没有在这之后乖乖读书，在这里，他的人生态度好像一下子发生了转变，甚至出现逃学现象。因为这样，他还曾被送到低能儿童收容所和驱邪师那里去，前后换了好几所学校。

没办法，黑塞的父母只好承认这个事实，正规的教育方法对他们的孩子根本起不了什么作用。黑塞在一家机器铺当过学徒，在那个时候他就积攒了不少创作素材，大多是关于德国小城单纯的工人的。黑塞一直渴望独立，到了 1890 年，他更是离开家而搬到附近的杜宾根大学城，并在一家书店打了四年工，也就是在那里他开始了自己的写作生涯。黑塞早期的作品几乎都是他渴望逃离黑暗现实的体现，描写“介于时空之间的创造期梦境”，是一些具有 19 世纪 90 年代那种拘泥的风雅特色的诗篇和难以明义的“诗与散文”。他放弃这种空幻浪漫作风，要等到 1899 年他离开这种大学旁的生活、迁居到巴瑟尔的时候，他开始努力“为自己打下一片天地和现实”。他客观评价、反省自己的文学放纵期，为此，他写下了《赫尔曼 · 劳斯契》(1901 年)。虽然之前黑塞作品颇丰,但是直到 1904 年《彼德·卡曼辛(乡愁)》(1904 年)问世,他才能真正以一个作家的身份获得足以负担他自己花费的报酬。这部小说其实来自黑塞的梦想和经验,讲述了一位瑞士农家子写作成名,一度受大都会和文学沙龙的诱惑,但最后青年放弃了这种虚浮的自由,回到村子,继续谦虚地服务、尽责地生活。

黑塞过着充满艺术色彩的生活,刚开始,他对自己的作品很有自信心,认为自己可以跟卡曼辛媲美。1904 年,黑塞娶妻并居住在德国康斯坦湖畔的一栋改良农舍中,在这八年里,他的忧郁写实的短篇小说和诗篇创作不断,写成《此生此世》(1907 年出版)、《邻居》(1909 年)和《路上》(1911 年)等册子。在《车轮下》(1906 年)中,他使用学童小说模式,描写他学生时代的不安,在小说《葛翠德》(1910 年)和当时的许多作品中,他用一个跛足音乐家塑造出了一个身体的残障的形象,描写出追求艺术的艰巨性和难以得到幸福的痛苦,这也正表达了他自身心灵的不幸。

对于懂事后的卡曼辛跟母牛和农夫们生活在一起几年后心里产生的困惑,黑塞并没有深究。黑塞成名后,很多人都开始有求于他,找他当评论记者、编辑或文集编选家。为了满足公众的各种口味,黑塞帮最好的杂志写文章谈论当时的流行题目。然而,有得到就会有付出,迎合大众却让黑塞渐渐感到自己越来越市侩,为了逃避这些,他到意大利,到德国,到奥国,并走遍整个瑞士。因为黑塞一家都是虔诚的教派人士,他的父母和外公都当过传教士,受这种氛围的感染,黑塞心中十分向往印度,对他来说印度就如德国一般亲切。在 1911 年,他终于来到了东印度群岛。

东方世界在黑塞的脑海里构造的那个世界中占了重要的位置。他生长的家庭很亲近印度，他的父母和外公都在那个世界当过传教士。在他的心灵深处，印度和他儿时生长的具有虔诚教派的德国一样亲切。

“我们怀着向往之心来到南方和东方，在一种阴沉而又有着感恩的家的情怀驱使下，我们在这儿寻找幸福的天堂。”然而，他并没有意识到欧洲文化对他的浸染已经太深了，这一点跟他的东方乐园梦格格不入。“我们又感到不一样的自己了：我们身处异国他乡，还没有公民的权利。其实，我们早已没有了乐园，并且我们想重建的新的乐园不可能在赤道和东方的暖海边上，它其实一直在我们的心中，在那遥远的北国世界里。”

早在黑塞去东方游玩的时候他就清楚地明白：其实真正的自由是精神上的自由，而不只是肉体上的自由，躯体上的逃离并不能带来真正的自由。只是他还不愿意承认这个结论，去追寻真正的自由。结束东方之旅不久，他们全家又马不停蹄地迁到伯恩，他的这一举措也是想用肉体上的迁移来逃避精神上的冲突。从他第一次世界大战前的最后两部作品《露莎德》（1914年）和《奴尔普》（1915年）里我们可以看到，黑塞被自由的矛盾困在窘境里。前者所描述的是画家维拉固斯最终发现若要想一心一意专心于工作的话，是没办法同时拥有美满婚姻的，也就是说自由和责任二者是很难同时拥有的。而后者中描述出的主人公奴尔普，是一个极端的完全没有社会责任感的绝对自由主义者，他热衷于给那些被责任困住的凡人灌输一点“自由妄想症”。即使他在一定程度上很自由，可是由于他并没有在社会上体现出他的人生价值，他的自由乐趣也因此降低不少。

1916 年和 1917 年的心理分析经验终于让黑塞不得不承认，其实自由应该是在内心追求的，而不是义无反顾地跑遍欧洲和亚洲。他对自己进行了心理分析，因为他发现自己有点神经衰弱症，作为和平论狂热支持者的黑塞在得知战争爆发后非常沮气。他写了一些文章，结果导致和很多老朋友及读者产生了隔阂。加上没有效忠心，他被大众所批评，并曾一度意志消沉。为了减轻内心的痛苦他去为瑞士的很多救难局无条件地做战时工作，但作用效果也不明显。

1916 年，他的父亲去世了，他的三个儿子中有一个重病多年，太太又患了精神病，囚居在疯人院。祸不单行，在黑塞的文学生涯出现严重危机的同时，婚姻和家庭也几乎在同一时间随之崩溃。他甚至都不能用写作来释放自己的情绪，并拒绝了别人让他挑选作品出书的建议，很消沉地说："没什么可出版的。" 在印度之旅粉碎了他最后的救命稻草，让他不得不接受不能靠远行寻求真正的自由之后，他决定从内心寻找他想要的答案。

他曾经在很多不同的作品中提到，他接触过很多著名作家关于心理分析的作品，所以他对于心理分析的很多内容都非常熟悉。在他的作品《德密安》中的皮斯多瑞斯是按照荣格的门徒约瑟夫 B · 郎格塑造的形象，他在 1916 年和 1917 年多次与之见面，这在很大程度上促使他接受自己一直以来逃避的意识，让他把自己的所见所闻分门别类整理好，让他意识到他的不安责任并不在于外在环境，而是他内心的不安所驱使的。譬如说，战争不仅使战场狼烟四起，也让整个时代的人心里泛起涟漪。《德密安》是他在 1917 年灵思涌现，花了一个多月的时间完成的作品。他的主题内容和托马斯 · 曼的《魔山》（1924 年）及赫尔曼·布罗克的《梦游人》（1931—1932 年）相似，都着眼于第一次世界大战发生时的心境。

这部作品的风格跟之前的完全不一样，赫尔曼 · 黑塞想要得到最真实的反馈信息，于是他采用了他书中主人公爱弥尔 · 辛克莱的名字作为笔名在两年后发表了《德密安》。这本书真实地折射出当时整个时代的精神，受到了德国年轻人的欢迎。托马斯·曼为《德密安》的美国版本写序言的时候，更是说它堪比 1774 年出版的歌德作品《少年维特的烦恼》，是对那一代人有重要影响力的文献。如果单凭其所描述的客观环境来判定作品的年代的话，就好像是在另一本维多利亚时代的小说里面掺和了一点现在的元素。可是，黑塞注重小说的心灵化，里面的情节模式不仅适用于半个世纪前的年代，同样适用于今天。并且，在 1970 年，这部作品得到了新一代美国青年的追捧。

而且，《德密安》这一作品同样也带有黑塞自身曾经生活的背景，他通过里面的一个角色——辛克莱介绍自己童年时尊重宗教信仰和渴望自由的迷惘经历。辛克莱在年幼时便知道代表爱、秩序和责任的“光明”世界与代表性、暴力和无限自由的“黑暗世界”，即使父母努力教导并传递“光明”世界的重要，可辛克莱还是被“黑暗”世界所深深吸引。随着他不断地成长，他认识到被父母抛弃的“黑暗”世界及他们所设计的“光明”世界，二者都是人生的自然组成部分。后来，辛克莱秉持顺其自然、面对现实的心态做人，谨遵德密安的指点，最后一套永恒价值观的新源泉在他内心渐渐显现。

这部作品对宗教的比较极尽能事，带有极浓的宗教色彩，作品反映了 20 世纪 20 年代的风尚——基督教经历了起伏之后渐与世界其他宗教处于同一水平。皮斯多瑞斯对辛克莱说 ：“每一种宗教都美不可言。不管你是基督教神父还是去麦加朝圣，宗教即灵魂。”辛克莱的成长历程就如一则精巧的寓言，他由一个天真烂漫的儿童堕落为一个罪人，再上升为一名拥有超越传统基督教善恶观的信徒。1932 年，黑塞在《稍许神学》中以散文的形式通过描写表现出辛克莱这种由天真到绝望最后走向觉醒的三部曲式历程，这后来更成为黑塞一切小说主角的发展模式。

只有通过这种宗教架构，我们才能知道原来辛克莱初期堕落和最后超升的媒介是德密安。对于这本书，有个地方让人很不解，照副标题来说，实际上是《爱弥尔 · 辛克莱少年时代的故事》，那最后为什么还要改为《德密安》呢？从外在的情节，我们很难看出其中的端倪，然而，当我们仔细考虑了德密安的形象之后，就会发现一组特性构成了惊人却不可能弄错的模式。他的那一股明光照亮了前额，这便成为他最与众不同的特点。他的自制力和操纵别人心理的技巧过于常人，也因此能完成其他男孩子不可能完成的事。我们可以在那几场争执里读到，德密安那特别的问答，连老师们也为他的语言感到惊奇。他跟辛克莱说话的时候是用圣经的寓言来表达的。对他来说，新的心灵国度一定会来临，并且对这个信仰身体力行。最后，小说里写到德密安的崇拜者成群，他们都是德密安信仰的忠实追随者。

从这部书的写作特点看来，其实我们面对的是耶稣的一个变貌而已，并且是带有反讽性的变貌。

当大家知道黑塞就是《德密安》的作者的时候，他早已告别家人，隐退到蒙塔歌诺拉村。1919 年，就在这个地方，黑塞完成了《克莱恩与华格纳》和《克林梭的最后夏日》两部小说，以及两篇谈杜斯妥也夫斯基的重要论文（T · S · 艾略特曾在《荒原狼》的批注中引用），完整地向公众讲述了《德密安》中深部的概念：在这本书中，作者书写了怀有古希腊罗马价值观的基督教徒被把人生诸相看成同样正当的“俄国心灵”所冲击……并且没落的历程。与此同时，黑塞为了说明《德密安》一书中摆脱过去的个人如何能跟自己和解，着手写作新书《希哈达传》。

希哈达一出生就是一个婆罗门阶级的子弟，自小就老老实实地追随父亲的信仰。然而到了 18 岁那年，他发现传统的印度教不足以解答自己内心的疑问，于是毅然决然动身去寻找更加严肃的教规。终于，他找到了沙马纳教派，他想在这个教派中寻找答案，然而苦修三年之后却让他自己彻悟自己修习的教派与他追求的和谐越来越远，他终于体会到自己极端忠于灵魂，脱离自然世界的心灵。于是，他反其道而行之，到达感官国度，成为一名成功的商人，并与名妓卡玛拉步入爱河。

但是，在 40 岁的时候他发现，精神上的富足比物质上的富足更能引领他迈向宁静。于是，他离开了卡玛拉，放弃了俗世的财产。在精神国度和自然国度之间的界河生活的 20 年里，他都陪在一位智慧老人身边,终于悟出了向“万有”妥协来获取绝对和谐的方法。“从那时开始，希哈达放弃了对命运的抗争，他在欲望中得到解放，与自然万物混成一体，成为万物统一的一部分，变得越发从容自得。”从语言结构的角度看，《希哈达传》属于上乘之作，应该是黑塞最令人满意的一部作品。可是，它描述的内容跟《德密安》一样乏味，讲的是一个被社会价值观所困扰的宗教信徒最后从自身内在追求平静的故事。在 20 世纪 20 年代，黑塞慢慢地明白了单凭静思他是不能生存的，他需要适应周边的环境，也需要有经济和医疗上的支持，于是，他重新接触世俗，也因此走回了之前的老路。黑塞坦诚“我没有分享过当代的任何一个思想”，不过现在他的表现成熟多了，他不再像以前那样地抨击社会，而是利用幽默感来调侃现实。在《德密安》这本书里面我们找不到对社会的蔑视，找不到希哈达逃离现实陷入沉思的疯狂，换成了托马斯 · 曼和安德烈 · 纪德强大的耐性和暗讽，并且可以看到对人类基本尊严的尊重。而这些改变在《荒原狼》（1927 年）中更是明显地表露出来。

小说中的主人公哈里 · 哈勒尔是一个已经 48 岁的自负的知识分子，他瞧不起 20 世纪 20 年代的社会，觉得这个时代配不上他的存在，所以他发誓要在 50 岁的时候自杀。他总觉得他比身边所有人都优秀，经常小题大做，还无缘无故地发脾气。“所谓的‘文化’‘精神’‘灵魂’，所谓美的神圣的东西是否早就灭绝了，只有我这种傻瓜才相信它们还存在？”在众人狂欢的日子里，爵士乐、妓女、同性恋者、医药文化等哈勒尔一直以来都避而不见的现实通通出现在面前，不过哈勒尔从中学会了取笑现实、自娱自乐，并从中找出生活的意义，得以继续在世间生存。20 世纪 20 年代的很多读者都以为这本书是赞扬爵士乐、性放纵和药物放纵的，所以都不喜欢《荒原狼》。1930 年，黑塞发表了一本名为《水仙花与金嘴巴》的作品，该作品描述的背景是在 15 世纪的欧洲。水仙花是一位名为纳西瑟斯，拥有与世隔绝般的纯洁心灵的僧侣，他是责任的化身。而金嘴巴是一位名为克里索斯托莫斯，拥有无拘无束般的自由灵魂的僧侣，他是自由的化身。一个安心生活在围墙内的修道院，一个则力求逃到围墙外的花花世界去寻找人生的快乐，该书所刻画的自由与责任的冲突改变了读者对黑塞的印象。

故事发生在玛丽亚布龙修道院，这里的每个人都有自己的价值观念，黑塞笔下的两位主人公也不例外。“水仙花”帮“金嘴巴”认识到自己其实不适合独自生活。“水仙花”纳西瑟斯沉醉于在玛利亚布隆修道院的生活；而“金嘴巴”克里索斯托莫斯喜欢外面世界中多姿多彩的生活。他逃出修道院向外面的世界寻求生活中不一样的生活乐趣，宛如一个背包客，洒脱地走遍世界各个角落，见尽人世间的各种美好与黑暗。艺术源于生活，他的经历将他造成一位出色的木刻专家，可惜到故事的最后，由于某些原因他被“水仙花”纳西瑟斯从牢狱中救回修道院。但是重重围墙阻隔了他与外面世界的接触，一只原本就向往自由的小鸟被困于笼中，各种无奈抑郁不得志使得这位有才的艺术家在他的艺术生涯的半路上便结束了他的艺术创作，社会也少了一位出色的艺术家。

1932 年出版的《东方之旅》以《水仙花和金嘴巴》为创作素材，还涵盖黑塞个人参加东印度群岛之旅，以及当时 20 世纪 20 年代流行的东方神秘主义文化背景。故事主人公 HH 参加东方徒步旅行联盟，但旅程开始不久便发生了不可思议的事情——团员相继失踪或离去。十年后主人公想把这件事写成一本书,或许是时间过去太久了，主人公将所有重要的细节都忘记了，虚有其表的故事如何能吸引读者？为此，主人公想找回当时失踪的团员还原事件，历经艰辛后，HH 找到了最先失踪的佣人里奥，HH 从里奥那里了解到事情的真相，并找回了联盟的精神——为人无私服务。

黑塞的一生充满传奇，他爱好音乐与绘画，曾为现代神话绘制插图稿；他是一位漂泊、孤独、隐逸的诗人，出生在德国，1919 年迁居瑞士，1923 年他 46 岁入瑞士籍。1924 年，他第二次结婚，但是为期很短。1924 年之后，他会去发表一些临时性的演说，会定期去接受矿泉疗法，他那外表宁静的生活状态遮蔽了他创作生命中成果最丰硕的时期。他不仅仅擅长写长篇小说，还写下了最好的诗篇、散文和短篇小说。黑塞的作品源于他的生活，可以说是他生活以及他生活的时代的写照，他所创作的作品风格分三个时期：早期浪漫主义诗歌及一系列田园诗风格的抒情小说和流浪汉小说，中期充满了心灵分裂的苦恼和迷茫、彷徨的气息，晚期著作带有强烈的宗教气息。而他写作的巅峰则是在 1931 年与第三任妻子妮侬 · 奥斯兰德结婚后。

要说《东方之旅》所折射出的是那几年风平浪静的日子，那么，1943 出版的《玻璃珠游戏》则反映了黑塞对 20 世纪初期所发生的阴郁事件的态度。在 1931 年年初，他刚开始创作这部作品时，都是歌颂心灵美学国度的，而到后来出版的时候却已经变成了反对绝对自由、支持责任约束的作品。

这个故事交代的时间是 400 年后的未来社会，主要围绕着一个由政府资助来研究“卡斯达林”世界文化的机构来展开。那里有一个叫“玻璃珠游戏”的文学组织，文学氛围非常浓郁，并没有受到物质因素的干扰，是由一群学生和学者成立起来研究不同文学元素的神秘组合。里面的主人公约瑟夫 · 克涅奇跟早年黑塞执笔的风格不一样，他小时候凭借艺术天赋被挖掘才能，在组织里也是稳步上升，才四十几岁就当上了学区的职员主管“游戏教师”，并且把组织所提倡的思想跟自己的思想同步。由此看来，他的生活少有波折，几乎一帆风顺。

但是，在克涅奇八年的“游戏教师”生涯里，他亲眼目睹好友音乐家提固拉瑞斯被自己的聪明才智所误导，以致对自己的智力和狭隘的专长崇拜太深，而无益于团体工作。并且“卡斯达林文化和心智王国”开始与教会和国家划清界限，独立成一个自足的个体，不愿意接受宗教精神的教导也不乐意为社会服务。由此一来，克涅奇发现，他一直所推崇的组织里面存在着很大的矛盾。

最后，克涅奇发现组织固步自封，不愿意与时俱进，于是他向“教育部”反映了这些问题。“我们很感谢你对历史政治的构想和远见，可是我们不敢苟同你的大胆推测，我们不认为我们所沉淀出来的卡斯达林理想可以塑造历史或者影响世界的政治。”这部作品的核心主题是对闭门造车、脱离社会现实的文化机构提出评判。

约瑟夫 · 克涅奇一反早期黑塞书中主角的激进手段，没有用那种激进的方法重组这些机构，他采取一个稳妥平和的执行方案，坚信组织最后都会认同他所提出的方案。他舍弃堂皇的姿态，辞去了他的职位，离开了卡斯达林，去给一位同学的儿子做导师，可是没想到这一切都把他引上了死亡之路。他为了取得学生对他的信任，接受了学生提出的挑战，在黎明的时候跳进了冰冷的湖水里，结果被淹死了。按照黑塞的解释是说，“他不愿意让他的学生失望”。

这些想法得益于黑塞在 20 世纪 30 年代政治纠纷时的教训。跟第一次世界大战期间黑塞无惧威胁坚持和平观点相比，现在的他更加大无畏赤裸裸地与纳粹思想作斗争。虽然他的健康状况愈加恶化，不仅得了坐骨神经痛，眼睛看东西也越来越模糊了，使他不可以参与一线的救援活动，但是他依然竭尽所能为反抗纳粹的救援活动出一份力。他在蒙塔歌诺拉村为几十个难民提供了吃住，也帮助过一些人逃离希特勒的魔掌，离开德国。

《玻璃珠游戏》是黑塞最后的惊世之作。在此后的 15 年间，他仍坚持写作，包括诗歌、散文、自传式感想、给朋友的转帖，还有几百封给读者们的回信。所以，这几年里除了诺贝尔奖之外他还得到过很多其他奖项。这一切都表明在第二次世界大战刚结束的时期，黑塞所倡导的和平论、人道主义和人类观点很受世人追捧，因为正值需要重建价值观的时候，而且他在文学上对传统的传承让世人更好、更方便地了解到战时的文化史迹。

20 世纪 60 年代的美国文化趋势潮流跟第一次世界大战之后的某些因素几近相同，所以那个年代的美国年轻人非常热捧《希哈达传》时期的逃避主义者黑塞，还有《德密安》时期的革命者黑塞，而并非《玻璃珠游戏》的黑塞。他们是抛弃了传统的犹太基督思想，在明显的宗教冲动引导下投奔向其他异国的，大概以东方的崇拜形式去实现自身的价值。这种思想让他们跟固守传统、善恶分明的上一辈人明显区别开来，他们超越善恶，想“做自己的事”，同时也乐意别人跟着效仿，从而达到一种超越善恶的伦理境地。这样的价值观念让他们与固守 20 世纪 50 年代那种善恶分明、传统保守的价值观念的父母那一代人水火不容。

黑塞获奖经过

第二次世界大战期间，诺贝尔奖候选名单几乎永远都是那些人。即使他们落选多次，但仍然争取到底。拿到奖金的只有贡献突出的几个，其余的一直在等待。因为战争原因，奖金一直被搁置了整整四年。战争结束后不久，那些保荐候选人的文艺及学术团体决定做出一些变动。1946 年起，名单上有了新人，在新的候选人当中，出现了五位未来的得奖人——分别是来自法国的纪德和莫瑞亚珂、英国的艾略特和丘吉尔、苏联的帕斯捷尔纳克。

令人意外的是，一位叫赫尔曼 · 黑塞的“老兵”把 1946 年的诺贝尔奖收入了囊中。这是一个艰难的过程，从第一次进入名单到最终获奖，用了整整 15 年。1877 年，赫尔曼 · 黑塞出生在德国。他比 1929 年的得奖人托马斯 · 曼小两岁，但是人们喜欢将他们作比较。一位是西方人文精神的代言人，一位是西方人文精神的坚决的斗士，都深受大家尊重。西方人文精神在两次世界大战期间深受打击。两位作家对比，黑塞永远比托马斯 · 曼更受瞩目。但是，托马斯 · 曼是第一位推荐黑塞的人。在获奖之前，黑塞只是一名少有人认识的草根作家。1931 年，瑞典文学院的常任秘书霍尔斯陶穆对黑塞以及他的作品做出了高度的肯定。他认为黑塞更像一个只关怀个人问题的抒情诗人，而非一般的小说家和哲学家。黑塞的真正原创力在于他切实地指出了大战爆发前夕腐蚀着西方世界的深切“良心危机”，这在他 20 世纪 20 年代的长篇小说中深有体现。

尽管霍氏在那份报告书中如此赞扬黑塞，可是，他不认为黑塞那些“令人不安的”小说能够代表诺贝尔先生所欲奖掖的文学与精神倾向——因为那些小说把人的灵魂描写成各种诱惑与毁灭性力量的猎物。“除非炸药的发明人意欲表扬这种盲目引爆人类思想之犯罪才能。”简言之，他不能昧着良心敦促瑞典文学院把奖金颁给这位由托马斯 · 曼所推荐的候选人。(托马斯 · 曼曾在《新苏黎世日报》上撰文祝贺黑塞六十诞辰。他在文中公开提请瑞典文学院将诺贝尔文学奖颁给他的老友、流亡期间的伙伴，以及《荒原狼》一书的作者——他“不公正地遭受忽视”。)

后来，霍氏又写了好几份报告书，评析黑塞那些大部头的小说。结果，黑塞却是以他的抒情诗在瑞典那些“文学判官”的脑中烙下深刻的印象。奥斯特林认为，他晚期的诗作乃是现代德语文学中“唯一十全十美的东西”。学院中另几位德国文学专家也有同感。瑞典文学院的院士们十分希望奖掖“在逆境中蓬勃滋长的”纯诗。这篇观察入微的研究指出：欲达成此目标，最适当的做法便是把这年的诺贝尔文学奖颁给黑塞。瑞典文学院的院士们对黑塞的诗和小说做了一番详细的考察之后，终于决定将 1946 年的诺贝尔文学奖颁给他，“由于他那些灵思盎然的作品——它们一方面具有高度的创意与深刻的洞鉴，一方面象征古典的人道理想与高尚的风格。”

黑塞作品年表

1877 年　7 月 2 日诞生在德国卡尔夫城。

1890 年　就读于哥宾根拉丁语学校，准备参加州试。

1891 年　通过州考难关，以优异成绩就读于墨尔布隆神学院高级班。

1892 年　逃离神学院，因神经衰弱自杀未遂，后来在歌宾根的巴奥教育和谢尔牧师的帮助下逐渐恢复。

1893 年　在埃斯林根当书店店员。

1894 年　在卡尔夫的佩罗特钟楼工场当学徒。

1895 年　开始大量阅读德国和外国书籍，深入研究 18、19 世纪的欧洲文学和哲学。着手写作。

1899 年　自费出版了第一本诗集《浪漫之歌》，还出版了《午夜后一小时》。

1901 年　出版小说《赫尔曼·劳歇尔》。

1902 年　出版《诗集》，把《给母亲》一诗献给逝去的母亲。

1904 年　凭借长篇小说《彼得·卡门青特》获得包恩费尔德奖，

成为专业作家。

1905 年　长子布鲁诺出生，《在轮下》在《新苏黎世日报》连载，《乡愁》获得包耶伦费特奖。

1906 年　出版小说《在轮下》。

1907 年　出版中篇小说《此岸》，发表短篇小说集《今生今世》。

1908 年　出版中篇小说集《邻人》。

1909 年　次子哈伊纳出生，在布莱门演讲《浮士德与查拉图斯特拉》。

1910 年　出版音乐家小说《盖特露德》。

1911 年　出版诗集《途中》，第三子马丁出生。

1912 年　出版中篇小说集《弯路》，移居瑞士伯尔尼郊外。

1913 年　出版散文、诗歌集《印度之旅》。

1914 年　出版描写艺术家家庭生活悲剧的小说《罗斯哈尔德》。因在《新苏黎世日报》上发表反对德国军国主义分子的《朋友们，别唱这种调子！》，借此来反对极端的爱国主义，受到德国文坛和出版界的攻击。

1915 年　出版小说《克诺尔普》和散文集《路旁》及诗集《孤独者的音乐》。

1916 年　出版小说《青春是美好的》，同年第三子马丁重病卧床，妻子精神病加剧，入院。

1917 年　发表了《给国务大臣的信》《如果战争再继续两年》《会达到和平吗？》等评论、随想，开始创作小说《德密安》。

1918 年　发表了《如果战争再继续五年》《欧洲人》《战争与和平》《世界史》《国家》《爱之道》等评论、随想。

1919 年　以辛克莱的笔名发表小说《德密安》，获得新作家方达内奖。出版小说《克莱因和瓦格纳》《童话》《查拉图斯特拉的复归》《给德国青年的话》和《因为一个德国人》。

1920 年　出版诗、文、水彩画集《漂泊集》，小说《克林梭尔的最后一个夏天》和《混沌中之透视》。

1921 年　出版《诗选》和《帖欣的十一张水彩画》。

1922 年　出版印度故事小说《悉达多》。

1923 年　与太太玛丽亚正式离婚，加入瑞士国籍，出版《辛克莱的备忘录》。

1925 年　出版小说《漫泉疗养者》和童话《匹克托鲁的化身》。

1926 年　出版《画卷》和《风物帖》。

1927 年　出版自传体作品《纽伦堡旅行》和小说《荒原狼》。

1928 年　出版诗集《危机》。

1929 年　出版诗集《夜的安慰》。

1930 年　出版小说《纳尔齐斯和歌尔德蒙》。

1931 年　迁入蒙塔纽拉近郊的新居，与长姐合作的《纪念我们的父亲》出版，构思长篇著作《玻璃球游戏》。

1932 年　出版中篇小说《东方之旅》。

1933 年　出版小说集《小世界》。

1935 年　出版《寓言集》，在新评论杂志上发表牧歌《庭孤寡老人中的时间》。

1939 年　被列入德国不受欢迎的作家名单，自费出版《十行诗》。

1943 年　出版最后一部长篇小说《玻璃球游戏》。

1945 年　出版诗集《花枝集》及散文、回忆集《梦之旅》。

1946 年　获得诺贝尔文学奖，同年自费出版《晚年之诗》、论文集《战争与和平》。

1951 年　出版《书信集》。

1954 年　出版《黑塞与罗曼·罗兰通信集》。

1955 年　获法兰克福德国书籍业的和平奖。

1956 年　卡尔斯尔耶设立了赫尔曼·黑塞奖。

1960年　出版《黑塞纪念册》,是搜集了黑塞所有照片而成的照片集。

1962 年　因脑溢血逝世于蒙塔纽拉，享年 85 岁。

版权专有 侵权必究

图书在版编目（CIP）数据

荒原狼 /（瑞士）黑塞著；马云译．—北京：北京理工大学出版社，2015.7（2022.7 重印）
（诺贝尔文学奖大系）

ISBN 978 – 7 – 5682 – 0443 – 9

Ⅰ．①荒…　Ⅱ．①黑… ②马…　Ⅲ．①长篇小说 – 瑞士 – 现代
Ⅳ．① I522.45

中国版本图书馆 CIP 数据核字（2015）第 073481 号

出版发行 / 北京理工大学出版社有限责任公司
社　　址 / 北京市海淀区中关村南大街 5 号
邮　　编 / 100081
电　　话 /（010）68914775（总编室）
（010）82562903（教材售后服务热线）
（010）68944723（其他图书服务热线）
网　　址 / http：// www. bitpress. com. cn
经　　销 / 全国各地新华书店
印　　刷 / 德富泰（唐山）印务有限公司
开　　本 / 889 毫米 ×1194 毫米　1/32
印　　张 / 8
字　　数 / 163 千字
版　　次 / 2015 年 7 月第 1 版　2022 年 7 月第 8 次印刷
定　　价 / 26.00 元

责任编辑 / 武丽娟
责任校对 / 孟祥敬
责任印制 / 李志强

图书出现印装质量问题，请拨打售后服务热线，本社负责调换

诺贝尔文学奖大系书目

1901 年　普吕多姆（法国）　《孤独与沉思》

1902 年　蒙森（德国）　《罗马史》

1903 年　比昂松（挪威）　《挑战的手套》

1904 年　埃切加赖（西班牙）　《伟大的牵线人》

1904 年　弗雷德里克·米斯特拉尔（法国）　《米赫尔》

1905 年　显克微支（波兰）　《你往何处去》

1906 年　卡尔杜齐（意大利）　《青春的诗》

1907 年　吉卜林（英国）　《丛林故事》

1908 年　鲁道夫·奥伊肯（德国）　《人生的意义与价值》

1909 年　拉格洛夫（瑞典）　《尼尔斯骑鹅旅行记》

1910 年　保尔·海泽（德国）　《骄傲的姑娘》

1911 年　梅特林克（比利时）　《青鸟》

1912 年　霍普特曼（德国）　《织工》

1913 年　泰戈尔（印度）　《新月集·飞鸟集》

1915 年　罗曼·罗兰（法国）　《约翰·克利斯朵夫》

1916 年　海顿斯坦姆（瑞典）　《查理国王的人马》

1917 年　彭托皮丹（丹麦）　《天国》

1917 年　耶勒鲁普（丹麦）　《明娜》

1919 年　卡尔·施皮特勒（瑞士）　《伊玛果》

1920 年　汉姆生（挪威）　《大地的成长》

1921 年　法朗士（法国）　《泰绮思》

1922 年	贝纳文特（西班牙）	《不该爱的女人》
1923 年	叶芝（爱尔兰）	《当你老了》
1924 年	莱蒙特（波兰）	《农夫》
1925 年	萧伯纳（爱尔兰）	《圣女贞德》
1926 年	黛莱达（意大利）	《邪恶之路》
1927 年	亨利·柏格森（法国）	《创造进化论》
1928 年	温塞特（挪威）	《新娘·女主人·十字架》
1929 年	托马斯·曼（德国）	《布登勃洛克一家》
1930 年	辛克莱·刘易斯（美国）	《巴比特》
1931 年	卡尔费尔德（瑞典）	《荒原与爱情》
1932 年	高尔斯华绥（英国）	《福尔赛世家》
1933 年	伊凡·蒲宁（俄罗斯）	《阿尔谢尼耶夫的一生》
1934 年	皮兰德娄（意大利）	《六个寻找剧作家的角色》
1936 年	尤金·奥尼尔（美国）	《进入黑夜的漫长旅程》
1937 年	马丁·杜·加尔（法国）	《蒂博一家》
1944 年	延森（丹麦）	《希默兰的故事》
1945 年	加夫列拉·米斯特拉尔（智利）	《葡萄压榨机》
1946 年	赫尔曼·黑塞（瑞士）	《荒原狼》
1947 年	安德烈·纪德（法国）	《窄门》
1949 年	威廉·福克纳（美国）	《喧哗与骚动》
1954 年	海明威（美国）	《永别了，武器》
1956 年	希梅内斯（西班牙）	《小毛驴与我》
1957 年	加缪（法国）	《局外人·鼠疫》
1958 年	帕斯捷尔纳克（苏联）	《日瓦戈医生》